足迹与感悟

杨剑龙 著

上海文化出版社

记下人生的足迹与感悟

在文学创作的体裁中，散文是最靠拢生活的，将人生的足迹与感悟记录下来，就成为了一篇篇散文。我于 2011 年 7 月出版过一部散文集《岁月与真情》，那是为了纪念自己年届六旬。我将此后创作和未收入散文集的作品，编辑成为这部散文集《足迹与感悟》，作为自己年届七旬的纪念。

我曾在大学中文系学习，毕业留校任教从事大学写作课程的教学，虽然后来攻读硕士学位、博士学位都是中国现当代文学专业，但是文学创作总是我的嗜好，在大学教学与学术研究过程中，常常按耐不住技痒，就抽暇创作小说、散文、诗歌。我常常随时随地用手机写诗，有时将诗歌作为一种记事、一种应酬、一种戏谑，我戏称我写诗如同黄狗撒尿，走到哪儿撒到哪儿。写散文却不一样，往往需要一种宁静的心境和合适的氛围，需要将所写之事慢慢梳理，让所抒发的情感慢慢明晰，在起承转合中撰成文章。

我将收入该文集的散文分为"域外游踪""真情永远""人生回眸""青春岁月"四辑。"域外游踪"收入的是在国外行走游历的纪行文章，美国、法国、新西兰、冰岛、韩国等，山光水色异域风情，令人时常回味，其中关于法国的游记是在疫情严重时，蛰伏于书斋撰写的；"真情永远"大多为怀念师长、父母、友朋之作，感伤中蕴含感恩；"人生回眸"是对自我人生的回顾，其中有一组"阿拉小辰光"的文章，尝试用上海方言来撰写，回忆年少时期的有趣往事；"青春岁月"是关于"知青"生活的回忆文章，编入二十余篇，"知青"是我们这一代人身上的烙印，对于我们的人生产生了难以磨灭的影响。

人的一生十分短暂，出生于大都市上海的我，十八岁离开上海去江西插队务农，在当了六年农民后，进入大学中文系求学，毕业留校任教，再报考研究生，毕业分配回到上海，一直在大学任教，在职攻读博士学位，两年通过了学位论文答辩。我的这些散文不过度追求诗意，注重将人生的足迹清晰地记下，有时也抒发一些感慨或感悟。我发表于《羊城晚报》的散文《泡桐花开不寂寞》，曾被山东省烟台市教育局选为2020年中考阅读题，也显示了对我这篇文章的认可。

岁月匆匆，人入老境，期望仍然有所创造、有所创新，老骥伏枥志在千里，廉颇老矣尚能饭否？希望有健康的身体、健康的心态，写出让自己满意和读者欣赏的作品。

2022 年 3 月 21 日

于瞻雨斋

目录

4

辑一

域外游踪

贝加尔湖上空的迫降

　　人生有一些经历会永难忘怀，永远在心灵深处烙下印痕；人生有一些片断会永远铭记，永远在记忆心帆镌刻深深。至今我仍然记得飞机在俄罗斯贝加尔湖上空盘旋迫降的情景，从窗口望下去，被称为世界最深湖的贝加尔湖，像一大块蓝宝石一般湛蓝湛蓝，湖心有绿岛丛林，机舱里乘务员却拿着灭火器惊慌失措前后奔走。我坐在靠窗的位置，只见机翼下拖着长长的油雾，驾驶员正将油箱里的汽油放掉，以免航班迫降引起大火。飞机在美丽的贝加尔湖上空一圈一圈盘旋着，最后迫降在伊尔库茨克机场。

　　2014 年 7 月 21 日，我们夫妇俩乘坐上海飞往伦敦的维珍航空 VS251 航班 A340 空中客车，开始我们为期十四天旅行团的英国自费旅游。早上八点半在浦东机场二号航站楼集合，我们拿着护照托运行李，原本十一点登机，推迟到十二点多，航班直到十二点四十分才起飞。我们坐在靠机翼后的位置，也许是候机的疲惫，也许是起早的倦怠，午饭后我便昏昏欲睡了。飞机飞过北京、穿过蒙古，到达俄罗斯西伯利亚的上空。下午四点左右，夫人突然发现机舱里女乘务员慌慌张张地忙碌着，只见她们拿着灭火器往前面跑。夫人把我推醒了，她有些紧张，问："怎么回事？怎么回事？"我抬头看看，也知道发生了情况，但是作为乘客的我们只能系紧安全带，我们又能干什么呢？我对夫人说："她们拿的是杀虫剂，大概发现了蟑螂！"我想以此打消夫人的紧张情绪，我知道这个时候只有静坐着，任何举动都对于安全不利。机舱里开始有了窃窃私语，乘客们纷纷猜测着发生了什么事情。客舱里传来了机长的声音，告诉乘客飞机的行李舱发生了某些情况，请大家系好安全带，飞机即将在伊尔库茨克机场降落。客舱里的乘客们开始骚动不安了，开始惶恐不安了，有的乘客脸色煞白，有的乘客交头接耳，有的开始大声责问："请告诉我们，究竟发生了什么情况？"女乘务员在走道上十分冷静地告诉大家，只是行李舱有些问题，不会影响飞行和降落，请大家放心。

伊尔库茨克机场（Irkutsk Airport）是俄罗斯伊尔库茨克市郊的军民合用机场，离开贝加尔湖大约六十公里，仅为伊尔库茨克及其周边提供服务，是俄罗斯航空公司、西伯利亚航空公司的主要运营基地。飞机在盘旋许久后，终于平安地落地，大家都长长地舒了一口气，纷纷鼓掌表示感谢。飞机下降后在机场停了许久，说等工程师来检修，最后才决定让旅客下飞机。机场里已经停了多辆消防车，严阵以待的模样，整个机场空空荡荡没有其他飞机。几辆接驳车停在机场，惊魂未定的我们纷纷登上接驳车，车上没有空调，不一会儿汗就渗出了脊背，等候了许久接驳车才缓缓开动了。回首望去，停在机场唯一的飞机空客 A340，在晚霞和落日的辉映下，显得十分宁静平和。接驳车将我们送到一家湖蓝色外墙的小旅馆 ТННЧ，位于希尔贾莫娃街（Shirjamova Street）

6号，服务台的墙上挂着六只挂钟，显示着世界各地的时间，旅馆大堂另一边是简易的吧台，可以点饮料喝咖啡，旁边还有一个小小的礼品店。旅馆门口伫立着几位俄罗斯警察，大概是看管住我们这些未办理俄罗斯签证的旅客，不能离开旅馆一步。我们的行李都在飞机上，身上大多背着一个简易的挎包。在等待办理入住手续时，我们都坐在旅馆前的台阶上，放松因迫降留下的紧张情绪。

由于行李都在飞机上，换洗的衣服、牙刷牙膏、手机充电器都不在身边，手机快没有电了，幸亏我背包里带了一台手提电脑，将电脑充电后让手机通过电脑充电。在旅馆大堂的电插座上，横七竖八地插了许多充电的手机，成为旅馆里的一道景观。晚饭后，中国驻当地的大使来旅馆探望大家，不仅带来了祖国的问候，还带来了不少充电转换插头，让大家的手机可以及时充电。在这个航班上，还有英国跳水王子戴利，他 2012 年获得伦敦奥运会十米跳台铜牌，2013 年问鼎欧锦赛，此次戴利参加在中国的跳水赛返回英国，与他同行的有他的热恋中的同性男友达斯汀·兰斯·布莱克，比戴利大二十岁，是奥斯卡奖的编剧，他们俩在旅途中几乎形影不离，游客们纷纷与戴利合影。2017 年 5 月 6 日，跳水王子戴利与同性男友布莱克结婚，2018 年 7 月诞生他们代孕的儿子罗伯特·雷（Robert Ray）。

翌日下午六点半，我们转乘了另一架维珍航空公司的飞机飞往伦敦，开始了英国之行的旅游，我们的行李三天后才送到宾馆，由于几天没有换衣服，身上就有了汗酸味。或许因为贝加尔湖上空的迫降，我们这个旅行团的游客们用钱就大手大脚了，经过迫降后游客们大多想得更开了、游得更尽兴了。当时在网上搜到关于该航班迫降的报道：

新华网莫斯科 7 月 21 日电（记者赵嫣）据俄罗斯媒体报道，一架从上海飞往伦敦的英国维珍航空公司客机 21 日在俄罗斯东西伯利亚城市伊尔库茨克紧急降落，无人员伤亡。国际文传电讯社报道，由于行李舱烟雾报警器启动报警，这架空客 A340 飞机当地时间中午在伊尔库茨克机场紧急降落，机上共有 286 名乘客和 15 名机组成员，乘客多来自中国和英国。

那年在英国的旅行，去了剑桥大学、伦敦塔桥、温莎城堡、巴斯小镇等地，现在大多忘却了，只有贝加尔湖上空的迫降总铭记在心。贝加尔湖上空的迫降，在我心灵深处烙下印痕，在我记忆心帆镌刻深深，曲折和磨难是人生的资本。

济州岛的火山石

晚春时节，来到韩国济州岛，参加济州大学主办的"韩国世界华文文学国际文学论坛·潘耀明与世界华文文学"学术会议。被誉为"东方夏威夷"的济州岛，是由两次火山喷发形成的，这个一千八百平方公里的岛屿，也被称为石多、风多、女人多的"三多岛"。下榻宾馆，出门就见花坛上大大小小的黑褐色石头，有着密密麻麻的气孔，还有用火山石雕刻的石翁仲，戴着圆圆的帽子，鼓着大大的眼睛，挺着扁平的鼻子，双手捧着肚子。

主人安排去济州艺术剧场观摩"影子舞蹈秀"，用影子舞讲述济州的诞生及与济州相关的故事。第一幕就以人影和道具演绎火山喷发济州岛诞生的壮景，岩浆的喷涌、岛屿的诞生、翁仲的笑容都在灯影里展现。此后抗蒙战争、海女故事、爱情故事虽然栩栩如生，却没有火山喷发给我印象深刻。

会议后的文化考察，安排了金正喜谪居遗址、思索之苑、柱状节理带三处景点。

谪居遗址的火山石墙

金正喜（1786—1856）字元春，号秋史、阮堂、礼堂等，是朝鲜李朝著名书法家、金石学家、诗人、画家，1840年他五十四岁时因派系争斗受陷害被流放至济州岛、咸镜道北青等地十三年。1809年金正喜科举及第时，曾随其任冬至副使的父亲金敬鲁到中国，在北京与清朝学者翁方纲、阮元建立了友谊。金正喜在流放期间，创造了他人生中最辉煌的艺术作品，他的书法苍劲有力、狂放奇崛、古拙厚重，蕴蓄着悲愤不平之气，被称为"秋史体"。他的《岁寒图》运用渴笔和干墨之笔法，画出了蕴含淡静孤傲之美的境界。金正喜有诗文集《覃研斋诗稿》《阮堂集》等。

下车伊始，便望见两丛盛开的野菊花，猩黄满地分外诱人，野菊花前的一堵黑色的高墙格外引人瞩目，墙里的苍松翠柏郁郁葱葱，那就是金正喜谪居遗址了。走近高墙，发现都是用参差不齐的火山石堆砌而成，抚摸高墙好像还感受得到岩浆喷涌后的温度。右转来到遗址便见到峨冠博带金正喜的铜像，右手握笔左手执卷，长须冉冉满脸慈祥。一座高大的黑色石碑矗立，上面镌刻有"秋史金先生谪庐遗墟碑"。进三合院，草房简陋、林木森森，有金正喜教人诗文和与僧人对饮的两组蜡像，草房一边有用火山石堆砌而成的猪圈、厕所、石碾、石臼，黑黝黝的火山石在这里似乎在轻轻地述说着金正喜的故事。在展厅里，陈列着金正喜各种书画作品，我在他的《岁寒图》前伫立良久。画幅上是简笔勾勒的草房前后的四株老松，在渴笔和干墨的描画中，都显得枯瘦羸弱，却铁骨铮铮傲立苍穹，尤其是草房前那株枯死状的老松，却在枝头生长出一臂新枝，枝头有一丛新叶扶苏。中国清朝诗人周翼墀曾赞叹该画曰："寄跻岩阿岁月深，高人气节自森森。若非历尽冰霜劫，哪识阳和天地心？"道出了金正喜身处逆境傲然伫立的自况意味。

走出秋史馆，见馆旁的草地前屹立着几株老松，显然是按照《岁寒图》造型的。我们又踅回到那堵火山石堆砌的高墙前，那几株老松从高墙后探出头来，好像为我们送行。恍然间，我突然感到落难时的金正喜不正像这火山石，是热情冷却后的结晶，即使被抛却到任何荒滩野地，仍然默默地如老松一般伫立，保持着凛然的傲骨和正气。

思索之苑的石翁仲

"思索之苑"于 1992 年开园接受游客，它是被誉为韩国当代愚公的成范永先生凭一家之力奋斗近三十年建成的盆栽庭园，目前这个三万三千多平方米有数千个艺术盆景和数百种珍贵树木的庭园，已成为享誉世界著名的盆景园。

陪伴前往的韩国外国语大学教授朴宰雨告诉说，成范永先生 1968 年变卖其在首尔的家产，买下济州岛上这块荒芜的不毛之地，在无水无电的乱石地里，接雨水做饭、点蜡烛照明，如蚂蚁搬家般地搬运了十五万吨的石头和泥土，这位被人称为"疯子"的农夫，以坚定执着的精神完成了壮举，成为韩国人坚韧进取意志和自强不息精神的象征，思索之苑被人们誉为"世界最美庭院"。

我们来到思索之苑门口，以火山石砌成的大门前，一左一右站着两尊石翁仲，它们代表着吉祥如意、平安幸福，温和的表情好像在热情迎接八方来客。成范永先生和公子已经在大门口迎候，他穿着一套浅灰色粗布的对襟中装，衣裤上有斑斑点点的污渍，戴着一顶浅色的遮阳帽，看上去就是一位朴实的农夫，他笑容可掬地与我们一一握手，成先生的公子作讲解。漫步园中，奇石怪异、盆景精致、绿草茵茵、古木参天、瀑布流泻、游鱼游弋、雕塑雅致、石碑记胜。在盆景中，有虬枝劲干的老松，有枝桠似缎的古柏，有雍容华贵的白杜鹃，有面目狰狞的黄杨木，有紫花串串的紫藤花，有枝干如龙的侧柏，一盆中容自然美景，尺幅间呈如诗境界。成范永先生一直陪伴着我们参观，并不断作讲解。园中不时可以见到镌刻书法的石碑，"韩国愚公""以木施仁，与民偕乐"。在成先生的导引下，我们登上了用火山石砌成的楼阁，眼前豁然开朗，四面宽大的玻璃可以俯瞰思索之苑的美景，远处的山坡绿意盎然，近端的盆景、雕塑、草地、花卉、奇石、屋舍、小径都被绿色的丛林环抱，整个思索之苑就如同一个巨大的盆景。环顾楼阁的墙上，悬挂着各种书法作品，都表达着对于思索之苑的赞美："心田洒扫净无尘"、"境由心造"、"巧夺天工神手载，生机满苑尽奇材，定庵到此作何想，应悔当年说病梅"。成范永先生并不赞同龚自珍《病梅馆记》中的观点，他认为："盆景是在有限的空间内摸索生存的方法，使之变得更加顽强。人也是如此，只有经历了洗礼与痛苦的考验，才能成长为一个内心成熟的人。经受的痛苦越大，与大自然搏斗的痕迹越多，树形就越奇特。"我们拾阶而下，来到一尊三人高的石翁仲前，成先生告诉我们，这是 2017 年在苑中举行中韩建交二十五周年暨"思索之苑"开园二十五周年纪念活动竖的雕像，我们在雕像前合影。

我们离开思索之苑时，八十岁的成范永先生一直送到大门口，笑容可掬地与我们挥手告别，回首望着思索之苑用火山石砌成的大门，望着大门口一左一右两个石翁仲，恍然间挥手的成范永先生也像一尊用火山石雕塑成的石翁仲，那么坚强，那么执着，他成就了思索之苑的伟大事业。

柱状节理带的婚纱照

午饭后，我们的车往西归浦市的柱状节理带而去，导游介绍说这处景点是二十五万至十四万年前，汉拿山喷出的岩浆遇到海水急速冷却形成的特殊景观，从中文洞到大埔洞的两公里的海岸上，无数个岩石以柱状沿着海岸线有规律地排列，柱状节理呈四至六角形，最高达到二十五米，主要由玄武岩质熔岩构成，柱子整齐排列的叫做"柱廊"。

停车后，我们跟随导游往景点走去，凭栏骋目，就望见海岸边礁石嶙峋，左边一条火山石如一条巨大的鳄鱼，静卧在海岸边，仔细看去这条"鳄鱼"的头部、腹部，都密密麻麻整齐地排列柱状岩石，大多四角形方方正正，高高低低挤挤挨挨，那么规整那么有序，就像一座高楼林立的都市，翻涌过来的海浪不断拍打着这些石柱，卷起千堆雪。右边的岩石如一只巨大的蟾蜍，趴在海岸边，看见柱状节理带的顶端，大多为六角形整齐地排列着，就如同一个巨大的黑色蜂巢，好像是哪位能工巧匠的鬼斧神工造就。沿着栈桥前行，眼前是一座高耸的悬崖，崖壁上整齐地排列着壁立的石柱，好像准备在此建造一座罗马宫殿，海水在这些石柱上烙下了深深浅浅的痕迹，悬崖后的海岸边，整齐排列的柱状节理，就如同码头前打下的一根根方形木桩，让船只可以靠岸系缆。顺着人流前行，崖石顶端绿树丛生，就见一巨石卧在崖顶，如同一只准备腾飞的雄鹰，前面不远处老松下，有一块仁立的石柱，如同一村妇站立海边，盼望着出海的丈夫归来，成为一尊望夫石。沿着栈道，我们来到海滩上，我们在松软的沙滩上漫步，海浪层层叠叠地涌上沙滩，水天一色心旷神怡。

返程时，看见一对青年男女在礁石上拍摄婚纱照，新娘美丽，新郎帅气，新娘穿白色婚纱，手持鲜花长裙曳地，新郎西装革履，白色衬衫红色领结，他们亲密携手含情脉脉，身后是奔腾的海浪、嶙峋的礁石。我想他们选择在此处拍摄婚纱照，大约也为追求那种海枯石烂不变心的境界。这里的黑色石柱与海浪相伴，厮守千万年天长地久，韩国人把这里称作爱情岛，成为一种追求永恒的象征。我走出很远，回眸那对拍摄婚纱的新娘、新郎，恍然间他们俩好像幻化成了两根相拥的火山石石柱，千年万年永不分离。

回到下榻的宾馆，我写下了《晚春访济州岛》小诗，记录游览的感受：

秋史落难处

流放孤独卧草屋，

苍凉人生岁寒图。

书艺创就秋史体，

宏大气象见傲骨。

访思索之苑

盆栽名苑成范永，

不毛之地活愚公。

漫步庭院深思索，

创造美丽不老松。

观柱状节理带

海浪拍岸鬼斧工，

西归浦上多梁栋。

何时岩浆成蜂巢，

壮美景观摄心胸。

2019 年 4 月 29 日

于济州岛 SIRIUS 宾馆

飞机离开济州岛时，我在舷窗边望着一百二十万年前火山喷涌形成一千八百平方公里的岛屿，眼前涌现的只是谪居遗址的火山石墙、思索之苑的石翁仲和柱状节理带的婚纱照，这是一种抵抗压力的坚强，这是一种充满理想的创造，这是一种海枯石烂的坚贞，这大概也是济州岛火山石的蕴意，这大概也是济州岛民众的性格吧！

再访巴黎圣母院

　　到巴黎，第一站往往都会去巴黎圣母院，这座始建于1163年的哥特式大教堂，历时一百八十多年，于1345年最终建成，是古老巴黎的象征，是历史上最为辉煌的建筑之一。由于雨果的小说《巴黎圣母院》中一个心地善良的丑角卡西莫多，对于吉普赛少女爱斯梅拉达爱情追求的悲剧，让这座古老的建筑更具有了含蓄的诗意和跌宕的故事。2002年7月，我曾经到巴黎瞻仰了巴黎圣母院的雄姿，并在教堂前留影。

　　时隔十七载后，我又来到巴黎，再访巴黎圣母院。2019年4月15日晚六点五十分左右，正在修缮搭脚手架的工地起火，引起巴黎圣母院塔楼燃烧，滚滚浓烟遮蔽了塞纳河的天空，在火势快速蔓延中，巴黎人焦虑地祈祷，人们悲伤地望着巴黎圣母院标志性建筑尖顶被烧断倒塌。当晚八点法国总统马克龙赶到现场，八点二十五分周边区域的人们被疏散。四百名消防员进入现场灭火，当晚十点五十分，巴黎市长宣布巴黎圣母院附近的居民已被疏散。火情一直到4月16日凌晨三点三十分左右才得到控制。4月16日上午十点，巴黎圣母院大火完全被扑灭，主体建筑得以保存，屋顶和塔尖被烧毁。法国总统马克龙宣布，被火焰吞噬的圣母院，是整个国家的感情，决定重建巴黎圣母院。4月16

日晚，巴黎民众在米歇尔广场点燃蜡烛，哀悼被严重烧坏的圣母院。

经过有关方面两个月的调查，排除了人为纵火的可能，被推断为"电力系统故障"和"未熄灭的烟头"酿成。4月16日，马克龙总统发表电视讲话，表示要在五年内重建巴黎圣母院。法国富翁亨利·皮诺出资一亿欧元、伯纳德·阿诺特集团提供两亿欧元，帮助修建巴黎圣母院。

今年（2019）7月，我一到巴黎就迫不及待往巴黎圣母院而去。过圣礼拜堂、司法部大楼、路易斯雷皮纳广场，在塞纳河畔，远远地就望见满目沧桑巴黎圣母院的身影。双塔楼背后钢筋脚手架一直搭到塔顶，圣母院后院的两翼用厚实的木框再造。沿着塞纳河转到圣母院一侧，未损坏的双塔楼依然伫立，这两座高达六十九米的塔楼，在蓝天白云下依然傲然屹立，雨果曾在小说《巴黎圣母院》中把它比喻为"石头的交响乐"。塞纳河里一艘艘游船驶过，甲板上的游客们争先恐后地把负伤的巴黎圣母院摄进影框中。过桥来到西堤岛，巴黎圣母院正面，正在修缮中的圣母院被白色的墙阻隔了，游客不能靠近，只能远远地观望。双塔楼上的雕梁画栋依然，塔楼墙上二十八位君王的雕像仍然栩栩如生，中央拱门上耶稣在天庭"最后审判"的雕像被遮掩了一半，左边圣母门圣者和天使围绕的圣母受难复活仍然清晰，右边拱门上圣安娜故事和路易七世受洗的雕像被完全遮掩了。巴黎圣母院正面有一个吊塔的长臂伸起，影响了拍摄的画面。我环绕着巴黎圣母院而行，圣母院侧面都被烧得黑乎乎的，有几根柱子大约被烧坏了，现在以钢架搭成胫骨，再贴上厚厚的石墙，一辆红色的卡车式吊车静静地停在一旁。在另一边的地上，堆着一块块摞着的原木，都是准备修缮圣母院所用。

我徘徊在巴黎圣母院四周，游客仍然纷至沓来，在巴黎圣母院前留影，赛纳河中依然游船来来往往。我想到雨果小说《巴黎圣母院》中虚伪的副主教克洛德，他觊觎爱斯梅拉达的美色，却始终未能得手；想到外貌英俊的花花公子弗比斯，对爱斯梅拉达始乱终弃；想到被吊上绞架的爱斯梅拉达，心地善良忠贞爱情；想到抱着爱斯梅拉达尸体遁入墓地的卡西莫多，为追求美丽善良而献身。虚伪和恶行始终为人们唾弃，美丽和善良永远为人们铭记。在写完这篇短文时，传来了中国学生蔡泽宇、李思贝设计的"巴黎心跳"方案获得独立出版公司 GoArchitect 主办的"巴黎圣母院设计大赛"冠军的消息，他们胜过了入围的加拿大的皇冠塔尖、英国的喷泉塔尖、日本的漂浮森林，这份包括了水晶屋顶、玻璃尖塔、时间胶囊的设计，打败了来自五十六个国家的二百二十六份设计提案，显示了这两位清华大学与北京工业大学学生的智慧。巴黎圣母院，美丽的故事仍然在延续，美丽的建筑仍然会灿烂。

冰岛纪行

大西洋北部靠近北极圈的冰岛是一个神秘的国度，被称为"冰与火之国"的冰岛有众多的活火山和巨大的冰川，冰岛之行就以"冰与火之歌"冠名。冰岛诗人布亚尔尼·托拉伦森在诗作中写道："您将严寒和炽热，高山和荒野，熔岩和海洋，奇妙地交织在一起。"冰岛的空旷与荒寒、裸露与原始，成为诸多电影的拍摄地，如《星际穿越》《古墓丽影》《白日梦想家》《普罗米修斯》等。

杰古莎龙冰河湖畔的徜徉

参加"冰与火之歌"冰岛六日行，留下印象最深的是杰古沙龙冰河湖之行，那湛蓝湖面上千姿百态的冰雕，那黑沙滩上晶莹剔透的冰石，那黑云压城下千年不化的冰川，那冰河湖里不时探头的海豹，都烙在记忆的心帆上，就如同钻石闪闪熠熠，久久不会隐没。

早上从维克小镇出发，沿着一号公路前行。维克小镇离开杰古沙龙冰河湖大约一百九十公里，平时仅需两个多小时，今天天气阴沉沉的，刮着阵阵大风，这种天气小车就不能上路，会被大风刮翻，我们的大巴照样出行，只是不敢开快。沿途都是荒芜之地，像戈壁滩一般的不毛之地上，巨大的卵石上到处覆盖着绿色的苔藓，望去就像到了外星球上，大巴在一处下行的公路旁停了下来，因为冰山融化的雪水淹了公路，在停滞了十五分钟左右，大巴被放行了，司机在被淹的公路上小心翼翼地前行，终于开上了正道。我写下了《苔原路上》的诗："雪水漫路风呼啸，苔原茫茫疑出妖。冰川连绵云压低，渺无人烟有衰草。"大巴继续上路，黑云压城的远处，不时可以见到铁黑色的山脉间巨大的冰山和冰川，好像谁在山峦间铺开了一块块巨大银白色的毛毯，偶尔可以看见绿色的草场，看见在风雨中啮草的羊群。我写了《车过冰川》的小诗："车过冰川频频望，皑皑白雪映蓝光。时雨时风绿草场，云低水流见肥羊。"

杰古沙龙冰河湖位于瓦特纳冰川国家公园，处于瓦特纳冰川东南部入海口处，冰湖由冰川融化的雪水汇聚而成，瓦特纳冰川面积达八千三百平方公里，是冰岛也是欧洲最大的冰川，仅次于南极冰川和格陵兰冰川。杰古沙龙湖于20世纪30年代始出现，由于全球气候变暖，导致冰岛冰川大量融化，该冰河湖已从1975年的7.9平方公里，扩大到今天的18平方公里。

抵达杰古沙龙冰河湖已是下午一点，停车后我几乎迫不及待地扑进了美景的怀抱。在开阔的冰河湖上，在天低云暗的天穹下，大大小小千姿百态的浮冰从融化的冰川上随雪水流泻而下，在湛蓝的冰河湖上摆开了天然的雕塑展。这边的浮冰像北极熊憨态十足，像鲸鱼鳍鱼翔浅底，像大象耳八面招风；那边的浮冰如蛤蟆望月翘首仰望，如金狮振鬣威武雄强，如大鹏展翅腾空翱翔。从冰川上流泻下的浮冰，在雪水的激荡冲刷中，被雕琢成为形态各异的冰雕，只要你静静地观赏、细细地揣摩，可以发现各种各样的形象，或静卧、或漂动、或伫立、或腾挪，这些雪白的冰雕泛着蓝光，被称为"冰岛蓝"，在漫长岁月中这些冰变得格外坚硬细密，呈现出一种纯净的蓝色，在铁黑色山脊的衬托下，在青天暗云的烘托下，显得格外醒目格外神奇。大自然的鬼斧神工造就了这恢弘奇妙的景色，让人赞叹不已肃然起敬，让人心旷神怡流连忘返。

我在冰河湖畔的黑沙滩上漫步，这里被誉为"钻石沙滩"，是因为黑色沙滩上搁浅着一颗颗闪烁着钻石光芒一般的冰石。不少大大小小形态各异的冰石被湖水冲到沙滩边，捞起一块晶莹剔透纯净无瑕，就像一块钻石原料，就像一座水晶雕塑，虽然天气阴沉沉的，但是这些冰石仍然熠熠闪光。停泊在湖畔的两艘红色的橡皮艇，与铁黑色的远山、泛着蓝光的冰雕、河滩边晶莹的冰石，色彩相衬、相映成趣。黑沙滩上，不知道谁用大大小小的卵石，搭起了一座小小的石塔，好像为大自然的美景而祈祷，祈祷这自然生态不遭到破坏，祈祷这人间的仙境地久天长。

我循着小路登上湖畔的坡顶，俯瞰这神奇山水绮丽景致，头顶的天穹依然黑云沉沉，远处的冰川浩森无涯，近端的山峦黝黑深邃，湖中的冰雕意象纷呈，湖畔的游客星星点点，构成了杰古沙龙冰河湖的壮丽恢弘景观。拾阶而下，走到湖畔，突然听见有游客在惊呼："海豹！海豹！"果然，顺着游客的指点，我看见了不远处的冰湖中，有两只黑色的海豹在悠然自在地畅游，它们俩一会儿潜下水去，一会儿又探出头来，在清澈的冰湖里自由自在，它们是杰古沙龙冰河湖真正的主人！

望着杰古沙龙冰河湖恢弘的景色，我想象着晚霞中冰湖的景色，那映红漫天的晚霞，投射到湖面上，让天际和湖面都呈现出缤纷霞光；我想象着北极光闪烁时冰湖的景色，那神奇闪烁的北极光，让冰雕和冰川都掩映在奇异光晕中。这片冰雪覆盖着的美丽岛屿，有独特的地貌与绮丽的风景，成为诸多影片的外景地，《择日而亡》《雷霆杀机》《古墓丽影》《蝙蝠侠：侠影之谜》《星际穿越》等，都将这冰湖景色摄入镜头中。

在返程的大巴上，我写下了题为《杰古沙龙冰河湖》的小诗：

千姿百态望冰雕，

晶莹剔透云缠绕，

最是海豹惬意游，

不舍美景回眸笑。

杰古沙龙冰河湖，远古冰川上最明亮的珍珠；杰古沙龙冰河湖，冰岛皇冠上最晶莹的钻石。

黄金瀑布的安吉利卡

8月是冰岛游的黄金季节，踏上冰岛却常常寒风嗖嗖，有时还需要披上羽绒服。我踏上了被誉为"黄金圈之旅"的行程，包括国家公园、间歇喷泉和黄金瀑布。在欣赏了国家公园的大裂痕、远山、湿地，在观赏了间歇喷泉的冲天而起的壮观景色后，我来到了欧洲著名瀑布之一的黄金瀑布。下车伊始，便听到远处传来如雷般的吼声，在十分开阔的旷野间，在沉沉飘逸云霭下，有远处雪山的剪影，右边的绿色田野间，看得见一条逶迤婉转河流的身影，就看见了人影憧憧处，瀑布腾起的水雾如烟似岚，想起了李白《蜀道难》的诗句："飞湍瀑流争喧豗，砯崖转石万壑雷。"我沿着木栈道往瀑布而去，先登高再拾阶而下，靠河崖一面用墨绿色尼龙绳拉起了警戒线，远远望去河崖畔的游客红红绿绿的，就像一串串彩色的项链在河崖畔蜿蜒。右首远处流来冰川之水汇成的白河（White River），在绿色的草甸子上，就像展开了一匹银白色的绸缎，跌落在山谷断崖间，形成了宽二千五百米、高七十米壮观的黄金瀑布，跌落瀑布的形状上大下小，就如同切下一块巨型三角蛋糕。河崖上的绿草甸子上，开满了星星点点黄色的小花。往前往下行走，就看见跌落的瀑布喧嚣着奔腾着一泻千里，整个河谷里白浪滔天勇往直前。登上高崖，这里是观景佳处，只见奔腾而来的白河，在此处深壑跌落，那种奋不顾身，那种惊天动地，那种义无反顾，那种大义凛然，在"隆隆隆"的巨大涛声里，让蓝天下的沟壑里腾起漫天水雾，伫立在黄金瀑布畔，在蓝天白云的映衬下，我与瀑布静静地对峙，那种排山倒海的气势，那种滔滔不绝的阵势，那种气吞山河的架势，让我胸中平添了一种豪情和豪气，为鬼斧神工的大自然而感叹。

我在黄金瀑布前流连忘返，冰岛人将其视为冰岛瀑布中的女王。我想，倘若将其与黄果树瀑布、尼亚加拉瀑布比较，她没有黄果树瀑布的秀丽矜持，却有其独特的朴野粗犷；她没有尼亚加拉瀑布的浩瀚雄奇，却有独到的洒脱英武。倘若黄果树瀑布是少数民族的乡土女子，民族服饰中有着秀丽与精致；尼亚加拉瀑布是加拿大的印第安姑娘，羽扇纶巾中载歌载舞；黄金瀑布则如同维京海盗的妻子，洋溢着土著女性的桀骜不驯。关于黄金瀑布名称的由来，一说是黄昏夕照常将该瀑布映染成金色；一说是瀑布的水雾在阳光下出现彩虹。在返程途中，我居然真的看见了黄金瀑布水雾上的彩虹：在绿色的草甸子上，在奔腾不息的瀑布间，在天低云暗的天穹下，突然一挂七色彩虹横卧，一头在山崖畔，一头在瀑布间，便想起了"赤橙黄绿青蓝紫，谁持彩练当空舞"的诗句，好像可以踏在彩虹桥上步到对岸、走向天际。

在离开黄金瀑布前，我见到河畔的女性浮雕，是雕刻在一块竖立的巨石上的，旁边文字的介绍说浮雕是该地盘的主人西格里德·托马斯多蒂尔。20世纪初，英国开发商打算斥巨资收购瀑布并开发成水电站，遭到西格里德家族的反对。开发商绕开西格里德家族，征得了当时政府的同意。西格里德·托马斯多蒂尔在议会庭上当众说："不，我绝不同意在此地修建水坝，因为那样我们将永远失去这壮观的美景。如果这场官司输了，我将跳入大瀑布中！"托马斯多蒂尔以生命和法律维护了这块土地不被占用，保持了黄金瀑布的自然景观。帮助西格里德家族打赢官司的律师斯温·比约恩松，于1944年成了冰岛的总统。1975年，西格里德家族将此私家园林——黄金瀑布赠送给冰岛政府，黄金瀑布就成为自然保护区和著名旅游景点。

离开瀑布前，我回望气势恢弘的黄金瀑布，蓝天白云下绿色草甸子上蒸腾着水雾的银白色瀑布，那瀑布前红红绿绿游客的身影，我突然发现脚边有一丛如伞似球的绿色野生植物，大概在瀑布水雾的滋润下，长得十分茁壮挺拔。导游告诉我，这种植物学名为安吉利卡（Angelica），伞形科当归属，又称作天使当归，在植物稀少的冰岛到处可见，是一味活血补血的草药。我望着远处的瀑布，看着眼前绿色的天使当归，不由得联想，这不就是托马斯多蒂尔的化身吗？正是这位以生命捍卫自然生态的天使，让黄金瀑布归属于自然、归属于人民，她让黄金瀑布自由自在地奔腾流淌，也使她的名字千古流芳！

维克小镇的黑沙滩

冰岛六天五夜的"冰与火之歌"的行旅中，维克小镇的黑沙滩之行，给人以十分深刻的印象。维克小镇位于冰岛的最南端，黑沙滩就毗邻小镇的海边，1991年美国《岛屿杂志》曾将其誉为世界十个最美丽的海滩之一。

抵达黑沙滩是在游览了塞利雅兰瀑布之后，这个被誉为冰岛最美的瀑布，以其优雅清秀闻名于世。维克小镇是一个宁静温馨的小镇，这个人口不过六百的小镇，也因黑沙滩而享誉全球，曾与中国香格里拉、捷克布拉格、日本北海道、美国大峡谷等地，被评为"世界十大治疗失恋胜地"。

今天风急浪大，刚踏上黑沙滩，便远远望见左首伫立海上的一柱玄武岩礁石，那苗条纤巧的造型，像一个等候渔民丈夫归来的望夫石，又像一尊盼望皇家舰队凯旋的皇后礁。左边高耸的玄武岩山崖旁，是排列齐整六边形的玄武岩柱，像教堂里竖立的巨大管风琴，被人称作风琴岩峭壁，又像都市里鳞次栉比的高楼群，这地理学名为柱状节理的岩柱，是火山爆发时熔岩遇到海水冷却收缩爆裂所致，构成了巧夺天工的奇特景观。我踩在松软绵密的黑沙滩上，戴上了海鸥牌冲锋衣的帽子，向海边漫步走去。与别的海滩不同，此处海滩的卵石是黑色的，沙子也是黑色的，火山岩经历了海浪千万年的冲刷，岩石就变成了细碎的沙砾，抓一把黑沙从指缝间流走，手上没有留下任何颜色。

我随着人流往前走，就望见了海边被称为"笔架山"的礁石，在这个角度看不见笔架的形状，却好像一个老翁坐在海滩边，将海边的这两座礁石命名为"夫妻石"倒合适，大的具有阳刚气，为夫，小的，有柔媚相，为妻，多少年来，他们俩就一直伫立在此地，静静相对心心相印默默无语。大西洋里风大浪大，导游告诫不要离海岸太近，据说每年都会有游客被海浪卷走。海滩旁玄武岩山崖形成了一个巨大的溶洞，进入溶洞抬头望见成千上万柱状节理岩柱末端，六角形、四角形紧紧挤在一起，像黑色的乌金发出黝黑的光泽，山崖壁上的苔藓呈现出苍翠的绿色。玄武岩山崖的石纹可以见出地壳的挤压升腾，一块巨大的玄武岩像一株倒卧的古柏，那一根根的石纹就像古柏的年轮。望着这个柱状节理岩柱的溶洞，我想象着几万年前火山的喷发、岩浆的流动、地壳的凸起、岩浆的冷却，才形成了眼前的溶洞，才有了眼前默默伫立的两座礁石。

午饭后，我登上了维克小镇教堂的山坡，从褚红色尖塔和屋顶的教堂门口俯瞰，可以望见"笔架山"礁石的三个驼峰，果然像一只搁置毛笔的笔架，这显然是中国人命名的。山脚下的维克小镇静卧在山崖旁海滩边，在绿意盎然的山坡、灌木丛中，红瓦蓝顶的屋舍十分醒目。我随着大巴，又来到小镇附近被称为冰岛天涯海角的海边，"笔架山"已移至远远的天际线处。此处的海滩也矗立着一尊玄武岩礁石，像宣誓时四指并拢朝天的手掌。海滩边可以望见远远白皑皑的雪峰，近端大片的草甸子上开着星星点点腥黄的金鸡菊，右首有一大长条黑色玄武岩伸入海中，远远望去就像一条巨大的鳄鱼，安卧在蓝天下大海边。右边海滩旁的山崖，可以见到被海水侵蚀而成的巨大拱门，也可以见到海中几座形状各异的礁石。靠近海边玄武岩上，有一个月牙形的石洞，几个孩子往石洞里抛掷石块，拍击的海浪从石洞里澎湃而出，受到惊吓的孩子纷纷躲避。离开天涯海角前，我居然在海边的礁石上见到了冰岛的国鸟海鹦，黑色的羽毛、橘红色的三角形的鸟喙和脚丫，这种胖嘟嘟可爱的鸟类，一旦找到配偶便终生不渝，常常夫妻成双作对地飞翔，成为海滩边的一道美丽的风景线。

虽然天还是阴沉沉的，风还是呼呼地刮，但是维克小镇的黑沙滩之行，却给我留下极为深刻的印象：那风琴岩峭壁的柱状节理岩柱，那海滩伫立的玄武岩礁石，那星星点点腥黄的金鸡菊，那可爱的冰岛国鸟海鹦，都成为烙上心帆的美好记忆。

奥克兰记游

鸟岛的回响

新西兰是全球最美丽的国家之一，她被誉为鸟类的天堂。新西兰的春季，我来到奥克兰，来到著名的鸟岛，领略了世界三十大美景之一鸟岛的奇异风光，感受到大自然的壮美神奇。

鸟岛位于奥克兰以西四十五公里处，从我们下榻的 Astrolabe Place 驱车前往鸟岛，一个半小时就抵达闻名遐迩的新西兰鸟岛。车在高坡上停下，居高临下望去，海天一色白云飘荡，海浪翻卷鸥鸟翱翔。陪同的小张指着海滩边的礁石说，这里名为穆里怀海滩（Muriwai Beach），那边的礁石就是鸟岛，岛上栖息的主要是塘鹅，英文名字 Gannet，它与一般的塘鹅不同，嘴下没有大皮囊，每年的 8 月到翌年 3 月大概有一千二百对塘鹅在这里筑巢栖息。

我们驱车下坡驶向鸟岛，车在停车场停下后，小张告诉说，观鸟岛有一左一右两个观景台。我们沿着小道先往左面的观景台走去，小道两旁长满了剑麻，我们穿过树丛往海滩方向走去，便听见鸟的鸣叫和看见鸟的翱翔。踏上看台，就见看台下端一块三角形的礁石上，密密麻麻都是白色的塘鹅，它们成双成对地筑巢产卵孵化。小张说，塘鹅属于大型鸟类，体重最高可达五公斤，它的翅膀张开可达 2.5 米，它们的巢穴用枯草、苔藓和泥土筑成，塘鹅们和睦相处互不侵犯。向下望去，白色的塘鹅有淡黄色的头、尖尖的喙，翅膀和尾翼有黑色的边，它们成双作对卿卿我我，栖息方向基本一致，鸟窝之间的距离狭窄，却井然有序互不干扰，远远望去就像穿白色礼服列队齐整的仪仗队，又像广场上大型的体操表演。看台前方有一礁石像一只巨型的高帮皮鞋，椭圆形的礁石顶端也密密麻麻停着塘鹅，有一些塘鹅张开白色的羽翼在礁石边飞翔，海浪拍打着礁石，卷起千重雪浪。右边海岸的崖坡上，同样是一摊一摊密密麻麻的塘鹅群。在蓝天白云下，浪涛拍岸的澎湃声、塘鹅"咿咿啊啊"的鸣叫声、游人欣喜若狂的惊呼声响成一片，汇成了大自然美妙的交响曲。小张告诉我，这里的塘鹅也叫澳大利亚塘鹅，它们每年冬季在澳大利亚过冬，每年 8 月成鸟飞行一千多公里，抵达新西兰觅偶交配筑巢产卵孵化，幼鸟出壳后由塘鹅爸妈捕食喂养，在成鸟的带领下练习飞行，两三个月后幼鸟就会摆脱成年鸟庇护和引导，来年 3 月小塘鹅长成后，塘鹅爸妈带它们一起再飞去澳大利亚。幼鸟在澳大利亚长为成鸟后，再飞回新西兰觅偶筑巢。

　　我沿着剑麻中间的小道，趸去另一个观景台，大约风向的缘故，就闻到一阵阵塘鹅的气味，很像烤鱿鱼的味道。这里离开崖坡上的塘鹅更近，可以清楚地看到一对对塘鹅的卿卿我我，可以清楚地看到雌雄塘鹅的交配。塘鹅们张开翅膀下海觅食，一会儿又飞回它们的栖息处，它们好像都有规定的航道，绝对不会干扰别的塘鹅。左边的崖坡上栖息的是另一种白色鸟，体型比塘鹅小得多，也密密麻麻地停泊着，却没有塘鹅那样齐整。小张告诉我说，那是云雀。突然之间一大群云雀腾空而起，像卷起一朵白云，像刮起一阵旋风，忽而往左，忽而向右，忽然它们又铺撒开来，像在天空撒开了一张巨网。我伫立在看台上，望着这鸟岛的壮观景象：远处云层密布，蓝天露出窄窄的一抹，海潮不断席卷而来，海浪撞在鸟岛岩石上，卷起层层雪浪，有塘鹅不停优雅地翻飞翱翔，有云雀像箭一样直插云天，海浪的喧嚣、海风的吹拂、塘鹅的鸣叫、云雀的歌唱，构成了一曲大自然优雅的奏鸣曲。

小张告诉我，塘鹅大概可以活到三十岁，它们是最忠贞的鸟类之一，实行一夫一妻制，一生只有一个配偶。小张告诉我一个有关塘鹅的悲剧故事：新西兰的玛纳岛（Mana Island）曾经是塘鹅的栖息之地，20世纪70年代开始，塘鹅却不再长期逗留。为了吸引塘鹅回归，人们在岛屿上安放了八十只塘鹅塑像，虽然吸引了塘鹅前来，但是它们知道上当后又都飞走了。2015年有一只雄性塘鹅意外地留了下来，它爱上了一只雌性塘鹅塑像，还找来海藻和木棍建筑爱巢，它甚至跳起了求偶的舞蹈，海岛居民给它取名奈杰尔。奈杰尔在玛纳岛一住三年，始终不断向这只雌塘鹅塑像求爱，虽然也曾有其他雌塘鹅飞临此岛，奈杰尔却忠心耿耿从没移情别恋。2018年1月的一天，有人发现了奈杰尔的尸体，它倒卧在那只雌塘鹅塑像的身边。有人总结说：奈杰尔求爱多年被拒，最后孤老而死，英国《地铁报》2018年2月2日专门作了报道。闻知这个悲惨的故事，望着眼前翻飞的塘鹅，唏嘘感慨中我不禁肃然起敬。

沿着观景台的木栈道拾阶而下，见右首的海湾蜿蜒而开阔，这里的海滩名为黑沙滩，火山岩经海水冲刷形成晶莹细腻黑色沙子，一望无际的黑砂与幽深的海水相连，形成一种浩森幽婉的境界。步下小道抵达海滩，左首的山崖上有一个幽深的洞穴，海水在洞穴里澎湃激荡。海滩前有大片黑色的石坪，上面有诸多青苔。小张说，这里是钓鱼的佳处，但是也常常会酿成悲剧，今年7月16日，一对缅甸夫妇在此钓鱼时被海浪卷进海里丧生，丈夫钓到一条大鱼，想把鱼拉上岸，却滑倒在岩石上掉进海里，妻子想救起丈夫，也被卷入海浪中，救生员将他们俩救起后，都没有了生命的迹象，留下九个孤苦无依的孩子。我小心翼翼在黑石崖上慢慢行走，走到了开阔的黑沙滩上。回首见海滩畔的岩石上黑乎乎的，就像谁在海滩泼墨一般。小张说，这些黑色的都是黑贝壳，学名贻贝，又叫海虹，它们布满了海岸的礁石上，成为黑沙滩的一道风景。我们在黑沙滩上漫步，这时天低云厚，远处仅见到一横蓝天，海浪一波一波地涌来，像一条条银白色的项链，岸边的山坡上郁郁葱葱。小张告诉我这个海滩风高浪急，是冲浪的佳处，晴朗时可以见到许多冲浪者。1993年新西兰著名女导演简·坎皮恩执导的电影《钢琴课》就在这里拍摄。我看过这部电影，该部电影女主角荷莉·享特获得第六十六届奥斯卡影后，该电影还获得奥斯卡最佳影片、最佳原创剧本、最佳导演、最佳女配角、最佳摄影、最佳服装设计、最佳电影剪辑多个奖项，电影还获得第四十六届戛纳电影节金棕榈奖、第十九届恺撒电影节最佳外国影片奖。电影讲述了一个移情别恋的故事：少妇爱达从小就丧失了说话能力，她带着一架钢琴嫁给了商人斯图尔特，由于路途艰难，丈夫决定将钢琴弃留在沙滩上。邻居乔治·贝因想听爱达演奏，用一块地与斯图尔特换了钢琴并运回家，爱达每天去给贝因上钢琴课，最终他们俩因钢琴而结缘。电影拍摄得美轮美奂，将优美的钢琴声、开阔的黑沙滩、滔滔的海浪和曲折深沉的爱情故事融为一体，电影成为一部洋溢着人性与真情的经典之作。

离开黑沙滩和鸟岛之前，我又频频回眸，看塘鹅在天空展翅翱翔，看海浪在黑沙滩翻卷，这个被美国《国家地理杂志》誉为世界上三十大美景之一的鸟岛，这个诞生了国际经典电影之作的黑沙滩，无论塘鹅苦恋雌性塘鹅塑像的悲剧故事，还是少妇因钢琴课而移情别恋的真情寻觅，都昭示着真情的伟大，都印证世间爱情的崇高。奥克兰鸟岛的观光，内心的激情如海涛一般在我的心里久久翻滚回荡。

肯威尔公园观山

来到被誉为新西兰风帆之都的奥克兰，昨日去海边看帆，今日安排去观山，便想到南朝文论家刘勰在《文心雕龙·神思》中所云"观山则情满于山，观海则情溢于海"。从我们下榻的

Astrolabe Place 住处到肯威尔公园（Cornwall Park），车程大约一小时二十分。奥克兰是沿海城市，一路上海水碧蓝古木参天，蓝天白云草地茵茵。驾驶员小张在奥克兰近二十年了，他告诉我们说肯威尔公园的山是三万年前火山喷发形成的，高一百八十二米，当初欧洲人到来时，见到山顶有一株参天古树，便命名为"一树山"（One tree hill），又译作"独树山"。现在山顶没有了树，只有一柱方塔纪念碑，是为奥克兰之父约翰·罗根·堪培尔（John Logan Campbell）爵士所建。我询问独树山上的树去了哪儿，小张回答说，有两种说法：一说古树在暴风雨中被雷电劈死，一说被不满于欧洲人占领的土著毛利人砍伐而死，小张说他更相信第一种说法。

中巴车稳稳地停靠在肯威尔公园的停车场，我们一行下车游览。下车伊始，我就被公园诸多高大的古树和碧绿的草地所吸引，那些参天的古树千姿百态：有三四个人牵手难以抱拢的古柏，有撑起一大片绿荫的古榕树，有松针如伞盖的古松树，有亭亭玉立直插蓝天的王棕树。山坡顶上的白色木屋前一树紫花开得正艳，远远望去，就像一团紫色的火焰，在蓝天白云的衬托下，格外鲜艳格外诱人，我们不约而同地往花树登去。小张告诉我们说，这株花树是西洋杜鹃，我们以往见到的杜鹃花都是灌木，而这里的杜鹃花是一株盛开的花树，大家争先恐后地在杜鹃树下留影。杜鹃花树长在高坡上，回首见绿树环绕的一大片牧场上，绿草茵茵游客星星点点，在蓝天白云的烘托下像一块古铜镜、像一块绿翡翠，有一对情侣半卧在草地上，卿卿我我中流露出无限情谊。

　　小张告诉我们说，肯威尔公园原来是约翰·罗根·堪培尔家的牧场，他曾经想在山坡上建造一座大宅院，后来他感觉奥克兰城市发展太快，住宅区会将绿地不断吞噬，他决定将这一百二十公顷的牧场捐献给政府，开辟为城市公园供市民们使用，1900年肯威尔公园开始对外开放。约翰·罗根·堪培尔1817年11月3日出生于苏格兰，1839年毕业于爱丁堡大学，获得医学博士学位。1840年他来到奥克兰，是来此定居的首批欧洲人之一，他曾担任新西兰银行和新西兰保险公司等机构的董事，1856年他当选为新西兰国会议员并任内阁部长，1901年他当选为奥克兰市长。为了表彰约翰·罗根·堪培尔的杰出贡献，1902年他被授予爵士称号。1912年6月22日，约翰·罗根·堪培尔去世，享年九十五岁，他被安葬在独树山上，在山顶建造了一座纪念碑，他为此预留了建造石塔所需的全部款项。

　　在小张的导引下，我们一行顺着蜿蜒的山道，往山顶的方尖塔而去，公园门口的几株钻天杨笔直伫立，劲枝虬干在蓝天白云下威武挺拔，像哨兵一样。道路两旁的草场上，散落着牛羊，两旁的山坡上各种大树姿态万千仪态端庄：有的张开双枝拥抱客人，有的如孔雀开屏华美雍容，有的仅剩枝桠像暗夜闪电狰狞夸张。山顶上耸立的纪念碑威严挺拔，在青天下格外端庄，我们沿着山道缓缓前行。来到纪念碑前，见碑基都用火山岩砌成，斑驳的苔藓让基座显得十分古朴，也让三十三米高灰白色的方尖碑更为坚挺。1940年，这座纪念碑在《威坦哲条约》（Treaty of

Waitangi）签订百周年时建成（《威坦哲条约》是 1840 年英国王室与毛利人之间签署的确认毛利人土地和文化拥有权的条约），直到 1948 年 4 月 24 日二战结束后，才举行了隆重的揭幕仪式。纪念碑的正前方地面上的青铜板铭文显示约翰·罗根·堪培尔爵士之墓，有人在墓前供上了一束鲜花。纪念碑上矗立着一座毛利武士的青铜雕像，方尖碑上的碑文显示，该碑是遵照堪培尔爵士的遗愿竖立的，表达了他对毛利人民的成就和品质的敬仰。绕独树山顶的方尖碑周围环视，奥克兰市风光尽收眼底，远处一望无际的蓝天白云、连绵的群山、蔚蓝的海湾、错落的屋舍、开阔的草场、墨绿的丛林，让人有心旷神怡之感。

拾阶而下，草场旁一树黄花金黄，草场上羊儿们悠闲地啃草，几只小羊羔围着一只母羊，钻进母羊的肚子下吮奶，让母爱挥洒在碧绿的草地上。不远处几株高大的南洋杉下，绿草地上一群牛儿在埋头啃草，或黑白，或赭色。农场主在草场的栅栏上拉着有意思的横幅："I am a cow, I am dangerous."（我是一头牛，我很危险。）让人们别靠近牛群。"Hi, I'm a cow, and I'm a new mother."（嗨，我是一头牛，我也是一个新母亲。）让人们怜惜奶牛。

陪同参观的高鹤先生介绍说，他和他的父亲很喜欢来肯威尔公园，这里已成为奥克兰市市民和游客的乐园。回望独树山顶高耸的方尖碑，我不禁想到，被誉为奥克兰之父的约翰·罗根·堪培尔为奥克兰的城市建设和发展做出了杰出的贡献。为人民作了奉献的，人们会永远怀念他。

喂鸟记

新西兰的春季，来到奥克兰旅居。居住地附近有一条小河，车路过时见到两只黑天鹅，在绿树下的河里潇洒地游弋着，像18世纪穿黑色燕尾服的绅士。司机小张说，你们可以抽暇带点面包到这里喂天鹅。

今日早上有雨，午后小憩后，我们一行就出门去观赏黑天鹅。沿着蜿蜒的步道，不一会儿就来到小河旁，小河对岸的连体别墅白墙黑顶，整洁惬意。河两旁的绿草地青翠欲滴，像一片片绿色的地毯，河两旁的垂柳婀娜多姿，如在春风里梳妆的美少女。左边的绿草地上，有一群白羽灰翅红嘴红脚的新西兰红嘴鸥，在漫步在栖息。小左掏出面包，开始抛向河里，马上就有众多红嘴鸥在她面前翻飞，纷纷抢啄落在河里、掉在草地上的面包，河旁几乎成为争夺的战场，我们纷纷掏出手机拍摄。两只黑羽蓝腹红嘴的紫水鸡蹦跳到面前，啄食草地上面包，这两只善行走不善飞翔的紫水鸡，成为草地上面包的专利者。河里急切地游来一对鸳鸯鸭和一对野鸭，鸳鸯鸭的头部两侧有红色皮瘤，因此被称作鸳鸯鸭，野鸭几乎与人们豢养的鸭相似，它们到来便与红嘴鸥争抢食物。

最晚抵达的是黑天鹅一家，公天鹅与母天鹅一前一后，中间是五只黄茸茸的小天鹅。黑天鹅显然是这条河的霸主，公天鹅不停地对鸳鸯鸭、野鸭、红嘴鸥虎视眈眈，伸长颈项啄它们，使它们不敢靠近。母天鹅不停地啄食抛在河里的面包，几只小天鹅也争抢着、鸣叫着，河面上好像沸腾着欢声笑语，我们几个也几乎都将面包抛给了黑天鹅一家。河里的鸳鸯鸭、野鸭先后上岸，既躲避黑天鹅的欺凌，又可以啄食草地上落下的面包。望着河里黑天鹅优雅的身姿，望着黑天鹅一家温馨的场面，我不禁想，奥克兰的动物不怕人，人们从来没有去抓它们伤害它们的企图，这些野生动物都十分悠闲地生活生长着，这里真的是天人合一啊！现代化并不能以破坏环境破坏自然为代价，人不能绝对化地以征服自然、人定胜天为傲，人应该顺服自然、顺应自然，与自然界和睦相处，才是人间绝对的真理。眼前的一幕喂鸟图，就呈现出人与自然和睦相处的美景。

我们一行在步道上继续散步，海边海天一色的美景让我们惊叹。返回住地途中，我们又见到了黑天鹅一家，仍然是公天鹅在前母天鹅在后，五只小鹅在中间，在绿草地上觅食。见到我们，黑天鹅又迎上前来，大概是希望我们再给它们食物。我们摊开双手，向它们表示已经没有食物了。我们挥手向黑天鹅一家告别，我看见河岸边一丛白色的马蒂莲开得正艳。

在纽约

自由女神像前的遐思

耸立在纽约哈德逊河口贝德罗岛上的自由女神像，已成为美国自由民主精神的象征，深秋时节我来到纽约，首先便想到登贝德罗岛观自由女神像。

乘地铁来到曼哈顿最南端的海港边，东河中几座钢铁大桥横卧河上，威廉斯伯格大桥、曼哈顿大桥、布鲁克林大桥，三座大桥均为钢丝悬挂式，风格各不相同。码头边远远可以见到阳光下贝德罗岛上的自由女神像的身影，一架架直升飞机正载着游客飞上蓝天，去俯瞰自由女神像与曼哈顿全景。直升飞机螺旋桨的声音在耳边回荡，阳光下的海港波光粼粼、海鸥飞翔，开阔绮丽的景致令人心旷神怡。

沿码头前行，我来到岸边的贝特利公园，买了一张去贝德罗岛的游船票，去观赏自由女神像。此像是法国送给美国庆祝建国一百周年的贺礼，由法国雕刻家巴特勒迪（Frédéric Auguste Bartholdi）设计，以钢铁为铜像建造骨架，再覆以铜皮，艾菲尔铁塔建造者艾菲尔负责设计铜像内部的钢架结构。铜像于1874年开始设计，1884年5月21日完成，由于资金短缺，至1885年6月才运抵纽约。整座铜像用2.4厘米厚的铜板铸成，分成三百五十块，分装在二百一十四只板箱内，运达纽约后再组装。1886年10月28日，自由女神像正式与公众见面，离庆祝美国建国一百周年已迟了十年，美国总统克利夫兰主持了揭幕仪式，法国人巴特勒迪出席了隆重的典礼。1924年自由女神像被宣布为美国国家纪念地。自由女神像高46.5米，连同它的基座有93米高。基座上镌刻着美国女诗人埃玛·娜莎罗其的诗：

送给我

你那些疲乏的和贫困的挤在一起渴望自由呼吸的大众

你那熙熙攘攘的岸上被遗弃的可怜的人群

你那无家可归饱经风波的人们

一齐送给我

我站在金门口

高举自由的灯火

自由女神像成为世界民主与自由的象征，1984年联合国将其列为世界遗产之一。

上船需要做安全检查，如同登飞机一般，连鞋子、皮带都必须一一解脱。由于"九·一一事件"后，自由女神像成为恐怖分子攻击的另一个目标，贝德罗岛一度被关闭，至2004年8月3

日才重新开放，但是加强了安全检查。登上游船，站在甲板上，回望曼哈顿鳞次栉比的高楼群，只是没有了世贸大厦双塔的身影。望着渐渐靠近的贝德罗岛，望着渐渐靠近的自由女神像，那希腊女神端庄慈祥的面容，她头上戴着额箍，一手高擎着火炬、一手持着《独立宣言》，一种雄伟崇高之感油然而生，心里便有几分激动，这就是常常在电影电视中出现的标志性雕塑。

登上贝德罗岛，我便往自由女神像而去。岛中间的旗杆上，一面美国国旗在半中间飘扬着，为在"九·一一灾难"中逝世的人们哀悼。矗立在眼前的自由女神像在秋光里显得有几分庄严肃穆，在蓝天的映衬下，那高擎着火炬的手臂坚定执着，金色的火炬在阳光下闪闪烁烁，希腊式的衣袂在秋风里似乎冉冉飘动着。我围着自由女神像漫步，金黄的秋叶在秋阳下熠熠闪光，碧绿的草地上青年男女成双成对地闲坐，海鸥在蓝天里海面上翱翔，一切都显得十分轻松惬意。女神像的基座底部是一个博物馆，通过此处可以攀往女神像头部顶端，能通过玻璃窗俯视纽约全景。我想自由女神像亲眼目睹了"九·一一事件"的全过程，她亲眼目睹了世贸大楼的轰然倒塌，她与美国人民一起忍受着灾难，她应该是最为痛苦的，她的脸上没有一丝笑意，她为了美国为了世界而担忧。

登上游船离开贝德罗岛，回望自由女神像，落日的霞光里，女神像更显得美丽端庄，那高擎的火炬似乎点亮了世界每一个黑暗的角落，似乎在呼唤着人们追求自由民主的心灵，似乎在谴责着惨无人道的作为。甲板上，一个金发女孩戴着女神像一般的绿色额箍，学着女神像那样高擎着右手，在晚霞中俨然是一个活生生的女神。我想这个世界不应该再有恐怖与战争，应该让这些孩子们不再经受痛苦，应该让他们真正享受到世界的和平与大同。

熊山赏秋

岁月流逝、季节更迭，人们常常会忙中偷闲，观春柳，赏夏荷，沐秋月，踏冬雪，在忙碌的人生间隙中寻觅几分悠闲，在大自然的怀抱中得到些许放松。刚到纽约，朋友王先生夫妇便热情地邀我赏秋，他们俩告诉我，纽约的秋季特别美，美在熊山，美在秋叶，那秋深时分秋叶的姹紫嫣红五彩缤纷，简直是一帖灵魂的补剂，我却有些将信将疑。

那日，艳阳高照秋高气爽，是个难得的好天气，王夫人带上了花生米、豆腐干、饮用水等食品，王先生稳稳地将车开上了路，怀旧音乐"River of Stars"的优美轻松的旋律在车厢里回旋，似乎有一根羽毛在轻轻拨弄你的心弦，在惬意中心头便痒痒地，荡漾起一种恬静柔美的情愫。

朋友告诉我，应该学会享受生活，每年这个时候，他们都会去熊山赏秋，选择时机特别重要，早了秋叶未变色，迟了落叶缤纷，最佳的季节大约就在一个星期里，当一片片或猩红、或金黄的树林突然呈现在你的眼前时，你会从心底里发出一阵惊呼的。

因为我第一次来纽约，朋友特意将车绕路从曼哈顿走，让我看看纽约繁华的市容，鳞次栉比的高楼大厦并未让我惊奇，一座座造型各异的钢铁桥梁并未让我流连，我盼望着领略纽约的秋色，盼望着寻觅到灵魂的补剂。

车驶过乔治·华盛顿大桥，在高速公路上沿着哈德逊河北上。路边的绿树丛中不时闪过红的、黄的一株两株树，令人精神为之一振。公路上不时有马达轰鸣的摩托车发疯般地驶过，有衣着色彩艳丽的自行车手优雅地骑着，为公路增添了诸多生气。车子在公路边的观景点小憩，景点凭江而设，抬眼望去，景色开阔怡人，乔治·华盛顿大桥远远地横跨哈德逊河，哈德逊河水在阳光下波光粼粼汤汤南流，河畔的石崖上，两只巨鹰展翅在蓝天下腾飞盘旋，给哈德逊河平添了几分威严壮观。

车行驶了大约一个半小时，我们来到了熊山纽约州立公园，放眼望去开阔的茵茵绿草地后的山坡上，绿林间点缀着紫红的、猩红的、粉红的、金黄的、橘黄的、淡黄的各种色彩，如有一只巨擘持一杆巨笔，将绚丽的色彩四处挥洒，形成了熊山如此丰富的秋色。沿着一幢古旧建筑旁的小径，我们来到 Hessian 湖边，湖光山色尽收眼底，腰果形的湖泊清澈如镜，对岸山坡上的丛林倒映在碧玉般的湖水中，如一娇媚的女郎对镜梳妆，环湖小径边的树林色彩缤纷，似为一镜湖水戴上了一个美丽的花环。我们沿着湖畔的小径徜徉，湖边的游客不多，有父母推着童车带孩子来游玩的，有一对对情侣相互偎依着来观景的，有一双双老人相扶相携来漫步的，有牵着一只狗来溜达的，人伦人情为美丽的湖光山色抹上了几分情趣。

漫步在绮丽的湖边，不时为湖畔秋叶的色彩而震惊：这一株黄得透明，在日光的照射下，满树的黄叶如一点巨大的烛光，在蓝天绿波的映衬下显得分外妩媚动人，令人想起生日晚会烛光的祝福；那一棵红得热烈，满树的红叶没有丝毫瑕疵，如一柄巨大的火把，在秋光中熊熊燃烧，使人联想到爱情的炽热；这一株紫得深沉，满树的紫叶熠熠生辉，如暮色的晚霞染紫了天穹，使人想象着紫气东来的意境；那一株黛得奇特，满树的黛叶十分娇媚，在蓝天白云的映衬下婷婷玉立，如一位豆蔻年华的少女梳妆打扮……有时在一丛树林中，红的、黄的、绿的、紫的、黛色的，都积聚在一处，令人想起"赤橙黄绿青蓝紫，谁持彩练当空舞"的诗句，这一株株、一丛丛在秋阳中伫立，在秋光中闪烁，在秋湖中倒映，微风吹来，湖水泛起涟漪，那秋叶的倒影便如梦如幻地荡漾着，各种色彩在碧玉般的湖水中晃动着、重叠着、交织着、融汇着，简直如一幅色彩浓烈的油画展现在你的眼前，你不能不被眼前的色彩所迷醉，你不能不被眼前的美景所震惊，你的情绪便会被眼前的景致所感染，你会情不自禁地唱起一首情歌，你的心灵便会被眼前的色彩所抚慰，你会自然而然地吟出一句诗句，你会在这绮丽的大自然前流连忘返，你会在这秋日的美景前愁绪皆抛。

湖水中有几只野鸭在追逐嬉戏觅食，给宁静的湖面添了几分生气，飘落在湖面上的秋叶，枫叶形的、椭圆形的、锯齿形的，红色的、紫色的、绿色的、黛色的，将秋的色彩点染了湖面。湖畔的褐色石块上，一对年轻的情侣相依相偎，在这美景中倾诉着恋情；林中的一张木椅上，一位古稀老人戴着老花镜阅读一本厚厚的书，似乎在回忆着过往的岁月；一对年轻夫妇将童车中的孩子抱下，给孩子一一指点着眼前的美景，眼前一切似乎都是静静的，身边一切似乎都是彩色的。我想如果用画笔来画，用水彩、用水墨显然不妥，只有用油画颜料，才能将眼前缤纷浓艳的色彩画出；我想如果用音乐来奏，用丝竹、用提琴显然不当，只有用交响乐，才能将身边的绚丽激越奏出。我们在秋叶边观赏，我们在秋色中流连，心灵似乎被秋叶映得透明了起来，心胸似乎被秋色染得纯净了起来，我领会到了朋友关于大自然是灵魂补剂之说。

车离开熊山前，我又静静地观望着绮丽的秋景，观望着五彩缤纷的山坡，我想倘若将少年比作百花盛开的春季，将青年比作山花烂漫的夏日，那么中年应该是桃李成熟的秋天，纽约的秋叶也正昭示着成熟的魅力。朋友来纽约近二十年了，夫妇俩执着奋斗相互扶持，在事业与家庭等方面都获得了成功，我望着稳稳地开车的朋友，望着轻轻哼歌朋友的妻子，我想他们也如这纽约的秋叶一般充满着中年成熟的魅力，我衷心祝福他们能够享受生活、享受成熟。

庄严寺品秋

深秋时节，我随朋友王先生夫妇来到位于纽约州博南郡肯特镇的佛教寺庙——庄严寺。人生中常常品酒、品茶、品菜，我却在纽约的秋光中品味秋的滋味，在纽约的庄严寺里感受庄严世界。

庄严寺距纽约市区大约一个小时的车程，我们从熊山赏秋叶后，朋友将车东行，趱上了去庄严寺的公路。朋友告诉我，庄严寺所属之地原为来自中国大陆的沈家桢居士所有，1975年他以每年一美金的租金，将这块一百二十五英亩的地产租给了美国佛教会，租期九十九年。1985年在此地建成了观音殿，1989年沈居士正式将地捐赠给教会，1997年建成了大佛殿。现在庄严寺还另有斋堂、印光楼、太虚斋、和如纪念图书馆等建筑，庄严寺已成为美国佛教协会的中心。

车拐入一小道，在一停车场停下，推开车门，眼前的秋叶的缤纷色彩扑入眼帘令人惊讶：朱红的、杏黄的、墨绿的、淡紫的，各种色彩的秋叶在湛蓝的天穹、雪白的云朵的衬托下，显得格外妩媚娇艳。

我们沿着宽阔的菩提大道前行，眼前兀立着一座黄瓦红柱四层屋顶金字塔形的大佛殿，大道两旁的十八罗汉雕像面目各异栩栩如生。盛唐风格的设计使大佛殿端庄别致，一左一右的钟楼鼓楼如亨哈两将，守卫着器宇轩昂的大佛殿，殿前圆形的玻璃、屋檐下装饰着的两层玻璃，使佛殿带着欧化的特色。步入大佛殿，宽敞的大殿前兀立着一座高十五米巨大的白色毗卢遮那佛像，两耳垂肩，手结智拳印，慈眉善目端庄安详，趺坐于莲台上，这座1993年秋天完成的佛像，悲悯地关注着大千世界的芸芸众生。莲台基座上刻有弥勒、观音、普贤等十二尊彩绘菩萨浮雕，莲台一左一右雕刻的韦陀与伽蓝两尊菩萨，守护着佛门净地，莲台后面环绕的看台上有万尊小佛像，昭示着佛门的佛法无边。大殿中，有一队弱智人在拜佛，有伸着舌头的，有歪斜着眼睛的，有拗着脖子的，期盼佛祖给予他们幸运。

走出大佛殿，来到观音殿。该殿为著名建筑师贝聿铭设计，盛唐风格的外形，绛红色木柱、金黄色琉璃瓦，使观音殿显得宏伟端庄。推开门扉，殿正中供奉着明朝的彩瓷观音像，观音像前一僧人跌坐于蒲团上，正用英语向善男信女们讲经。我们没有惊动他们，将门悄悄合拢。朋友带我去斋堂用斋，他说此处每周六与周日中午，都有素斋供应。踏入斋堂，打上米饭素菜，豆腐干、卷心菜、西兰花做得可口入味，饭菜并不计量，吃完仍可自添，我们几个吃得津津有味。一位年长的女义工慈眉善目，她告诉我们她住在 Flushing，开车过来要一个多小时，她来做义工是对于佛的奉献。吃完饭，我们在斋堂饮了杯茶，小憩片刻。望着窗外一株紫色的秋叶，在阳光照射下摇曳着紫绿相间的光彩，我怀疑此树是真还是假了。朋友王先生告诉我，此处最美的地方是七宝湖，我们便往七宝湖而去。

七宝湖不大，占地约四英亩，却如一块蓝宝石一般镶嵌在庄严世界里，清澈的湖水一尘不染，岸边的树丛五彩缤纷，黄的树叶黄得透明，红的树叶红得炽烈，绿的树叶绿得深沉，湖畔有一朱红色平台伸入湖中，朋友说原来这里伫立着一尊高十余尺的白衣观音塑像，擎杨柳举净瓶慈祥端庄，现在却不知道为何被移走了，对岸的树丛掩映着一黄瓦红柱的亭子，朋友说名为净月亭。

那蔚蓝的天空、湖边的树丛、小亭、平台都倒映在明镜般的湖水中，让你分不清哪是岸上，哪是水中，你真想顺着那湖水中的倒影走去，走向那神奇迷离的仙境，那粼粼波光中树影的波动、亭台的摇曳，你会觉得面前简直是太虚幻境，展开在你眼前的景致在蓝天碧水中，就如同展开了一幅画屏，秋的丰富、秋的绚烂、秋的明净、秋的深沉，都纤毫毕现地袒露在你的眼前，我观赏着、凝视着、品味着，如面对着一件艺术珍品，清新的空气、绮丽的景致、幽静的环境，我不禁陶醉在这清丽美景中了。望着对岸的净月亭，我想象着在明月初升的夜晚，那一轮皎洁的圆月倒映在七宝湖中，湖畔的树影朦朦胧胧，大殿中的木鱼声隐隐约约，那该是怎样的一种境界呀！

当我们沿着净勤步道绕湖一周，回到大佛殿前，只见两个弱智人在点香，一个高高大大，借着一只助走器行走，长长的舌头伸出口中；一个矮矮小小，迷离的眼神显示出弱智人的特征。他们俩都捏着几根香，用打火机颤颤巍巍地点燃了香，然后小心翼翼地插到了香炉里。普通人可以轻轻松松完成的事情，他们却如此艰难地才做完，回过身来他们对着大佛殿双手合十，拜了几拜。

拾阶而下，回望着大佛殿雄伟的英姿，望着那两位弱智人虔诚的模样，我不禁想，人心是共通的，无论是智者，还是愚者；无论是富人，还是穷人；无论是白人，还是黑人，都渴望得到关爱，都应该得到关爱，都渴望获得幸福，都应该得到幸福，无论是耶稣基督，还是释迦牟尼，还是穆罕默德，他们都是希望给予人以关爱，都希望人与人之间和睦相处，都希望每个人以自己的奉献给他人以爱。车子驶离了秋色缤纷的庄严寺，驶离了庄严寺的庄严世界，我想尊重人、关心人，这大概就是世界上最庄严的事情了。

火锅的滋味

冬天来了，天气凉了，约三五朋友聚在一起吃火锅是一种乐趣，大家围着热气腾腾的锅子，你一筷我一筷，你一言我一语，热热和和，快快活活，火锅的滋味在其乐融融中充满着人间温情。

来到纽约，朋友王先生请我吃火锅，朋友的妻子苏珊早早地就买了火锅的原料，肉圆、鱼圆、海虾、豆腐、蛋饺、肉片、菠菜、木耳、芋头等摆了满满的一桌，王先生在桌上摆上了煤气炉，放上鸳鸯火锅，苏珊在锅子里调入作料，一半辣一半不辣，打开火，锅子里开始沸腾了，冒出了几许香味。苏珊用芝麻酱、花生酱、豆腐乳、麻油等搅拌成香喷喷的调料，用来蘸涮熟的食物。

坐在桌前，大家七手八脚地将食物抛下锅，等待着锅里的食物慢慢煮熟，再将食物一一捞起，蘸上作料美滋滋地吃了起来。从辣的汤里捞出的食物连辣带麻，特别有味；从不辣的汤里捞出的食物原汁原味，别有风味。火锅的乐趣大概也就在边煮边吃边聊之中，我们自然也就开始了聊天，从食物聊起，当过知青的我自然就聊起了插队之时食物的匮乏，知青集体户一年才能吃两次肉，提了肉回来在灶上煮，便你一筷我一筷地尝尝，还没有等肉全煮熟，锅子里已经没有肉了。我们聊到了我们经历过的青春时代，聊到知青生活精神的空虚。苏珊便回忆当年与王先生初次见面的情况，说到王先生当时的朴实不善言谈，说到王先生所具有的内在魅力，大家便嘻嘻哈哈笑成一片了。王先生谈起了十八年前来美国洋插队的甘苦，边读书边打工的艰辛，谈到目前其生活状况的改善。苏珊却嗔怪王先生前两年没有在皇后区买她中意的房子，现在这些房子都涨了几倍，王先生却哈哈一笑，将一只虾咬进嘴里。我们海阔天空地谈着，谈胡耀邦九十诞辰的纪念会，谈布什即将出行的访华，谈即将到来的感恩节，谈本周末的安排，从大到小、从远到近，随意而惬意，随心所欲而天马行空。

人生历程中，大约是年轻人喜欢谈未来，老年人喜好忆过往，而中年人则往往既回忆过去又向往未来，他们没有年轻人的好高骛远不切实际，他们没有老年人的美人迟暮伤感哀怨，他们往往对于任何事情都实实在在地去考虑，不奢望突然发一笔横财，也不愧疚于错失良机，他们会努力去抓住每一个机会，他们会切切实实地去实施他们的计划，力求稳当踏实，企望不断改善工作与生活的条件。

桌上的食物越来越少，火锅的汤越烧越浓，舀一碗汤十分鲜美，我们吃得十分尽兴，聊得也十分快活，火锅的滋味除了吃，就是聊了，我想如果是一声不吭地吃火锅，那滋味肯定会淡了许多，如果火锅桌上是不和睦的同事，那么吃起火锅来要么一言不发，要么含沙射影唇枪舌剑，那么吃火锅将是多么乏味的事情呀！

俗话说，人生得一知己足矣！吃火锅也应该有三五知心友朋共聚，这才能吃得尽心，聊得爽快，火锅的滋味也就在其中了。

跟着"中国女人"游曼哈顿

周励以《曼哈顿的中国女人》出名，这部书曾引起"洛阳纸贵"，许多人是读了这部书走出了国门走向世界的，周励也就有了"曼哈顿的中国女人"的诨名。我曾撰写了《论〈曼哈顿的中国女人〉的文学史价值》，而加深了对于周励和其作品的理解。最近，我刚到纽约，就收到了周励的微信，她十分热情地安排我游曼哈顿。周励大概属于这样一种人：她的热情如火，能把你融化；她的坦诚像水，能清澈见底。

大概知道我对于纽约并不熟悉，周励特地让出租车到我居住地接我，让车开到曼哈顿她家大门口接上她，周励一袭彩绘真丝长裙，如彩云飘然而下，她让出租车开去世贸大楼原址。下车伊始，便望见新世界贸易中心一百零四层的摩天大楼矗立蓝天，这座主体结构 1776 英尺（541.3 米）全美最高的摩天大厦，耗资三十八亿美元，象征着美国 1776 年通过独立宣言。大楼 2013 年 11 月 12 日竣工、2014 年 11 月 3 日开放。登上 One World

Observatory100层，先在超大屏墙上观看"九·一一事件"录像，再登上一百零二层观景，纽约市容尽收眼底：鳞次栉比的高楼大厦都在脚下，布鲁克林大桥、帝国大厦、自由女神像……我在玻璃幕墙前远眺，在缓缓入海的哈德逊河上，蓝天白云，百舸争流，我的眼前却晃动着"九·一一"客机撞入时双子塔冒烟的场景，如两柄巨大的火炬燃烧着世人的心，这场灾难让世贸中心2603人丧生，"九·一一事件"共有2998人遇难，这是世界的灾难，这是人类的灾难！走出大厦，在双子塔的原址上，两个各占地四千平方米的纪念池流水潺潺，四周的人工瀑布哗哗地流泻，我却听到了悲哀欲绝的哭泣声，不远处的新世贸转运站，像一群白鸽振翅腾飞，我却想象是双子塔的精灵在腾飞，这座由著名建筑师Santiago Calatrava设计的建筑耗资十四亿美元，人称飞鸟车站，成为纽约的新景观。

从新世界贸易中心出来，我们去了大都会博物馆，收藏有三百万件展品的大都会博物馆是与卢浮宫、大英博物馆、圣彼得堡的艾尔米塔什博物馆齐名的世界四大博物馆之一。进展馆后，周励带我直奔即将结束的秦汉文明特展，这是今年全美国规模最大的中国文化艺术展览，展出来自中国三十二家博物馆的一百六十多件展品，反映了中国秦汉时代的艺术水准。我们在陶跪射俑、秦始皇陵铜车马、陶半裸百戏俑前流连，我们在青铜钱树、陶乐舞女俑、金缕玉衣前踟蹰，为中国秦汉文明而骄傲。大约因为离开闭馆的时间近了，周励驾轻就熟地带我观赏一些名作：罗丹的雕塑，莫奈的《睡莲》，梵高的《自画像》《星空》《鸢尾花》，塞尚的《埃斯泰克的海湾》，高更的《两位塔希提妇女》《午后小憩》《我们朝拜玛利亚》，修拉的《大碗岛的星期日下午》……这些世界级的精品令人目不暇接、流连忘返。

离开大都会博物馆，我们去洛克菲勒中心，这是一个由十九栋商业大楼组成的建筑群，这些地标性建筑成为美国商业和财富的象征。一只巨大的人造蓝色蜻蜓翱翔在花丛中，下沉广场中腾飞的金人雕塑和喷泉，让洛克菲勒中心生动起来。马路对面是圣帕特里克大教堂，这座哥特式风格装饰的教堂，巍峨的塔尖耸立在鳞次栉比的高楼群中，它有着一百三十多年的历史，是整个美国最大的天主教教堂。步入教堂，我为教堂气势恢弘线条繁复的穹顶而惊叹，彩色玻璃上鲜艳夺目的宗教画，庄严柔和的管风琴，牧师讲道富有魅力的声音，让人不禁肃然起敬虔诚膜拜。走出教堂，周励带我去特朗普大厦，这座五十八层的摩天大楼于1983年完工，是特朗普总统竞选的大本营。作为房地产商的特朗普在美国和世界各地都有以他名字命名的大楼，在拉斯维加斯、芝加哥、佛罗里达州，仅在纽约就有三幢特朗普大厦；在巴拿马、多伦多、马尼拉，都有特朗普大楼。这幢第五大道上的特朗普大厦，门口警察荷枪实弹戒备森严，金色门楣上"TRUMP TOWER"格外醒目。走进特朗普大厦，金碧辉煌的装饰让人叹为观止，特朗普酒吧、特朗普观光塔、特朗普冰淇淋让人想到这位不拘小节的总统，这里连厕所都是豪华装修，地面、墙壁都是褚红色大理石。

走出特朗普大厦，周励带我去鹿鸣春吃晚饭，望着她脚步匆匆的背影，我想起了周励在《曼哈顿的中国女人》序言的开篇："我漫步在纽约曼哈顿 Park Ave 与四十八街交叉口的教堂处，眼望着街心一簇簇嫩黄与猩红的郁金香，以及灯火辉煌、令人眩目的 Helmsley 大厦——这是纽约最特殊的一条大街，用繁华来形容过于简单。"周励，曼哈顿的中国女人，你是中国人的骄傲，你在曼哈顿打拼出一番天地，没有拼搏哪有成功，没有耕耘哪有收获？跟着"中国女人"游曼哈顿，让我更了解了曼哈顿，也让我更了解了"中国女人"！

漫游法国

里昂富维耶圣母院巡礼

里昂是法国第二大都市，是法国乃至欧洲重要的文化与艺术中心。我从克莱蒙到达里昂，再去别的城市，在里昂大约仅停留半天，朋友告诉我可以去看看著名的教堂富维耶圣母院，她是里昂地标性的建筑。

午饭后，按照朋友的指点，在红土广场上地铁 D 线坐一站，再转缆车到山顶，出门就是富维耶圣母院。该教堂源于 1870 年的普法战争，里昂总主教吉努里亚曾许下诺言，如果里昂能够逃过敌人的侵占，便修筑一座教堂还愿。这座天主教圣殿始建于 1872 年，完成于 1884 年，她耸立于索恩河西岸的山顶上，为法国历史主义建筑大师皮埃尔·博桑 Pierre Bossan 设计。白色大理石的教堂，融合了拜占庭及欧洲中世纪的风格，四角矗立着四座有十字架的四十八米高的古堡塔楼，四根黑色柱子撑起的高大门楣上，屋顶处的雕塑是众门徒叩拜怀抱基督的圣母，下一层的楼台前是八尊神像构成的石柱，门楣各处的雕塑或雕花华丽精美。

步上大理石楼梯，正门门楣上雕花的石框里，雕刻着诸多关于基督故事的浮雕。

踏入教堂，我为教堂的金碧辉煌精美绝伦而惊讶，抬头见教堂的穹顶上，墨绿的底色上描绘着白色褐色的花卉图案，金色的浮雕和金色的图案让穹顶金光闪闪，顶头的圆形湛蓝底色正中，以金色描画了双手捧着童年基督的圣母像，用白色描绘了他们身边一左一右两位天使的形象和圣母像前捧着金色缎带的天使形象。教堂地上由马赛克铺就的盾形图案精致端庄，主祭坛前是抱着童年基督的圣母像，主祭坛头顶的天穹圆形图案里，是十一个金色的浮雕，为九头蛇等诡异雕塑，象征着宗教史上的异端邪说。教堂诸多彩绘玻璃透进绚丽的光，柚木的门框、大理石祭坛、大理石柱子都雕花抹金，只有一排排柚木座椅简洁舒适。我置身教堂的金碧辉煌中，在庄严肃穆里有着肃然起敬，在目不暇接中有着赞叹惊讶。

富维耶圣母院里最令人惊诧的是壁画，教堂两侧的墙上各有三幅雕花贴金的壁画，陈述着宗教的历史和里昂的故事。这一幅绘的是公元431年的以弗所公议会。由拜占庭皇帝狄奥多西斯二世在小亚细亚省以弗所举行第三次基督宗教大公会议，主要议题是聂斯妥里教派关于玛利亚神性之争的问题，会议将不主张崇拜圣母马利亚的聂斯托利派定为异端。画幅中描画的是会议的场景，抱着圣子的圣母在中间，狄奥多西斯二世在大庭广众慷慨陈词，右边正襟危坐的人们神情严肃，左边的聂斯托利派势单力薄。

这一幅绘的是 1571 年著名的"勒班陀大海战"。1571 年 10 月 7 日，在希腊古城勒班陀附近的帕特拉斯湾，奥斯曼帝国与"神圣同盟"（威尼斯、西班牙、罗马、马耳他等国）进行了一次大海战，以信奉基督教的"神圣同盟"打败信奉伊斯兰教的奥斯曼帝国结束，人们将 10 月 7 日定为胜利圣母日。画面上描绘的是海面上"神圣同盟"的船队与奥斯曼帝国船只交战的情形，海面上波涛滚滚鏖战正酣，船员们齐心协力努力划桨，船只间箭弩齐发硝烟弥漫。

这一幅绘的是 1870 年普法战争中圣母保佑了里昂。在普法战争中，普鲁士军队没有进攻里昂，里昂人认为是圣母保佑了里昂。画面上描绘的是在圣彼得大教堂，人们抬着教皇国的最后一位君主庇护九世，欢庆里昂避免了战火的摧残蹂躏，画中左侧光环中的是里昂的标志。

这一幅绘的是里昂首位主教圣波提乌斯乘船抵达里昂。公元 177 年，圣波提乌斯是首位在高卢殉道的基督徒，同时期里昂有不少基督徒被罗马帝国迫害而殉道。画面上描绘的是圣波提乌斯乘船抵达里昂码头的情景，迎接他的有里昂的基督徒们和跪拜的民众。画幅上方圣母像两旁站立的，是代表在此殉道已升入天堂的四十七位基督徒。

这一幅绘的是圣女贞德之凯旋。14 世纪英法战争中，圣女贞德率领法国军队攻克英国军队占领的要塞，拿下被占领的奥尔良城，她以上帝的名义劝退了英格兰人，赢得了前所未有的胜利。贞德在收复巴黎之际被敌方俘虏，最后被英格兰国王以女巫罪送上了火刑架活活烧死，圣女贞德成为法国的民族英雄。画面上描绘的是圣女贞德凯旋而归的场景，正中间的她骑在马上得胜而归，前面四个号手和扛着戟的士兵们开道，后面紧跟着牵着马擎着剑戟的武士们，队伍前面是夹道欢迎的民众。

这一幅绘的是路易十三的誓言。1638年2月10日，路易十三在得知其王后安妮怀孕后，向圣母发出誓言，献上他的王冠和王笏，并签发诏书为巴黎圣母院打造新的祭坛。画面上描绘的是路易十三将王冠和权杖举起表示献给圣母，后面跪着的是怀孕的王后安妮，背景是路易十三征战意大利的场景。

这六幅壁画，色彩与穹顶相似，墨绿色底以金线描绘勾勒，各色人等的描绘生动形象，甚至可以见出不同人物的性格。在与里昂有关的历史人物宗教故事的描述中，也铭记住这个城市的历史人物与文化痕迹。教堂里的彩绘玻璃，大多也讲述着基督的故事。教堂墙壁上还有基督受难、基督降生、圣母玛利亚等雕塑和绘画，细细欣赏都十分精美。

走出教堂，小堂塔楼顶上，是一尊镀金的圣母像，在阳光下熠熠闪光。伫立教堂的平台上，整个里昂城一览无余，清澈的索恩河在山脚下静静流淌，里昂老城掩映在树丛中，河对岸醒目的红瓦屋舍鳞次栉比，圣母院的钟声正在敲响。眺望着美丽的里昂城市景观，想起了关于圣母院最初的传说：17世纪的里昂曾多次发生鼠疫疫情，给市民带来巨大的灾难，市民们聚集在一起祈祷，向圣母祈求祛灾保佑，疫情果然得到了抑制，人们将献给托马斯的小教堂改为献给圣母，并开始了建造富维耶圣母院的筹划。历史常常与战争与苦难联系在一起，教堂成为城市历史和文化记载的圣地。

古朴小城奥朗日

法国南部之行的第一站，是古城奥朗日（Orange），这座古朴精致的阳光之城，给我以极为深刻的印象。这个被称为"亲王之城"的小城，位于法国南部普罗旺斯地区，中世纪曾是奥朗日亲王国的都城，记录着古罗马灿烂的历史。奥朗日是通往法国北方、西班牙和意大利的必经之路，公元前105年，古罗马人在此地被辛勃罗人和条顿人打败，后来奥古斯都大帝曾将此建成为罗马的一个知名都市。1531年，此地由奥朗日家族继承之后，奥朗日公国就开始繁荣起来，鼎盛时期人口达到十万。漫步小城奥朗日，凯旋门的古老精美、古罗马剧场的恢弘壮观、小城的古朴静谧，都成为一个悠然温馨的梦。

从里昂坐大巴到古城奥朗日，最先映入眼帘的是奥朗日凯旋门，她坐落于澳朗日城北亚格里帕大道上。公元10到25年间建造的这座凯旋门，是为纪念古罗马将军恺撒的战功而建，成为罗马皇帝的权威和奥朗日殖民地的象征。这座半圆形凯旋门，高19.57米、宽19.21米、深8.4米，伫立在历经沧桑的凯旋门前，我为这座三拱门凯旋门的精致古老而惊叹，这是所有遗留下来的罗马凯旋门中最精美、最引人入胜的一座！四根罗马石柱撑起了这座古老的凯旋门，顶端长方形的浮雕，描绘了恺撒率领罗马军团和凯尔特人鏖战的情景，虽然经历了近两千年的风化，浮雕的轮廓已模糊，但是依然可以看到战斗的惊心动魄：骑马挥刀的军官，腾起长啸的战马，手持盾牌的勇士，挥戈鏖战的士兵，倒卧的战马，惨死的士官，呈现出血战的惨烈，金戈铁马短兵相接，血肉相拼壮怀激烈。仰望浮雕，我联想到毕加索的《格尔尼卡》，呈现出战争的灾难与痛苦。凯旋门第二层左右的浮雕已模糊不清，右边还依稀可见城郭、太阳、船首、船桨的线条，大约与海战有关，左边已完全被风化了。右边拱门上方，可以见到一片片石雕的树叶，树叶上都雕刻着各种精美的花纹，左边拱门上的浮雕也都风化了。凯旋门的三个拱门上，都有精雕细刻的花纹，虽然经历岁月的侵蚀，仍然可以见出其精美。

穿过厚重的拱门，凯旋门顶上雕刻着精细的六角形图案，如同一个巨大的蜂巢。凯旋门背后顶端，仍然是鏖战的浮雕，显然风化得厉害，模糊不清了。左右边第二层的浮雕，可以见到三叉戟、太阳等浮雕影子。左右边拱门上方，可以见到石雕树叶上雕刻的花纹、动物的身影。凯旋门左侧面，顶端一左一右雕刻着两条对称的美女蛇，挺直的乳房和盘卷的蛇身，十分富有美感。在四根罗马柱中间，是三个罗马将军的浮雕，戴着头盔、穿着铠甲，身旁一左一右是两个盾牌。将军雕塑下面，分别是两尊已风化的士官雕塑。此处凯旋门下端，都被风化了，连罗马柱都模糊了。凯旋门右侧面，仅有两根罗马柱中间的一尊将军雕像和两尊士官雕塑。

望着这座已有两千年的凯旋门，虽然18世纪末该凯旋门曾部分被毁，现在依然能够看出当年的精美绝伦。在几株高大的白皮松的掩映下，奥朗日凯旋门如一位睿智的老人，在絮絮叨叨地讲述奥朗日的历史故事。

奥朗日古罗马剧院坐落在罗纳河谷，建于罗马帝国皇帝奥古斯都统治时期（公元前 27 至前 14 年），是所有古罗马剧场中保存最完好的罗马式剧场之一。

下车伊始，远远就望见傍勒特普山丘而建的剧场充满着沧桑感的身影。这个由砖石筑就三层的碗状剧场，土褐色的砖墙上，一个个拱形半圆门，砖墙上千疮百孔坑坑洼洼，到处呈现出焦黑色，如同刚刚从历史梦魇里醒来。从一个方形建筑的拱门进入，步入剧场参观，拾阶而上，走出门洞，豁然开朗，整个古剧场袒露在眼前：半圆形的剧场，石筑的看台座位席层层叠叠，画出了剧场内优美的曲线，从上面俯瞰就像一张巨大的唱片，阶梯状观众席一级级向碗底收缩，剧场的看台可以容纳八千人，下层为贵族的席位，再上一层为神职人员、商人的座位，上层为平民的坐席，根据不同的身份而安排不同坐席。舞台正面是一堵高高的墙，长一百零三米、高三十八米，这被路易十四自诩为"我的王国中最漂亮的一堵墙"。舞台原为三层，中央大壁龛内，安放着高达三米半的奥古斯都皇帝塑像，他穿着铠甲、披着大氅、左手撑腰、右手挥舞，呈现出帝王气象英雄气概。4 世纪时该剧场被放弃，中世纪时成为防卫据点。1825 年后，奥朗日古罗马剧院剧场得到修复。剧场不仅是演剧的场所，更重要的是当时政治家演说、政治辩论、公布城邦决议、表彰优秀者的讲坛。自1869年起，每年夏季都在这里举办奥朗日艺术节。每年7月7日，奥朗日都要举行一年一度的奥朗日歌剧节，一直持续至7月31日，这已经成为奥朗日市民的节日。2006年，为了保护这座已有两千多年的古剧场，在舞台顶部建起了巨大的玻璃穹拱，体现了现代与古典艺术的完美结合。由于这座剧场的音响效果极佳，现在这里依然是歌剧和音乐会经常上演的佳处。

我伫立在看台顶端，四顾周边的景致和剧场上下，看台后面苍翠的山峦，剧场外面鳞次栉比的屋舍，剧场里层层叠叠的看台，舞台上庄严的奥古斯都塑像，我想象着当年八千多人在这个剧场里观摩演出的盛况。古罗马戏剧受到了古希腊戏剧的影响，常常将古希腊悲剧改编后在舞台演出，有古罗马戏剧家塞内加取材于欧里庇德斯等希腊戏剧家的《美狄亚》《俄狄浦斯王》《费德尔》等剧作。

走出古剧场，我在奥朗日小城里漫步，这个两万多人口的小城古老宁静。我踏过奥朗日小教堂斑驳的门框，教堂里简洁端庄，一个十字架安置于讲坛正中的墙上，柚木的长条椅整齐地排列着。我又来到一座精美的歌剧院，这座两层的歌剧院三个门的门楣上，分别是三位艺术家的雕塑，上方镌刻的"COMEDIE OPERA TRACEDIE"意思为喜剧歌剧院。剧院顶楼雕梁画栋，呈现出巴洛克风格的典雅，剧院左面是两座舞姿翩翩的艺术女神铜雕。街头有一座雕塑，一位女性赤裸着上身坐着，右手举着火炬，左手擎着一个男性头颅；另一位女性站立，左手举着火炬。

街道旁边有各种小店，面包店、咖啡店、蛋糕店、纪念品店、香料店、水果店、肉店，门面不大应有尽有。

1981 年，奥朗日的古罗马剧院和凯旋门入选世界文化遗产。世界遗产委员会评语为："环面一百零三米长的奥朗日古罗马剧院，坐落在罗纳河谷，是所有宏伟的古罗马剧院中保存最完好的建筑之一。古罗马皇帝奥古斯都统治时期建造的众多凯旋门中，公元 10 到 25 年建造的半圆形拱门是最精美的和最引人入胜的建筑之一。上面装饰的浮雕纪念罗马帝国统治下的和平与繁荣。"在奥朗日鼎盛时期，不仅有罗马剧院、凯旋门，还有马戏场、体育馆、教堂、寺庙、温泉浴场等，在小城奥朗日漫步，我感受着这世界文化遗产的魅力，想象着古城奥朗日的繁盛场景，让心境在历史的余韵里沉思和激荡。

安纳西小镇之梦

安纳西，为法国东南部萨瓦省的小城，位于日内瓦与尚贝里之间，是法国阿尔卑斯山区最美丽的小镇，人称"阿尔卑斯山的阳台"，又被誉为"萨瓦省的威尼斯"。7 月下旬，我来到这个美丽的小镇，翠绿的湖水、古朴的街道、绚丽的鲜花、逶迤的远山、斑驳的岛宫、游弋的天鹅、浪漫的传说，构成了安纳西小镇一个宁静温馨的梦，一个悠远恬静的梦，让你在山水、花海、老屋的簇拥中，得到心灵的休憩和净化，你会联想到卢梭的"我的心灵被安纳西的流水荡涤至净"的赞叹。

　　安纳西曾是日内瓦地区的首府，后成为日内瓦伯爵所在地，1401年成为萨瓦王国的首府，法国大革命期间被法国占领，1815年波旁王朝复辟后归还给撒丁王国，1860年法国吞并萨瓦地区，安纳西成为萨瓦省的首府。安纳西依山傍水，背靠阿尔卑斯山，南面安纳西湖，雪山融成的湖泊极为纯净，清澈的堤坞河流经整个老城，石板路两旁古朴的小店林立。法国思想家卢梭曾在此度过了最美好的十二年青春年代，演绎了其《忏悔录》中描述的奇恋故事。

　　抵达安纳西小镇，最先映入眼帘的是翡翠般的安纳西湖，这个被认为是全欧最干净的湖，是由阿尔卑斯雪山融化汇聚而成，湖水净如绿宝石清澈见底，就如同一块巨大的天然翡翠，碧绿墨绿中没有任何杂质，湖畔连绵群山、湖岸杂花生树、湖中游船穿梭、天鹅双双游弋，在蓝天白云的烘托下，展现出世外桃源般的古朴绮丽。我在湖畔漫步，湖面像一块历史悠久的古铜镜，将湖岸边红顶粉墙的塔楼、桥洞弯弯的石桥、十字架高耸的教堂、红黄颜色的老屋、五彩缤纷的花坛，都倒映在湖面上，在波光粼粼中，形成了一幅幅奇丽浓艳的抽象画。

　　随着人流，我来到"岛宫"旁的桥上，在并不宽的河中心，三角船形的"岛宫"就坐落在河中小岛上，这是安纳西最具代表性的古迹，也是欧洲上镜率最高的古建筑之一。这座始建于12世纪的锥形石筑宫殿，像一只安卧河心的古船，"船"首部分是一三角形石屋，船头仁立着一个铅笔头样的塔楼，塔楼三面开窗，灰白色石墙、褚红色屋顶，"船"中心是三层石屋，有方形古堡矗立，庭院中还有绿树森森。年代的久远、造型的奇特、内涵的丰富，使被称为利勒宫的岛宫名闻遐迩。这里曾经是公爵寓所，后先后成为法院、铸币厂，最后成为监狱，因此又被称为"老监狱"，现在是安纳西历史博物馆。在利勒宫前的河中，搭建了一个巨大的花球，绿色的枝叶和白色的花朵，桥畔五彩缤纷的花坛，映衬着蓝天白云下的翠绿河面，倒映着古老的利勒宫和街边的老屋，构成了一幅绚丽的油画。

我沿着老城小街圣克莱尔路前行，河畔的栏杆上花团锦簇，两岸的老屋鳞次栉比，老屋的墙上绘着苗条的女孩放风筝、做航模的图像，为小镇增添了几分生气。古街上是各色小店：咖啡店、礼品店、旧书店、古董店、小画廊、蛋糕店、香料店、红酒店、饭店、乳品店、肉肠店，让古街上洋溢着欢乐的气氛。河面上有不少桥，伫立桥上看到岸上两旁粉红、腥黄、褚红、灰白的屋舍和塔楼，家家窗台上、河旁花坛里色彩绚丽的花，都倒映在碧绿的河面上。

伫立桥头，便想到了威尼斯和苏州，威尼斯的楼房基座大半浸在海水中，冈多拉船只的来来往往，船家的引吭高歌，显然比安纳西更闹腾，威尼斯是交响乐，安纳西是轻音乐；苏州地方人家皆枕河，与安纳西相似，苏州小巷的曲里拐弯，安纳西的古街直截了当，苏州是水墨画，安纳西是油画。

1728年，十六的岁卢梭来到安纳西小镇，3月21日复活节，他结识了二十八岁的德·华伦夫人，他为蓝色美丽大眼睛的华伦夫人吸引，自小缺乏母爱的卢梭深深迷恋上华伦夫人。华伦夫人称卢梭为"孩子"，卢梭称她为"妈妈"，华伦夫人给了他母亲般的关爱和受正统教育的机会，也让安纳西小镇传颂着爱情的浪漫故事。我伫立在安纳西花团锦簇的桥头，恍然间，我想象着卢梭与瓦伦夫人穿着18世纪的服饰，在这河中间的石桥上携手漫步。

我沿着圣克莱尔路上行，来到了坡顶12世纪建成的安纳西堡，这个有多个褚红尖顶塔楼的城堡，曾是日内瓦伯爵的官邸，长期为萨瓦王室的寓所，曾多次遭遇火灾，17世纪时曾一度被废弃，1953年被修复并改造成博物馆。城堡内有四幢独立的古建筑，两旁的塔楼有盘旋而上的楼梯，厚重的木门、狭窄的窗户、老旧的家具，呈现出历史的幽深与诡谲。城堡内的王后塔是保留下来的最古老的部分，相传王后因抱怨国王的不忠遭到惩罚，王后被禁闭在这座塔里，后王后在僧侣的帮助下得以逃离。在城堡宽阔的平台上，纵目驰骋一览安纳西小镇的美景：红色的屋顶鳞次栉比，青黛色远山连绵不断，教堂的塔楼高耸独立，安纳西湖的湖水翠绿清澈，游船在湖中穿梭来往，繁花在四处争奇斗艳，安纳西小镇是阿尔卑斯山下的大花园。当卢梭二十一岁从意大利学习归来，他成为华伦夫人的仆人和秘书，也成为华伦夫人的情人，卢梭在《忏悔录》中描写了他在安纳西度过的人生中最美好的青年时光。卢梭曾回忆起与华伦夫人在一起的时光说："在那段短暂的时间里，我享受了一个世纪的生命和纯净完美的幸福。"

我沿着石板路返回，来到湖畔的安纳西公园，蓝天白云，青山连绵，公园里树木参天、绿草茵茵、游客如织，墨绿色的湖里波光潋滟，色彩艳丽的游船络绎不绝，河里红嘴白羽的天鹅优雅地游弋，还有野鸭在寻觅食物。一条翡翠般的小河两旁，成排的法国梧桐树浓荫蔽日，让河边的游船和游人们都可以避免日晒。河上一座墨绿色的铁拱桥上游人如织，这桥被称为爱情桥，传说是卢梭和华伦夫人约会的地方。卢梭在《忏悔录》中描述了他初见华伦夫人的情形："她留我一起晚餐。这是我人生中第一次吃饭却毫无胃口，我完全沉浸在喜悦中，感受不到食欲。我的心被一种全新的感觉滋养着，它占据了我的全部灵魂……"

我伫立在爱情桥上，观望着来来去去的游船，观望着携手并肩的情侣，观望着远山碧水，想象着当年卢梭与华伦夫人的奇恋。卢梭说："就是在这儿的四五年光景里，我享受了一个世纪的生活和一种丰盈、纯净的幸福。"1740年，卢梭离开安纳西，去里昂担任家庭教师。安纳西成为卢梭青春和情爱记忆的圣地，他后来在《忏悔录》中写道："我大概还记得那个地方：此后我在那儿洒下不少泪水，亲吻过那个地方。我为什么不可以用金栏杆把这幸福的地方围起来！为什么不让全世界的人来朝拜它。"1928年，为了纪念卢梭和华伦夫人相遇二百周年，人们在卢梭《忏悔录》中描述的地方为他塑了像，并依照他的夙愿，围上了金色的栏杆。卢梭的雕像用法语写着："在1728年的复活节，一个鲜花盛开的早晨，让-雅克·卢梭在这里遇见了华伦夫人。"1768年，在最初抵达安纳西四十年后，卢梭来到华伦夫人的墓前悼念致哀。安纳西成为卢梭成长和成熟的圣地，倘若没有安纳西，倘若没有华伦夫人，就没有卢梭与华伦夫人流传千古的恋情故事，也许就没有卢梭的《忏悔录》，也就没有启蒙思想家、哲学家、教育家、文学家的卢梭。

圣地阿维尼翁

法国南部城市阿维尼翁（Avignon），是沃克吕兹省首府，一座历史悠久的老城，被称为"红衣教主之城"，享有"小罗马"的美誉。7月下旬，我来到圣地阿维尼翁，参观了圣母大教堂、教皇宫、圣皮埃尔大教堂、古城墙、贝内泽桥等，领略了"红衣教主之城"的风采和辉煌。

昨日游览了韦尔东峡谷、圣十字湖，早上八点出发，大约一个小时就抵达了阿维尼翁。在罗纳河畔的阿维尼翁，是连接法国南方和北方的要道，也是陆路至意大利、西班牙的必经之路。13世纪末，因罗马政教各派别之间的矛盾突出斗争激烈，1309年，得到法王腓力四世的支持和安排，教皇克里门特五世决定从罗马迁居到阿维尼翁，至1378年天主教教廷一直驻扎在此地，近七十年间里共有七位教皇在这里居住，阿维尼翁就成为了教徒们朝拜的圣地。

抵达阿维尼翁，首先来到圣母大教堂。重建于12世纪中叶的圣母大教堂，坐落于教皇宫旁，是阿维尼翁最古老的宗教性建筑，是世界上最大的哥特式建筑。远远望去，圣母玛利亚金色雕像伫立在教堂顶上，这尊重达 4.5 吨的圣母塑像慈眉善目，圣母的头顶有着一圈闪烁的金星，她张开双臂迎候着教民的前来。登石阶上台，见围着的铁栅栏内，一尊基督被钉十字架上的受难像十分醒目，赤裸的基督腹部系一围布，双手张开被钉在十字架上，双目紧闭的基督已昏死过去。十字架一左一右伫立着两位祈祷的基督门徒形象，栅栏的四个柱石上塑着四尊长着双翅的天使塑像。迈进圣母大教堂，高耸的米黄色穹顶庄严肃穆，教堂里塑着不同的圣母塑像，正面祭坛四周墙壁上，悬挂着不同时期教宗的画像，旁侧的六个金色烛台中间，是一个金色十字架，十字架中间是金色圣母怀抱着玉石雕刻的受难基督像。教堂四周的彩绘玻璃，分别绘着基督宗教故事和教宗像，彩绘色彩浓郁形象生动，教堂还悬挂有多幅宗教油画。据说圣母大教堂的钟楼里，共有大小不一的三十五个钟，每个钟都有名字和独特的声音。现在钟楼里的钟都是法国大革命之后铸造的，之前的钟全都被融化做成大炮了。走出圣母大教堂，在教堂门口的平台上可以俯瞰教皇宫前的广场，左边是教皇宫，右边是教皇铸币厂。广场上各色小贩在遮阳伞下设摊，有一辆彩色的冰淇淋车停在广场中心，游客们络绎不绝。

　　教皇宫紧靠着圣母大教堂，由教宗本笃十二世和克里蒙六世下令兴建，建于 1335 到 1337 年间，是欧洲最大最重要的中世纪哥特式建筑，由西蒙德·马蒂尼和马泰奥·焦瓦内蒂设计装饰，由拜占庭风格的旧宫和哥德式风格的新宫组成，墙壁上悬挂着九位教皇的画像。教皇宫外观雄伟庄严，有八座塔楼伫立，斑驳的石墙、长城般的城碟，充满沧桑感的门窗。循着卵石路进入宫内，先看到新宫的中心庭园。第一个厅被称为基督厅，是主教们觐见教皇等候的地方，后先后被改为餐厅、卫兵室、接待室。教皇的寝宫在一层，石板下曾有密室藏匿珍宝，1789年法国大革命时珍宝被洗劫一空。旧宫东边一层是主会议厅，是教皇召集会议和接见教徒的地方，透过几扇大窗户，可以看见花园的景色。1347年，教皇克雷芒六世曾在此宴请那不勒斯女王乔万娜一世，庆祝她与第二任丈夫的新婚。旧宫南边的三层是贵宾房，曾接待过法国国王菲利浦六世、阿拉贡的彼得四世、查理四世等。旧宫东翼的二楼是大宴会厅，朝东的六个大窗户可以看到花园，每年宗教节日的圣宴等活动都在此举行。新宫是由教皇克雷芒六世的御用建筑师设计，第四层是教皇克雷芒六世的书房和图书馆，楼上是他的私人礼拜堂——圣米歇尔礼拜堂。新宫的圣器室连接着南边的大礼拜堂，举行重大仪式时教皇就在此更衣。大礼拜堂位于新宫二楼，建于克雷芒六世时期，是教皇用于举行加冕典礼、节日弥撒、名人要人葬礼等活动的地方，礼拜堂内供奉着圣人圣彼得和圣保罗的像。新宫城墙顶上能俯看整个阿维尼翁城，北边是旧宫城楼和多姆圣母大教堂，南面是阿维尼翁古城，可以望见远处市政府大厦的钟楼。教皇宫的森严与古老，见证了当年嘉宾云集壮观辉煌的历史。

步出教皇宫往南，来到了圣皮埃尔大教堂。教堂始建于7世纪，是罗马天主教圣殿，曾被撒拉逊人摧毁，后在1358年重建。教堂融会了多种建筑风格，拱门是哥特式的，正门是希腊—罗马式的，万神殿的穹顶是罗马式的。从1536年开始的二十五年间，宗教改革人物加尔文曾在此教堂宣传新教教义。踏入大教堂，主祭坛上悬挂着一幅有关基督的巨幅油画，画面下方是基督受难的场景，众门徒都围着受难的基督，上方是基督给教徒摩顶放踵，身旁是几位有双翅的小天使。教堂里最让我吃惊的是精美的彩绘玻璃，玻璃五彩缤纷，或绘各个主教的像，或绘基督故事：这一幅是四位门徒围着赤裸受难的基督，那一幅是基督接受教徒的膜拜，这一幅是圣母让圣子读经，那一幅是基督四处传教。彩绘的色彩和线条美轮美奂，为这座古老的教堂增添了诸多生气和艺术色彩。教堂门上的浮雕特别醒目，讲述着神奇的宗教故事。

　　走出圣皮埃尔大教堂，我来到断桥圣贝内泽桥，又名阿维尼翁桥，始建于1177年，直到1185年才建成，是古时罗纳河下游唯一连接两岸的桥。相传牧羊少年贝内泽受到神灵启示，他要在罗纳河上建一座桥，官员和牧师都认为他在开玩笑，甚至认为这小伙子疯了。有人让他把一块巨石投进罗纳河，以显示神谕，贝内泽将那块巨石轻而易举地投到了河中。神迹为他引来大量的施舍和募捐，使得他的建桥计划得以实施。原桥全长九百多米，有二十一座桥墩、二十二个拱洞，是欧洲中世纪建筑的杰作。1184年贝内泽去世，死后被追封为圣人，称为"圣贝内泽"，其遗体被安葬在桥上的圣尼古拉斯小教堂。该桥曾于13世纪与15世纪时重建过，1668年特大洪水后，这座桥的大部分被冲毁，只剩下四个拱洞。1669年大桥再一次被洪水侵袭，贝内泽的棺木被冲走，开棺发现其遗体竟未腐烂，后被重新安葬在阿维尼翁的圣迪迪埃教堂（Saint Didier）里。

来到断桥前的草地，见草地上有一抽象铁雕，像躺在草地上休憩的女孩，长发披肩闲卧草地。虽然经历了数百年的风雨，断桥残留的桥墩和桥面，仍然看得出当年的风采。桥上的圣尼古拉斯小教堂依然伫立，这以水手守护神命名的教堂，已不再作宗教活动，仅作为参观的景点。

我伫立在断桥上，望着清澈的罗纳河缓缓流去，望着断桥下马路上飞驰而去的自行车车队，我想到了毕加索的名画《阿维尼翁的少女》。西班牙画家毕加索 1900 年来到巴黎，开始了他美术事业上新的历程。1909 年底，毕加索创作了《阿维尼翁的少女》这幅画，抛弃了对人体的真实描写，运用各种几何化了的平面构成，成为当时艺术界惊世骇俗的事件，毕加索被画界评为"疯了"、"煽动"、"自杀"等，毕加索确立了真正崭新的绘画语言，这成为毕加索一生艺术的转折点，从而诞生了艺术史上的立体主义，《阿维尼翁的少女》成为现代艺术发展的里程碑。我想，不知道是阿维尼翁成就了毕加索，还是毕加索成就了阿维尼翁。

在阿尔勒寻觅梵高的身影

法国南部小城阿尔勒，西罗马帝国时称阿尔特，在古罗马帝国凯撒大帝统治时曾被誉为"高卢人的小罗马"。1888 年 2 月 21 日至 1889 年 5 月 3 日，梵高曾旅居于阿尔勒，在阿尔勒一年多的时间里，梵高创作了三百多幅作品，达到梵高艺术创作的高峰。7月下旬，我来到阿尔勒，寻觅著名画家梵高的身影。

来到这个两千多年的古城阿尔勒，最先映入眼帘的是古罗马竞技场，它被认为是世界最大、保存最完好的竞技场之一。建于公元1世纪末罗马帝国统治时期的竞技场，比罗马古斗兽场早一百多年，这座可容纳两万人的古建筑上下两层，以一百二十扇拱门环绕的椭圆形竞技场，虽然历经沧桑斑斑驳驳，今天依然雄伟伫立恢弘壮观，石柱、石雕、花饰等处呈现出古希腊建筑的风格。竞技场大门处有一四方形的塔楼，登楼可以俯瞰阿尔勒城的全景。踏进竞技场，沿着有厚重石柱的回廊，走到看台顶端。可以容纳两万人的竞技场，像一张巨大的立体密纹唱片，又像一只巨大的石碗，中心是圆形的表演场，看台围着圈层层叠叠往上，透过顶端的圆形拱门，还可以看见阿尔勒城的景色。竞技场最初用于血腥的徒手格斗或人兽拼斗，古罗马灭亡后一度成为避难所。这个直径达一百三十六米、高二十一米的竞技场，目前是法国为数不多的斗牛场所之一，此处夏季还常常举办音乐会和戏剧演出。伫立竞技场顶端，俯瞰着竞技场恢弘的建筑，耳旁似乎响起刀锋相接的叮当声，响起人兽格斗时狮虎的咆哮声，响起看台上看客们声嘶力竭的嘶喊声，人类自古以来就有着好斗好胜的秉性，将血腥的格斗作为现场展示，却也呈现出人性的残忍。竞技场门口摆放着梵高的油画《阿尔勒竞技场》，原作现收藏于俄罗斯国立艾尔米塔什博物馆。梵高并不喜欢看斗牛，他的画幅将观众作为主角，竞技场中心的斗牛场仅露出一角，梵高画笔下的观众，有的声嘶力竭地呐喊，有的老友邂逅在攀谈，有的默默无语地观望，观众的衣饰呈现出浓烈的色彩。

离开竞技场后，我们来到共和国广场，这里是阿尔勒城的中心，广场中央竖立着一座 4 世纪建的高约二十米罗马方尖碑。方尖碑基座上方有四只雄狮铜像，基座四面分别有狮冠人头铜像，水从铜像的嘴中流出，流进下面的水池中，方尖碑于 1840 年就被列为法国历史古迹。方尖碑的北面是建于 1673 年的市政厅，东边是 11 世纪修建的圣托菲姆教堂。教堂以圣托菲姆（St-Trophime）主教命名，融汇了罗马式和哥特式的风格，它跻身于众多楼房中间，没有大多数教堂的富丽堂皇。教堂门楣上和大门左右的雕塑都十分精美，门楣上耶稣基督坐在中间，左手按在圣经上，右手骈指起誓。基督右边是圣约翰的鹰和圣路加的公牛，左边是圣马太的天使和圣马可的狮子，教堂古朴深红色大门两旁，分别列有基督十二门徒的塑像。入口处还雕有许多圣经中的场景：天使报喜、基督洗礼、东方三博士拜见等。步入教堂，见教堂里悬挂的巨幅壁毯画：有众神对圣母的叩拜，有基督出行得到民众的拥戴，有基督降生得到民众的拜谒，有基督之死引起众人的悲哀。教堂的墙上还有诸多油画：有天使与怀孕的圣母，有圣母怀抱降生的基督。教堂正中的祭坛前，是怀抱基督圣母的塑像，教堂的彩绘玻璃上，大多绘有圣母或教皇的形象。在 4 世纪到 1790 年期间，阿尔勒城作为大主教教区，成为宗教的圣地。梵高出生在天主教牧师的家庭，梵高曾一度作为牧师在煤矿传教。虽然并没有见到梵高有关圣托菲姆教堂的画，但是梵高一定到过这里，恍然间我仿佛看到梵高在圣母像前虔诚祈祷。梵高后来画了奥弗的乡村教堂，天空是深蓝色的，建筑物是淡紫色的，草地上开满了鲜花。

我跟随导游来到阿尔勒医院，这里曾经是梵高治病的地方。梵高到阿尔勒后，为这里绚烂的阳光和美丽的风光所吸引，他准备建立"画家之家"，他邀请了画家高更来到了阿尔勒，他们一起住在梵高租住的黄房子里。梵高与高更都是个性倔强的画家，他们俩的审美观念有很大的不同，梵高喜欢的画家，高更嗤之以鼻，高更喜欢的画作，梵高不喜欢，他们俩常常争吵，闹得不可开交。梵高在一次与高更争吵后，用剃刀割去了自己的右耳，梵高被送进了阿尔勒医院治疗，后又因精神疾病被困于此。1889年4月，梵高以庭院为原型创作了《阿尔勒医院的花园》。医院有一圈黄色拱廊的平房，庭院的中心有一小小的喷泉，喷泉后的一株树上的红花正盛开，左右有两株比较高的绿树，围绕喷泉是如拼盘一般一畦畦花圃，各种花儿正开得欢，紫色、猩红、玫瑰红、杏黄、白色。庭院的一角竖着一幅画，即梵高的《阿尔勒医院的花园》印刷品，可以看出现在的庭院基本是画面上的模样，如今这里已经成为了梵高文化中心。我想到了梵高割掉耳朵绑着绷带的自画像：一幅为《裹着绷带的自画像》，深蓝的外套、黑色的帽子，右耳上绑着白色的绷带，偏红色的脸上有一双忧郁的眼睛。一幅为《叼烟斗的自画像》，红色的背景，黑色的大衣、深蓝的帽子，右耳上绑着白色的绷带，叼着烟斗的嘴，抑郁的眼睛。梵高后来精神失控，被送到圣雷米医院去治疗。

离开阿尔勒医院，我先来到有名的黄房子，梵高曾有画作《黄房子》，他曾经在此处居住。梵高当年居住的黄房子早已被拆了，只有其画幅中后面四层楼的房子还在。当年梵高租住在此，他向往着建立"画家之家"。梵高给他妹妹的信中说："我住的这所房子，外墙涂的是鲜奶油一般的黄色，百叶窗是耀眼的绿色，位于阳光充足的广场上，那里有个种着梧桐树、夹竹桃、金合欢的绿色花园。屋里的墙全部粉刷成白色，地上铺着红砖，上面是湛蓝的天空。我在这里可以生活，呼吸，思考，画画。"在油画《黄房子》里，梵高用湛蓝的天空、黄色的房屋和街道构成画幅主色，红色的屋顶、红色的门，让整幅画作洋溢着愉悦和温馨的激情，也透露出画家的自信和狂喜。梵高还先后画了五幅《阿尔勒的卧室》，三幅油画和两幅草图。蓝色与黄色的搭配，已成为梵高独特的普罗旺斯之色。

我又来到梵高咖啡馆，这是一幢黄色的三层楼房。咖啡馆的主色是黄色的，这是梵高钟情的色彩，黄色的宽大的遮阳篷尤其显眼，门口的遮阳篷下摆放着桌椅，靠墙茶几上花瓶里插着盛开的向日葵。门口的立架上，有咖啡馆的价目表，另有一张梵高的画《夜间的露天咖啡馆》，画幅的场景与眼前的咖啡馆一模一样。梵高从左侧取景；黄色的墙壁、黄色的遮阳篷成为画幅的主色，前景为高低不平的鹅卵石路面，左侧为咖啡馆深蓝色的门框，中间是门口咖啡馆的小圆桌和椅子，有一戴白色围裙的侍者在招待客人，远处湛蓝的夜空中有许多闪烁的星光，画幅上方和右侧是沉入夜色中的楼房。梵高自己说："我画了一家咖啡馆的外景，有被蓝色夜空中的一盏大煤气灯照亮的一个平台，与一角闪耀着星星的蓝天。我时常想，夜间要比白天更加有生气，颜色更加丰富。"该画为梵高风格成熟时期的作品，以浓艳的大块蓝色与大块黄色的冲突，渲染世俗的欢愉与生活惬意，也透露出画家此时期放纵与孤寂的内心。梵高此前还画过《夜间咖啡馆》，以深绿色的天花板、红色的墙壁、黄色的地板、绿色的台球桌、柠檬黄的壁灯、熟睡的流浪汉，意在画出"咖啡馆是一个使人堕落、发狂或者犯罪的场所"。

我在梵高咖啡馆要了一杯咖啡，坐在遮阳篷下的位置，望着街景和来来去去的游人。我想象着梵高这位被称为疯子和天才的画家，从到画廊当学徒，到煤矿传教，从自学绘画，到巴黎进入画界，直至到阿尔勒后，他为大自然丰富浓艳的色彩感染欣喜若狂，梵高的创作激情和才华得到了充分的发挥，他画麦田、果园、庭院，他绘向日葵、白蔷薇、鸢尾花，他画桃树、丝柏、橄榄树，他绘落日、星夜、月出，他画邮差、姑娘、医生，他绘桥、山、河……梵高这位不被当时画界和社会所认可的天才画家，以苦行僧般的执拗和艰苦创作，造就了梵高阿尔勒时期的艺术创作高峰，却也为梵高精神的崩溃酿成了危机。1890 年 7 月 27 日下午，梵高在田野里用手枪自杀，终年三十七岁。梵高在艺术创作道路上，始终得到了他的弟弟提奥的资助，他曾经给弟弟的信中说："我像一条狗那样过日子，我以为未来或许会使我变得更加丑陋，更加粗野。我预见到，一种无法想象的贫穷，将是我的命运！但是——我将会成为一个画家。"梵高这位一生为贫穷所折磨的艺术家，执拗地在美术道路上艰难前行，生前仅卖出一幅画的梵高，现在却成为享誉世界的大画家。画家丰子恺在其《梵高生活》中说："他的一生犹如一团炎炎的火焰，在世间燃烧了三十七年而熄灭。遗留下来的许多绘画，犹如一卷活动影戏的底片，历历地记录着其热情的火焰的经过情形。"梵高英年早逝，其生命的火焰却仍然在熊熊地燃烧。

寻觅普罗旺斯

枫丹泉水镇

从古城奥朗日到枫丹泉水镇（Fontaine-de-Vaucluse），路上车行仅半个小时，沃克吕斯泉是法国最大的自然山泉之一，这个世界第五大涌泉之清澈之翠色，被誉为普罗旺斯的清凉之地，让我在暑热中感受了清凉。

下了大巴，按照导游的指点，我沿着山道往旅游点而去。在路旁有一个名为圣维兰的小教堂，灰褐色的砖墙斑斑驳驳，有一个碉楼般的四方形建筑，门口还有一尊雕像。走过路中心竖立着的一根巨大的石头纪念圆柱后，我踅向傍河的街道，右手即为沃克吕斯泉水河。河旁的道边绿树成荫，河中的泉水清澈见底潺潺流动，河床上到处是绿色的水草，像一条条深绿浅绿的缎带，长长的、软软的，随着水流而飘动，似把整条河都染成了绿色，让人悠闲自得心旷神怡，便想到徐志摩的诗句："软泥上的青荇，/油油的在水底招摇；/在康河的柔波里，/我甘心做一条水草！"天朗气清，远处的山峦在蓝天白云下，像巨大的手臂拥抱着枫丹泉水镇，拥抱着一块绿意盎然的翡翠。

我在河旁的林荫道漫步，传来一阵阵薰衣草的花香，路的两旁都是各种小店，咖啡店、面包店、纪念品店、冰淇淋店、饭店，靠近河的一边，许多咖啡店、饭店占领了有利地势，让店里成为观景的佳处。在河中间，一道拦起的石坝，让幽深的河水跌落，形成了一道宽宽的瀑布，泉水奔腾着、跳跃着、喧哗着、歌唱着，雪白的浪花欢快地朝下游奔腾而去。在上游的深潭处，裸露的山崖、苍翠的老树、飘动的白云，都倒映在清澈的水面，好像各自在对镜梳妆。我伫立在溪水畔，对面的这座山峰耸立，常年被风化的石崖，像古堡，像廊桥，像巨兽，像大鸟，在蓝天白云的烘托下，神奇迷离诡谲妖娆。在河岸旁，在绿树野花的掩映中，有一座巨大的木水车，前面有一块墨绿色的标牌，上面写着"Moulin A Papier Vallis Clausa"，这里曾经是利斯·克劳斯塔造纸厂，现在已废弃，还可以见到水车带动砸纸浆的设备。

小镇因泉而名、傍泉而建，从公元 6 世纪起，当地居民便傍河而居，建成了这个世外桃源般的小镇。这个仅六百多居民的小镇，每年夏天就会迎来各地数以万计避暑纳凉的游客，喝着美酒、吃着美食、观着美景，年轻人常常骑自行车穿梭于湖边的丛林和绿道，也有游客在碧绿的河面划着皮划艇，此地已成为旅游胜地。

我沿着林荫道漫步，一排参天的大树郁郁葱葱，清澈的河里不时可以见到野鸭、鸳鸯戏水，有女游客在河畔，脱了鞋袜，将一双玉腿放进河里，感受泉水的清凉和惬意。我在河畔的咖啡馆，要了一杯现磨咖啡，坐在观景窗口，望着清泉、绿树、山崖、蓝天、白云，听着泉水淙淙，时间好像停滞了，岁月好像凝固了，心便沉浸在这一片绿色之中了，好像自己也成为了枫丹泉水镇的一片绿叶，与清澈河底的水草一样，在这清泉中游弋着、飘荡着……

双城记

提到普罗旺斯，人们就会想到幽香隐隐的薰衣草，我却总忘不了那两个小城：一个被称为"天空之城"的石头城，一个被称为"血染的小城"的红土城，那种在山峦上建造屋舍的鳞次栉比，那种在峰巅一览众山小的心旷神怡，那种斑驳的石墙、蜿蜒的石道、高耸的古堡，都成为心帆上的剪影。

石头城Gordes，音译为戈尔德，原名为"高悬的村子"，又被称为高德山庄，是一座典型的法国普罗旺斯小镇，坐落于阿维尼翁东四十公里处，沃克吕兹（Vaucluse）山脊南部，其大部分建筑都建于11世纪，距今已有一千年了。房屋都是由山上的花岗岩筑成，石头城小镇常驻居民约两千。大巴开往石头城途中，远远就望见山顶上鳞次栉比的石屋，就像一座天空上升腾的城市。大巴开到石头城面对的盘山公路上，游客们都惊讶地观望赞叹：在一座海拔三百七十米的山峦上，是密密麻麻的石屋，灰色、褐色、土黄色、粉白色的屋舍层层叠叠，从山脚一直到山顶，最顶端是小教堂的塔楼的尖顶，屋舍中有塔松、橄榄树等墨绿色的树丛，石头城在蓝天、远山的衬托下，显得神奇而迷离、古远而诡秘。

不一会儿，大巴就行驶到石头城了。抬眼就看到一座巨大的城堡伫立在眼前，两个圆柱形的城堡连着一堵高高斑驳的砖墙，砖墙上有几扇窄窄的窗，是高卢时期最早的行政区卡瓦永城的所在地，它见证了小镇丰富的历史和饱经战乱的苦难。城堡前街心伫立着一座士兵的雕塑，戴着钢盔、穿着军服，为1914—1918年间战争中殉身的英烈纪念碑。我沿着小城的主干道前行，走过一幢五层楼的古朴大楼，砖墙都以石块垒就。拾阶跨进一个拱门，感受到大楼蕴蓄着历史沧桑，一个门楣上的法语显示此处为音乐节办公室。我循着小城鹅卵石小路向前，路两旁有各种小店：卖明信片的，卖风铃的，卖工艺品的，卖体恤衫的，卖画的，卖香料的，卖葡萄酒的，还有咖啡店、饭店、水果店、小旅店等，麻雀虽小五脏俱全。一条石路小巷安静幽深，两旁的屋舍都用石头垒就，还见到一座古堡，古堡的城墙已呈现出黑色，人家院墙里露出植物的绿色，人家门口的一丛丛紫红色的花开得正艳，爬山虎爬满了石头墙壁，让这条古老的石巷充满着生机。渐渐地已经走到山顶，山顶处是一座门户紧闭中世纪的小教堂，古老黝黑的山墙顶上，悬挂着一个铜钟，我想如果教堂顶上的铜钟摇晃起来，整个石头城都能听到这悦耳的钟声。伫立山颠的观景台，骋目远眺四周的景色：蓝天白云，远山连绵，阡陌纵横，黄绿错综，绿树成荫，心旷神怡，刻骨铭心。

导游告诉说，石头城深厚的历史和文化积淀，吸引了诸多名人和艺术家到此安家，法国前总统密特朗曾隐居此地，许多艺术家也纷纷到此寻找灵感，如画家马尔克·夏加尔（Marc Chagall）、维克托·瓦萨瑞丽（Victor Vasarely）、安德烈·洛特（André Lhote）等，他们分别在此创作出了颇有影响的代表性名作。这座海拔仅三百七十米的山峦，构建起了一座千年石头城，漫步在石头城的小巷里，仿佛觉得每一块石头、每一座屋舍，都蕴藏着久远的历史故事，让人遐想发人深思。

普罗旺斯著名的红土城，离石头城仅十五分钟的车程，同样建在山顶上的红土城鲁西永（Roussillon），又被称为"血染的小城"。传说当地领主年轻美丽的妻子，爱上了一位云游诗人，愤怒至极的领主残忍地杀害了诗人，深爱云游诗人的妻子悲痛欲绝，她纵身跳下悬崖殉情而死，鲜血染红了鲁西永。传说让这个红色的小城，具有了凄美意味和浪漫色彩。

远远就可以望见山峰上的红土城了，虽然没有石头城那么高那么集中，在山峰上各种赭红色、深黄色深浅不同的屋舍层叠着，四周有诸多赭红色的山丘和崖石，小城被称为血色高崖上的红土城，小城最初的名字是 Viscus Russulus，拉丁文的意思是"红色的山"。红土城的屋舍大多以当地的石头和红土为原料。18世纪末，村里的居民发现，鲁西永的红土、黄土、赭石经过加工，可以成为饱和度极高的颜料，产出五颜六色的矿石颜料，这种天然颜料被批量生产，一度成为供不应求世界知名的优质颜料。梵高和高更都偏爱鲁西永的颜料，这是梵高作品色彩浓艳的原因。红土城的屋舍都刷上了当地红粉，让红土城保持和延续别具一格的风格。

　　我们离开停车场，沿着开阔的马路前行，在村口的路边伫立着一尊塑像：一位戴钢盔、穿军服、系绑腿的士兵形象，他两手支着一管步枪，两眼炯炯有神地望着远方，这是一尊与鲁西永有关的 1939—1945 年战争纪念雕塑。我们沿着马路往前走，马路旁的屋舍都涂抹着赭红色、杏黄色、褐色等，用石头垒起的高墙爬满了青绿色的爬山虎，这个人口仅有一千二百人上下的小城，洋溢着宁静与温馨。小城的道路渐渐狭窄，家家的窗台和门口都栽种着五彩缤纷的花朵，让这个以红色为主的古城更加绚丽和活泼。小巷里不时可以见到小小的咖啡店、纪念品店，蜿蜒的小道中，可以见到各种有特色的门，一座石库门式的石头门框中间，绘了蓝天白云下古木排列古迹遗存的一条大道，绿藤缠绕石框厚重中一扇斑驳的木门，碎石筑成圆形拱门中厚重的木门，让人似乎可以通过这一扇扇门，走进历史的深处、走进爱情的故事。路旁有一石墙，门口的招牌告诉我这里是普罗旺斯建筑项目管理机构，对于当地的建筑项目进行策划和管理。左侧有石头台阶通往高处，仍然是斑驳的石墙、赭色的屋舍。小路前方是一座赭红色的的石崖，崖顶上杂树丛生，有石洞两窟，一窟还有门，成为人们的储藏室。沿着石道往高处走，登上一观景台，此外有一个小小的广场，应该是小城的中心，有乐队在准备当晚的演出，对面赭红色的三层楼房的窗台上，都绽开着白色的小花。走进一尖顶的拱门，我来到楼后的观景台，左手的塔楼是红土城的最高点，楼房后的墙都是由一块块的山石摞成。我在观景台上极目远眺，远山连绵、近树掩映，田畴阡陌苍翠，崖石突兀赭红。伫立在红土城之巅，想象着流传千年的美女和诗人浪漫凄婉的爱情传说，人们对于美好生活和真挚爱情的向往和期盼，让这座红土城成为凄美绝艳的佳境，令人遐思发人深省。

普罗旺斯的石头城和红土城的双城行，让我看到了普罗旺斯别有风格的古城，让我对于南法之行有了更多的向往和期待，地域风情与民族特色成为小城的独特景观，也让此次双城之行有了深刻的记忆和深深的回味。

圣十字湖

罗曼罗兰曾经说过："法国人之所以浪漫，是因为它有普罗旺斯。"普罗旺斯以薰衣草出名，在薰衣草田里参观后，我去了陶瓷小镇、凡尔登峡谷和圣十字湖，领略了普罗旺斯别样的风光，陶瓷小镇的古朴典雅、凡尔登峡谷的恢宏壮美、圣十字湖的清澈碧蓝，让人徜徉在山水之间心旷神怡。

午饭后，我们的大巴开到了不远的陶瓷小镇。小镇原名穆思捷·圣玛丽，源于公元 5 世纪在这里修建的一座修道院。小镇坐落于石灰岩的山坡上，傍山靠水风景秀丽，以展览和出售瓷器而出名，因而被称为陶瓷小镇。下车后，我们沿着山道往小镇而去，抬头隐约望见两座高耸山峰间一颗纯金的星星，是纪念十字军东征中平安归来的英勇骑士，成为陶瓷小镇的标志。一左一右两座山峰，左边像猛虎啸天，右边如犀牛望月。小镇山道逶迤、泉水淙淙，石桥古朴、花卉争妍，商店林立、游人如织，商店里各种各样瓷器琳琅满目，瓷器大多为欧式的：青花瓷的台灯，彩色瓷的知了，各种造型的牛奶壶，各种色彩的盘碟，瓷器的面具，呈现出欧洲瓷器的丰富多彩。导游告诉说，小镇还有一个瓷器博物馆，展出四百多件各类瓷器。我在小镇漫步，头顶山峰高耸，身旁清泉淙淙，眼前百花争艳，有几位骑山地车的人穿着五颜六色的运动衣，将车骑在山道上观景，我循着鹅卵石山道往山顶的教堂而去。教堂的方塔高高耸立，迈进教堂，祭台前是圣母抱着圣子的塑像，教堂的彩绘玻璃和墙上的油画，绘着基督接受教徒的叩拜，基督被钉上十字架，两位天使恭候圣灵的降临，彩绘玻璃上还有教皇的画像，整个教堂显得十分肃穆庄严。

离开陶瓷小镇，我来到凡尔登大峡谷，它被誉为仅次于美国大峡谷的世界第二大峡谷，峡谷总长二十五公里，深七百余米，因其壮美的景色而闻名于世。伫立桥上，左首是碧色的圣十字湖，右首是绝壁千仞的大峡谷，在绝壁之间一条凡尔登河婉转流来，千百年来她在丛山峻岭中，开辟出自己的水道，也造就了峡谷雄伟的崖壁和陡峭的天堑。抬眼望去，壁立高耸的山崖间，墨绿色的河水如绸似缎，河面上游船来往游弋，有红色的摩托艇，有黄色的皮划艇，有白色的脚踏船，还有单人的划桨板，摩托艇上的游客穿着红色救生衣，皮划艇上的游客穿着艳丽的运动衣，白色的脚踏船上的游客穿着三点式，炫耀着美艳的身材。还有人在湖边的岩壁上跳水，在幽深的峡谷里演绎了一幕幕姹紫嫣红的大戏。我没有去峡谷划船，直接来到一碧如洗的圣十字湖。这里也是圣十字水库，1974年修建了拦河大坝，形成了约二十二平方公里的湖，为法国第二大的水库，湖水最深处九十米。圣十字湖碧蓝如玉纯净清澈，色彩浓郁像竹叶青酒，被人称为"天使之泪"。站在湖畔的沙滩上，蓝天白云下山峦横卧，湖面上游船如梭。湖畔的沙滩上，有游客穿着三点式，把脸埋在沙堆里晒日光浴，有不少游客在划定的区域里畅游。我迫不及待地换上泳裤跳进湖里畅游，冲洗掉浑身的暑气。躺在湖中，望着湖岸边的峻岭，望着来来往往的游船，心便如湖水般地荡漾。我想起了英国作家彼得·梅尔在《普罗旺斯的一年》中说的："逃逸都市，享受懒惰，在普罗旺斯做个时间的盗贼。"

薰衣草之魂

普罗旺斯的薰衣草之行，有着巨大的诱惑力，提到薰衣草就想到那种紫色的诱惑、隐约的香气，还有有关普罗旺斯薰衣草的爱情故事。法国著名作家让·吉奥诺曾说："薰衣草是普罗旺斯地区的灵魂。"6月中旬到8月初，是普罗旺斯薰衣草的花期，7月下旬我来到普罗旺斯，寻觅普罗旺斯薰衣草之魂。

薰衣草最初野生于法国和意大利南部地中海沿岸一带，自古以来，薰衣草因其高雅芳香与医疗功效为人所喜爱，最初罗马人在洗澡水中加入薰衣草。至12世纪，薰衣草成为极受重视的植物，到 13、14 世纪，薰衣草成为欧洲修道院喜栽种的植物。1568 年，英国海尔幅夏（Hertfordshire）地区开始种植薰衣草。18 世纪时，英国雅德莉（Yardley）香水公司开始大面积栽种薰衣草，用薰衣草制造肥皂及香水，到 19 世纪，澳、美、匈、保、苏、日等国相继引种栽培，但品质最佳的产地还是法国普罗旺斯地区。薰衣草属于多年生草本植物，<u>直立丛生</u>，叶互生，株高四十厘米左右，花期 6—8 月，花常见的为紫蓝色，有清淡香气，提炼的精油具有清热解毒清洁皮肤等效用。

瓦朗索勒有普罗旺斯最大的薰衣草花田，大巴开进瓦朗索勒如同开进了薰衣草的海洋，不时可以看到一大片一大片紫色的花田，车厢里就飘进一阵阵薰衣草的花香，隐隐约约的，撩人心扉的，让你急切地深呼吸，让你的肺腑被薰衣草的花香洗涤一遍。大巴在停车场停稳后，大家迫不及待地扑进公路对面的薰衣草田。蓝天白云下的薰衣草田，一畦畦的薰衣草伸展往远方望不到头，薰衣草花穗都垂下了头，紫色小米粒般的花朵正开放，氤氲着薰衣草独特的香气，让人联想到有关咏薰衣草的诗句："紫光香韵意阑珊，痴女摘花瘦且憨。娇弱不胜脚步怯，香薰落日霞贪欢。"女人们是最喜欢拈花惹草的，一进了薰衣草花田，她们就忙碌开了，摸摸这丛花的枝叶，闻闻那穗花的香味，这个掏出一根大红的丝巾，挥动着在薰衣草前留影；那个戴上一个粉色的花帽，在花田里摆出各种姿势照相，她们真的期望不仅将花的影摄入，还期望把花的香也一起摄入镜头，演绎一幕花田里的浪漫情怀。相传很久很久以前，一位天使因与凡人相爱，就被捉回天庭，那位深爱他的姑娘一直在等他回来，姑娘最后化作一株小草，便是薰衣草。

我在薰衣草花田里漫步，开阔的田园里薰衣草望不到头，蓝天白云下地平线的远处可以望见一两株浓绿的树，眼中是一片片迷人的紫色，空气中弥漫着薰衣草的香气，不像茉莉花的那般矜持羞怯，不如菊花那样雍容华贵，有白兰花的直抒胸臆，有百合花的朴野率真，薰衣草的花香隐约中有执拗，如乡村女孩洋溢着乡野气；薰衣草的花香浓烈中有飘渺，像田野炊烟馨香里见悠然。置身于薰衣草的花海中，满眼是紫色的诱惑，鼻息是撩人的香味，四周是兴高采烈的游客，薰衣草花的清香缓缓地在心中缭绕绽放。想到普罗旺斯有关薰衣草的传说：普罗旺斯有位美丽的少女，她独自在山野里采摘花朵，遇到一位腿受伤问路的青年旅人，她将这位俊俏的青年带回家养伤。随着日升月落，少女与青年之间产生了感情，当青年伤愈告别时，少女不顾家人的反对，执意跟随青年远去。老奶奶让少女用初开的薰衣草花束，试探青年是否对她真心，据说薰衣草的香气会让不洁之物现形。当少女将薰衣草花束掷在青年身上时，一阵紫色的轻烟忽聚忽散，留下少女孤独的身影独自惆怅。这个爱情故事凄美浪漫，薰衣草的花语——等待爱情，或许也正因为薰衣草蕴含着这样的浪漫爱情故事，让许多有浪漫情怀向往爱情的女子也就如此钟情于薰衣草了。

我在薰衣草花田里漫步，突然发现右边的田野里栽种着大片的向日葵，一排排的望不到头，向日葵亭亭玉立，金黄的花朵正盛开，一片片墨绿色的桃形宽叶，如在田野里绽开一张张笑脸，与旁边紫色的薰衣草相映成趣。在向日葵田园里漫步，便想到画家梵高的名作《向日葵》，梵高画作的浓艳色彩和夸张的画面，呈现出画家心中炽热的情愫。梵高曾经一度在普罗旺斯生活和创作，留下了他一生中最重要的岁月。据说梵高常常于正午太阳下在田野里作画，庄园主的女儿克莱尔常常为梵高打上浅绿色的伞，不久他们俩就相爱了，他们俩在向日葵田里拥抱接吻。庄园主坚决反对女儿与穷困潦倒的梵高交往，克莱尔被锁在庄园的小屋里，梵高想去解救却束手无策。绝望至极的克莱尔服毒自尽，被解救后送进疯人院，在疯人院走完了余生。梵高生前仅卖出去《红色葡萄园》一幅画，梵高辞世百年后，他的一幅画作卖到二千四百万美元，创下了画作拍卖的世界纪录。梵高在普罗旺斯悲剧的爱情，或者也成为浪漫而悲郁的薰衣草的脚注。

我随着导游去参观薰衣草精油厂，只见载重卡车将一大包一大包收割后的薰衣草运进厂，将薰衣草花穗放到蒸馏锅中熏蒸，含有精油的水蒸气经导管收集冷却后就凝华成液体，经过油水分离获得薰衣草精油。我们看到厂里巨大的蒸馏锅和制造精油过程的示意图，也看到了芳香纯净的薰衣草精油。导游介绍说，薰衣草精油具有清热解毒美容养颜的功效，也有降低高血压镇静心脏的效果。在精油厂小卖部小憩时，导游给我讲了有关薰衣草的另一个故事：青年安迪独自到普罗旺斯旅游，沉浸在薰衣草香气四溢的田园中，不小心手臂被虫子咬了。小旅店窗下穿紫色亚麻裙子的姑娘，用薰衣草精油为他涂抹伤口。安迪知道姑娘名为索菲亚，是旅店老板的女儿，安迪提出让姑娘作为他的向导，索非亚告诉他说，她的双腿在一次车祸中失去了知觉，安迪决定背着索非亚游览普罗旺斯。安迪背着索非亚，也让不能行走的索非亚看到了迷人的风光。安迪在与索非亚几天的相处中，为索非亚的活泼善良所吸引，他情不自禁地吻了她。索非亚告诉安迪："我不会跟你去巴黎，我离不开我的薰衣草，我离不开我的故乡。"多年以后，安迪已成为一家大公司的总裁，他准备到普罗旺斯投资建设一个香精生产基地，他还有一个愿望是找到索非亚，他要告诉她自己爱的花只有薰衣草。安迪终于找到了坐在轮椅上的索非亚，他告诉索非亚："我希望爱一个人就能和她朝朝暮暮，背着她日日走在薰衣草的花海中，一直到老。"从此以后，人们常常看见一个中年男子背着一个穿着紫色亚麻裙子的女人，慢慢地行走在开满薰衣草花的山岗上，与这片紫色的花海融为一体。

离开薰衣草田园时，我又回望无边无际的薰衣草田园，在薰衣草魅惑的香气里，我突然想到：与薰衣草相关的故事，都是情爱故事，都充满着坎坷与艰难，都有着坚贞的坚守与等待，无论是少女孤独身影的等待，还是为梵高打伞的克莱尔的执拗，抑或是残疾姑娘索非亚的坚守，薰衣草之魂是对于爱情的渴望与等待，默默地守候、静静地等待，虽然婉转含蓄，虽然矜持雍容，却蕴含着对于真情的渴望、对于忠贞的坚守。

日内瓦阿里亚纳博物馆参观记

　　抵达瑞士日内瓦的第一站，是参观阿里亚纳博物馆（Musee Ariana）。博物馆毗邻联合国欧洲总部，是欧洲最重要的陶瓷博物馆之一。该馆建于1877年，原为古斯塔夫·勒维约（Gustave Revilliod）私人艺术品收藏展览馆，展馆以其母亲的名字阿里亚纳（Ariana）命名。馆主后来将收藏品和建筑一起捐赠给了日内瓦政府，收藏有两万件12世纪以来的陶器和玻璃工艺藏品，展示了近七个世纪来日内瓦、瑞士、欧洲和东方的制瓷制陶术的发展。

　　博物馆是融合了新古典和新巴洛克风格的独栋二层建筑，中间城堡一般的圆顶建筑上，悬有"ARIANA"名字的匾额，底楼左右分别有五扇窗户，二楼左右各有五尊白色女性半身雕像，应该都是阿里亚纳的塑像。大楼门口有一喷泉和池水，喷泉左右是仙鹤的铜雕。跨进博物馆大门，淡灰色的穹顶上有一圈花形窗，使整个展厅都十分亮堂，底楼展厅陈列着各种瓷器展品：有一幅好像基督被绑在柱子上的方形瓷版画，被绑的基督低眉垂眼，四周的人们气势汹汹，还有一左一右两人挥棒抽打基督。有一幅是描画鏖战的圆形瓷版画，船上的人们抢走一位女性，岸上的士兵骑马挥剑，有一士兵拽住女性的衣裙，有一士兵与船上的士兵挥剑厮杀。有一幅圣母圣子的方形瓷版画，画幅上圣母慈眉善目充满爱意，圣子天真无邪活泼可爱。有一组如连环画一般的瓷版画，十六幅图像都讲述基督的故事。有一方形瓷版画好像描绘东方人的故事，画幅上有两个脑袋后有辫子的男孩，一个在牵着一根绳子放飞鸟儿，一个在举着一根花枝，身前是一篮水果，飞来一只鸟想啄食水果，远处是山峦屋舍，近端是花枝招展。有一蓝花磁盘，盘中绘的是三国故事。有一椭圆青花磁盘，绘的是八仙过海的故事。

展览馆里的展品琳琅满目令人目不暇接：这是花卉挂瓷，菱形瓷板上绿色树叶为花边，中心是一只五彩缤纷的花篮。这是东方瓷盘，瓷盘中是骑马的官人进京赶考，拱手与两位女子道别，身后跟随着挑担的书童。这是欧式套盘，十六个盘子上面绘的都是欧洲风景。这是漫画套盘，十六个黄底盘子绘的是欧洲故事。这是寓言套盘，五个淡褐色盘子绘的都是动物。这是中国瓷盘，瓷盘中绘的是花园里百花盛开，孤独女子与鸟儿相对。这个是牛头玫瑰瓷罐，有一对牛角的白色牛头，头上绘着一朵朵玫瑰花，有一对大大的牛眼和一口洁白的牙齿，拽着牛角可以打开瓷罐，瓷罐可以放点心或糖食。走上二楼展厅，各色玻璃柜里摆放着各种瓷器、盆、碟、碗、盅，精美绝伦。还有烧制有阿拉伯字的瓷板。有一对褐黄色怪兽，似狗非狗、似驴非驴，似麒麟非麒麟，长着一对大耳朵一对长角。有一只瓷器的鸟，身上羽毛、爪子栩栩如生。有一只千年老龟，背上驮着一只小蜗牛。展厅里各色瓷器花瓶、牛奶壶、咖啡具应有尽有。

步出博物馆，蓝天白云天朗气清，绿草茵茵月季盛开，远山迤逦近树苍翠。博物馆旁的绿草地上，陈列着陶制的围墙和陶窟，土红色的陶砖搭成及腰的墙，蜿蜒婀娜像一条褚红色的缎带飘荡在绿草地上，半只橄榄核形的陶窟，如土著居住之舍，静立在蓝天下绿草上，引发人的遐思遐想，回眸陶瓷发展的悠久历史。我想到在博物馆见到诸多中国图画的瓷盘瓷板，古老的中国就被称为瓷器"CHINA"，历史上中国瓷器走遍世界走遍天下，见证了中国悠久的历史、与世界的交往。

窥探着雕刻家的灵魂

——巴黎奥塞美术馆雕塑巡礼

巴黎奥赛美术馆坐落于塞纳河畔，与卢浮宫、蓬皮杜中心一起被称为巴黎三大艺术宝库。此处原为 1900 年建成的、为当年世界博览会服务的火车站，是从巴黎到奥尔良铁路的终点——奥赛车站，1940 年后火车站被废弃长期闲置，1985 年火车站被改成了美术馆。1986 年 12 月 9 日，奥赛美术馆的落成开幕典礼上，法国总统密特朗致辞说："拥抱住情怀，在自由的思想下尽情享受一切美好的事物。"参观巴黎奥赛美使馆，展览的雕塑美轮美奂，给我以极深的印象，我在精美绝伦的雕塑前驻足欣赏，我在多姿多彩的雕塑前徜徉遐想。俄罗斯画家里尔夫说："在油画的后面，跳动着画家的脉搏，在塑像之中，呼吸着雕刻家的灵魂。"我在这些雕塑中，窥探着雕刻家的灵魂。

步入展馆大厅，我即被一座雪白的大理石雕塑吸引，在椭圆形雕着玫瑰花的基座上，雕塑着一个躺着的洁白裸女，丰满的乳房、丰满的臀部、下垂的长发、美艳的脸庞，枕在头下的右手手腕上戴着珠链，闲置于基座上的右手捏着一朵玫瑰。这座冠名为《年轻女囚》的雕塑，为亚历山大·肖内韦克（Alexandre Schoenewerk）的作品，是根据据法国诗人安德烈·舍尼埃

（André Chénier）的诗篇《年轻女囚》创作的，这位仅活了三十二岁的诗人，主张君主立宪制而被捕，被囚禁了一百四十天后押上断头台，在此期间写下了《年轻女囚》，"丰富多彩的幻想充满我的胸口，牢房的高墙徒然重压在我的心头"，"我被囚禁的伤心诗性因此而苏醒，我倾听着年轻的女囚徒声声悲鸣"。在雕塑中，可以感受到女囚的压抑和挣扎、愤懑和追求，也可以感受到美艳的躯体被囚禁的悲哀和凄凉。

酣睡在巨鹰羽翼下裸体女子的雕塑，名为《沉睡的赫柏》，作者阿尔伯特-欧内斯特·卡里尔-贝莱斯（Albert-Ernest Carrier-Belleuse）。漂亮活泼的赫柏是古希腊神话中永不衰老的青春女神，她是宙斯与赫拉的女儿，是奥林匹斯山诸神的斟酒官，由她在每次宴会中替诸神斟酒，这些酒会使诸神心花怒放永葆青春活力。雕塑中的赫柏体态优美，丰满的乳房、酣睡的脸庞，她斜倚在椅子上手提酒罐沉沉入睡，宙斯化身的巨鹰张开强壮的羽翼守护着她，巨鹰的眼睛炯炯有神警惕地望着四周，柔美与雄强、恬静与威猛构成了一种对比与反差。

奥古斯特·罗丹（Auguste Rodin）的大理石雕塑《思》，雕刻了一个陷入沉思的少女头像。罗丹将其与恋人克劳岱尔的复杂情感融汇在雕塑中，蕴蓄着恬静中的期望、追求中的失落，淡淡的忧郁、深深的凝思。罗丹在构思中，将少女的细腻柔美与原石的粗糙朴实构成反差，将爱情的执着追求与失恋的忧郁苦痛融为一体。少女的头像戴着一顶朴素的布帽，挺直的鼻梁、凸出的前额、轻抿的双唇、沉思的双眸，恬静中有忧郁，沉思里有苦痛。

罗丹略去了女子的躯体，保留了原石的粗糙，女子似乎从原石中挣扎而出，又似乎总摆脱不了原石的束缚和压抑，未经雕琢的石头让人紧张压抑，美艳的头像让人向往赞叹。少女的神态完美诠释了对于生命、对爱情思考的意义。

《地狱之门》是奥古斯特·罗丹（Auguste Rodin）为实用美术博物馆大门设计的，其构思来自但丁的《神曲》，作品中触目惊心的幻想，对于即将崩溃的黑暗封建时代的批判，给罗丹以创作灵感。罗丹以其中的诗句"你们进到这里，丧失一切希望"为核心，雕刻了众多痛苦挣扎的人体，顶端为三个苦痛扭曲的人物，大门上方正中是思想者的坐像。整个雕塑共一百八十六个形体，创作历时三十七年，直到罗丹去世时还未最后完成。罗丹曾以其间的某些形象，雕刻成独立的作品,《乌果利诺》《吻》《亚当》等，使该作品成为罗丹的集大成之作。

奥古斯特·罗丹（Auguste Rodin）的铜雕《青铜时代》，塑造了缓慢地从深深的梦乡里苏醒的男子形象。该雕塑是罗丹在意大利领略了米开朗琪罗艺术后的创作，以一个身材优美的年轻士兵作模特儿。作品完成后，罗丹曾几易其名：从《受伤的战士》到《野蛮人》到《苏醒》到《青铜时代》。该裸体男子的雕塑，有匀称完美的体形、健美的肌肉，他的头微微后仰，睁大眼睛望着天空，左手举起捏拳，右手揪着自己的头发，呈现出一种初醒而意识朦胧的境界，寓意着人类从蒙昧野蛮的状态中解脱出来，即将步入文明智慧的时期。

卡米尔·克劳岱尔（Camille Claudel）的铜雕《成熟的年纪》，

刻画了一个女子惨遭遗弃的故事，将艺术家自身的情感融入雕塑中。毕业于法国艺术学院的克劳岱尔，十九岁时成为罗丹的学生，二十岁时成为罗丹的模特儿，罗丹的很多名作都是在她的激励下创造出来的，她与大二十四岁的罗丹发生了震撼欧洲艺术界的恋情，两个人的关系维持了整整二十年，罗丹却拒绝娶她为妻。克劳岱尔的兄弟将该雕塑解释为与罗丹分手的寓言。雕塑中间的男子被两个女人撕扯，老年女子双手揽住他，男子低眉垂眼无可奈何，年轻的女子伸长着手臂，哀求再也不回头的男人。代表成熟的男人被衰老的老妇人牵住，而代表青年的年轻妇女则试图救他。该雕塑又名《天命，生命之路或者命运》，安吉洛·卡兰法（Angelo Caranfa）评论说："过去、现在和将来的生命，其运动中都包含着 Clotho 的不懈运动和财富的有节奏，优雅，旋转的运动，并从差异中产生了单一的、可持续的运动或内在形象。"

马约尔（Maillol Aristide）的大理石雕塑《地中海》，是其用女人体来比喻大自然的雕塑作品之一，形体饱满而线条柔和，节奏舒畅而意蕴深邃，该雕塑曾题为《为树荫花园而作》。作为罗丹的学生，其创作构建了自己独特的风格，他擅长以健美丰腴的女性裸体，赋予抽象的寓言性质和象征意义，表现大海、原野、大地、河流、山脉等。有人评价说："假如说罗丹的理想是把云石和青铜变成肉体，那么，马约尔的理想则是将肉体化为云石和青铜。"该雕塑中，健壮恬静富有优美曲线的女裸雕像，似乎安详地坐在地中海畔，右腿贴地安放，左腿轻松屈起，右手侧放支撑着身体，左胳膊肘靠着左膝盖，左手托着低垂绾发的头，她似在休憩中沉思，又似在恬静中冥想。这尊安详恬静温柔的胴体，孕育着生命的律动和永恒的生机，就如同美丽厚重充满生机的地中海。

奥古斯特·罗丹（Auguste Rodin）的雕塑《永恒的源泉》，是一座表达爱情的雕塑，有关罗丹与克劳岱尔的情感故事。有人将克劳岱尔看作罗丹生命中最美丽的馈赠，罗丹遇到美丽、热情、聪慧的克劳岱尔时，罗丹四十五岁，克劳岱尔十九岁，在她伴随罗丹的数年间，罗丹激发了巨大的艺术灵感和创造力，创作了《吻》《地狱之门》《蹲着的女人》《我很美》《上帝的爱抚》等著名的雕塑作品。克劳岱尔在艺术雕塑方面极具天才，她也创作出了诸多杰出的作品。罗丹与克劳岱尔最终没有走到一起，克劳岱尔1913年住进精神病院，那年罗丹突然中风。在《永恒的源泉》中，罗丹将他的激情融汇到男女裸体雕塑中，男性在半蹲中，右手揽住了双腿跪着的女性，女性美艳的裸体弯成一张弓，男子低头激情地亲吻着女性，女性激情地回吻男性，将整个脸庞与男性胶合在一起。柔美裸体和粗糙原石构成一种反差，更加突出了线条的柔媚与艳丽，凸显出爱情的激情和美丽。

奥古斯特·罗丹（AugusteRodin）的大理石雕《丑之美》，以丑陋干瘪的老宫女形象，表达对于生命走向衰老的哀叹。该作品取材于诗人维庸的《美丽的老宫女》："现在是人世的美姿离我远去，/手臂短了，手指僵了，/双肩也驼起，/乳房，唉，早已瘪了，/腰肢，唉，棉般的腰肢，/只剩下一段腐折的枯根！"罗丹精心雕刻衰老的裸体：瘦弱干枯的身躯、枯柴一般的四肢、干瘪耷拉的乳房、稀疏纶起的头发，老宫女虽已衰老，但从其眉清目秀中，仍然可见出年轻时倾国倾城的美貌，她低垂沉思般的姿态，好像沉浸在过去的繁华岁月里，在不堪回首中呈现出伤感与忧郁。该作品让人联想到罗丹的铜雕《欧米哀尔》，以衰老的躯体刻画一位老娼妇的形象。罗丹认为："在自然中一般人所谓丑，在艺术中能变成非常美。"这些雕塑就呈现出罗丹化丑为美的审美观。

雕塑《舞蹈》雕刻一群裸体女性围着一男性舞者起舞，男子双手向上伸开，左手举着摇铃，围着的姑娘们手牵着手，洋溢着欢乐和奔放的律动，充满着狂欢的旋律和青春的健美。在围着的跳舞少女中，还雕着一个兴高采烈坐着的男孩，飘动的彩带、飞舞的花环、颤动的花草，灵活和轻盈雕刻手法使作品充满着动感。该雕塑为让·巴蒂斯特·卡尔波（Jean Baptiste Carpeaux）的作品，是其历时五载呕心沥血之作。最初将雕塑的复制品放在巴黎歌剧院门口，竟然引起轩然大波，被指责为有伤风化、败坏道德，甚至要求将雕塑拆除。古希腊历史学家普鲁塔克说："这一切的运动都充满着嬉戏之情，而并没有任何的春情或淫荡。"经过漫长的时间洗礼，它已成了巴黎歌剧院的象征。

让·巴蒂斯特·卡尔波（Jean Baptiste Carpeaux）的大理石雕塑《小王子和他的狗》，是应拿破仑三世夫妇为小王子全身肖像的订单而作。雕塑中的小王子是路易-欧仁·拿破仑，他是拿破仑三世和王后欧仁妮·德·蒙蒂若唯一的儿子，卡尔波曾教小王子学绘画。灵感来自弗朗索瓦-约瑟夫·博西奥的作品《亨利四世之子》，该作最初并没有狗的形象，后根据王后的意愿削弱了小王子轮廓的流动性并加入狗的形象。卡尔波突破了君主肖像制作的传统，去除了传统的王室标志，让小王子穿西装而非军装。小王子额头上卷曲的头发、平和的神态和左手揽住狗的姿态，都呈现出小王子的聪慧与和蔼。

詹姆士·普拉迪埃（James Pradier）的大理石雕塑《萨福》（又名《缪斯》），为古希腊著名的女抒情诗人塑像。萨福（公元前630—前592），出身于莱斯波斯岛的一个贵族家庭，一生写过不少情诗，是古希腊第一位描述个人的爱情和失恋的诗人，被冠以"抒情诗人"之称号。由于萨福才华出众，慕名而至的人很多，人们把自己的女孩子送到萨福身边，向她学习技艺，她们在一起弹琴、唱歌、跳舞，参加一些宗教性的活动。她的作品产生过巨大影响，传说中的司文艺的女神有九位，柏拉图称萨福为第十位文艺女神。雕塑中的抒情诗人，有妩媚的体型、婀娜的身姿，她静静地坐着，线条明快柔美，她的头部微垂，双手抱膝，衣裳的褶皱线条逼真，她的身边搁置着一把四弦琴，整座雕塑焕发出女性的魅力和诗歌的节奏。

横卧的少年雕像是《塔西西乌斯》，是亚历山大·法尔吉埃（Alexandre Falguiere）的作品。塔西西乌斯是公元3世纪基督教少年殉教者，他是运送弥撒所用圣体的少年密使，由于在运送圣体的途中被发现，暴徒们用石头把他打死了，但是他紧紧抱着圣体至死不放。塔西西乌斯的塑像瘦弱渺小、面容清秀，他双手紧紧将圣体抱在胸口，双目禁闭倔强执拗，面对暴徒们的凌辱而宁死不屈，呈现出少年殉教者的勇敢坚定，也表达了对施虐者的愤懑和抨击。

《丽达与天鹅》是奥古斯特·克莱辛格（Auguste Clesinger）的作品。丽达是希腊神话中斯巴达国王的妻子，国王将妻子安排在几乎与世隔绝恬静的小岛上，宙斯看上了丽达的美貌，丽达正在湖中沐浴，宙斯化身天鹅翩然落到丽达身旁，丽达看它健硕可爱，把它搂抱怀中爱抚，丽达因此受孕生下两只蛋蛋，孵出四位天使般的儿女。雕塑中的裸女丽达美艳绝伦，她躺卧在垫着衣服的石榻上，左手支撑着抬起的身体，右手揽着雄壮的公天鹅，天鹅伸长了颈项与丽达亲吻。雕塑中丽达美艳的胴体、天鹅细腻的羽翼、石榻衣服的纹饰，都刻画得栩栩如生。

查尔斯·简·玛丽·德乔治（Charles Jean Marie Degeorge）的《年轻的亚里士多德》为哲学家亚里士多德造像，亚里士多德是希腊哲学百科全书式的集大成者，涉及伦理学、形而上学、心理学、经济学、神学、政治学、修辞学等，他从十八岁到三十八岁在雅典跟柏拉图学习哲学二十年，亚历山大大帝是他的学生。该雕塑将亚里士多德塑造成一个半裸的男孩，他瘦瘦弱弱赤足赤身地坐在靠椅上，左手搔着头皮，双腿上摊开一本巨大文卷，像沉思又像颇不耐烦地翻看，头发、衣衫、书卷的线条都雕刻得栩栩如生。

亨利·查普（Henri Chapu）的大理石雕塑《圣女贞德》，为法国民族女英雄塑像。出身法国农村的少女贞德，十六岁时得到上帝的启示，让她带兵收复被英格兰占领的法国失地，她于1429年率兵解奥尔良之围，成为了闻名法国的女英雄，带兵多次打败英格兰侵略者。贞德于1430年在贡比涅为勃艮第公国所俘，后为英格兰人以重金购去，于1431年5月30日在法国鲁昂被当众处死。以往的圣女贞德都是身披甲胄手执长矛的形象，该雕塑设计成一个盘坐在地上乡村少女的模样，她戴着头巾，穿着一件短袖圆领衫和宽松的裙装，脑袋后拖着一根大辫子，跪坐着双手合十，身体向前微倾，目光炯炯望着远处，在朴素中呈现出勃勃英气，在沉静中蕴含着坚强勇敢。贞德已成为了西方文化的一个重要角色，莎士比亚、伏尔泰、席勒、威尔第、柴科夫斯基、马克·吐温、萧伯纳、布莱希特都创作过有关她的作品。

皮埃尔·朱尔斯·卡维尔（Pierre-Jules Cavelier）的大理石雕塑《格拉古兄弟的母亲科涅莉娅》，科涅莉娅·阿菲莉加娜是罗马统帅大西庇阿的二女儿，在她六岁时父亲将她许配给了战友森普罗尼乌斯家的公子格拉古，格拉古父子对于大西庇阿执政颇多襄助。公元前175年，十八岁的科涅莉娅和四十五岁的格拉古完婚，格拉古担任过罗马最高职务执政官。公元前153年格拉古逝世，向科涅莉娅求婚的络绎不绝，甚至希望迎娶她做埃及的王后，都遭到科涅莉娅的拒绝，她一心一意照顾和教育两个儿子和一个女儿。两个儿子先后担任罗马保民官，女儿嫁给了第三次"布匿战争"的英雄小西庇阿，科涅莉娅被视为"罗马妇女的完美典范"。雕塑群中的科涅莉娅美丽端庄正襟危坐，她的身旁是一高一矮格拉古兄弟俩，她左手抚着手握书卷提比略·格拉古的肩，右手握着赤裸的盖约·格拉古的手，呈现出贤惠善良的母爱。

尤金·纪尧姆（Eugene Guillaume）的铜雕《格拉古兄弟》，雕刻了格拉古兄弟的半身像。母亲科涅莉娅共生了十二个孩子，仅存活了格拉古兄弟和姐姐塞姆普罗妮娅。母亲守寡带大他们，聘请了有名的希腊学者来做家庭教师，使兄弟俩受到了良好的教育。兄弟俩先后担任罗马帝国的保民官，为普通民众争取利益，努力进行土地改革，遭到元老院派和贵族们的反对，他们最后先后被杀身亡。雕塑上的提比略·格拉古和盖约·格拉古两兄弟长得端庄俊美，他们俩并肩携手目光炯炯，手抚案卷表达了进行改革的决心。

埃米尔·安托万·塞尔代布（Emile Antoine Bourdelle）的铜雕《拉弓的赫拉克勒斯》，塑造了希腊神话中的英雄赫拉克勒斯的形象。赫拉克勒斯是天神宙斯的儿子，擅长使用弓箭。斯廷法利斯湖地区飞来一群怪鸟，铁嘴、铁爪、铁翅，见牲畜就吃，见人就伤，使该地区民不聊生，人们惶惶不可终日。智慧女神雅典娜赠送了铜钹给赫拉克勒斯，他以铜钹发出刺耳声音驱赶怪鸟，并张弓搭箭射杀怪鸟，怪鸟纷纷应声落地，其他的怪鸟四处逃窜。铜雕抓住赫拉克勒斯拉弓搭箭的瞬间，赫拉克勒斯右腿跪地、左脚蹬石，左手捏弓，右手拉弦，浑身肌肉凸显，呈现出豪迈的英雄气概。

路易斯·欧内斯特·巴里亚斯（Louis-Ernest Barrias）的大理石雕塑《努比亚人狩猎鳄鱼》，刻画了古代努比亚人狩猎的状况。努比亚人起源于非洲苏丹的一个民族，努比亚地区广义上是位于现今苏丹北部和埃及南部之间的部分地区，古代努比亚人以狩猎开矿等为生。从公元前3000年埃及第一王朝起，努比亚曾成为埃及的属地，努比亚人须向埃及进贡黄金、木材、纸草、兽皮等贡品。在公元前 8 世纪末，努比亚人赶走了埃及侵略者，以纳帕塔为首都建立了库施王国，并曾一度征服埃及。约在公元前 2350 年前后，库施国被埃塞俄比亚的阿克苏姆王国所灭亡。长方形雕塑中的古努比亚人赤身裸体，左上角的妻子紧张地照看着两个婴儿，左下角是一条嚣张往上爬动的鳄鱼，右边是将一根长矛使劲插入鳄鱼嘴里的男子，他站在石块上用尽全力双手撑矛，右下角是一个倒卧的裸体女子，这条巨大的鳄鱼被雕刻得栩栩如生，好像巨大的尾巴还在摆动。整座雕塑充满着紧张激烈的搏斗气息，呈现出人与自然斗争的张力和顽强。

《被蛇咬的女人》与《年轻女囚》雕塑相似，都是大理石裸女卧像，不同的是该雕塑女子手臂上缠着一条小蛇。该雕塑为奥古斯特·克莱辛格（Auguste Clesinger）的创作，又名为《阿波尼娜·萨巴蒂埃》。阿波尼娜·萨巴蒂埃是法国著名的模特儿和交际花，当时很多法国著名的艺术家都是她的座上客，该雕塑当时引来不少异议。美艳的裸体雕塑，造型优美、线条流畅，头和脚向下身体呈弓形，似乎遭蛇咬后的痛苦挣扎，又像沉浸在无限的愉悦之中。

意大利雕塑家尤金·纪洛姆（Eugene Guillaume）的大理石雕塑《阿那克里翁与鸽子》，为古希腊诗人阿那克里翁塑像。阿那克里翁是古希腊伟大的抒情诗人，擅长创作歌颂爱情、美酒和狂欢的诗篇，他是一位高寿的希腊宫廷诗人，他创作了五卷诗作，他的诗歌平实、轻柔、舒缓，语句朴素，描写细腻，思想清新，通俗易懂，抑扬动听，在希腊诗人中独具一格。他的诗歌留存下来的并不多，却出现许多仿作。吉尔伯特·默雷说："跟这些摹拟作品相比之下，阿那克里翁的真作，题材和韵律丰富多彩，气势磅礴，甚至具有（纪元前）6世纪那种庄严肃穆超然物外的意境。"雕塑中的诗人阿那克里翁，戴着花冠、长须冉冉，赤裸着上身，目光清澈，神情专注，眼神深邃，他左手扶椅、右手举鸽子，双目炯炯有神地望着鸽子在他手中吃食，他心里好像正在构思着他新的诗篇。

《巴尔扎克》是奥古斯特·罗丹（AugusteRodin）耗费六年的呕心沥血之作，他曾查阅大量资料，甚至到巴尔扎克故乡访问，寻找与巴尔扎克面貌相近的人，找到当年为巴尔扎克做过衣服的裁缝，估量巴尔扎克的身材，甚至先后做了六个不同姿态的巴尔扎克全身像。塑像刻画的巴尔扎克身披睡衣，硕大的脑袋、凌乱的头发、深陷的双眼。罗丹的巴尔扎克雕塑，因作品过于写意而不被认可，被人批评为"麻布袋里装着的癞蛤蟆"。罗丹在雕塑巴尔扎克时，刻意注重这个夜间漫步者的形象，让他披着睡衣如在星空下沉思，他彻夜不眠敢于向黑暗势力挑战，雕刻这位被宽大的睡衣包裹着的屹立的巨人，在形似中加以夸张变形。罗丹说："结构的线条应该表现出伟大的灵魂。我的《巴尔扎克》像一座石殿、一座纪念碑、一块在蔑视一切的高傲的运动中拱起来的石头……"后来人们终于发现，罗丹的这座雕塑更能呈现出巴尔扎克的精神特征和巨大力量。

埃德加·德加（EdgarDegas）的铜雕《十四岁的小舞蹈家》，为芭蕾舞年轻舞者玛丽·凡·格特姆造像，创作于1880年，这是德加生前唯一公开展示的雕塑，他在1881年第六届印象主义画展中展出的彩色蜂蜡版曾引起轰动。印象派画家德加擅长画芭蕾舞女，他的《舞蹈课》《调整舞鞋的舞者》都是有影响的画作。1922年埃德加去世以后，铜像铸造者荷布拉德将这件蜡雕《十四岁的小舞蹈家》浇铸成铜雕。小舞蹈家穿着美丽的薄纱短裙、袒胸亚麻修身胸衣，脚蹬精致的芭蕾舞鞋，头发上扎着真丝缎带，双手背在身后，下巴微微抬起，两眼似闭非闭，沉醉在舞蹈的欢愉中，将一位少女舞者的形象刻画得生动传神、栩栩如生。

让·巴蒂斯特·卡尔波（Jean Baptiste Carpeaux）的铜雕《乌戈利诺及其孙子》，具有悲怆的色彩。乌戈利诺为但丁同时代佛罗伦萨人，为争权而勾结敌对党，夺取了比萨城的统治权。1288年，在大主教的领导下，推翻了他的统治，乌戈利诺和两个儿子、两个孙子被关在城堡塔楼，殃及子孙被活活饿死。雕塑采取金字塔构图，将乌戈利诺置于中心位置，以乌戈利诺阴郁的眼神、凹陷的脸颊，撕嘴啮手、浑身紧张，呈现其悔恨和无奈的心态。四个子孙围绕乌戈利诺身旁，有的已奄奄一息，有的抱其膝盖哀求，有的卧其身上软弱无力，有的虚弱地呻吟哀泣，呈现出该作品惊心动魄的悲剧色彩。

让·巴蒂斯·卡尔波（Jean Baptiste Carpeaux）的雕塑《听海螺的渔童》（又名《持贝壳的那不勒斯渔童》），以渔童真切的笑容打动观众。作为弗朗索瓦·吕德的学生，他善于把握所塑人物的特征和神态，他尤其忠实于生活，1859年首次展出的《听海螺的渔童》，被批评为"表现了对现实的歌颂，但是缺乏高贵"。该作品以裸体男孩单腿跪地，手握海螺专注倾听，满脸朴素坦然的笑容，灵动的双眼似乎忽闪着，从海螺里听出大海的涛声。从这件作品开始，卡尔波塑造的人物微笑变成了一个特色。后来，卡尔波又创作了另一件可以配对的作品——《持贝壳的小女孩》。

让·巴蒂斯特·卡尔波（Jean Baptiste Carpeaux）的《天文台喷泉》，又名《四方》，是继《舞蹈》后又一力作。四位不同肤色的裸女，包括黄皮肤的亚洲人、白皮肤的欧洲人、黑皮肤的非洲人、棕色皮肤的美洲人，这些健壮的女性共同托起圆形天文仪。像地球一样的天文仪有经线和纬线，中间有一条倾斜的宽带。四位裸女体形优美，举着天文仪似歌似舞，洋溢着青春气息和欢乐气氛，呈现出热爱自然、热爱和平、保护环境的美好愿望。该雕塑的原物在卢森堡公园内。

走出奥赛美术馆大门时，见奥赛车站的那只金碧辉煌大挂钟依然准确地走着，美术馆大门口的围墙上有一组世界各大洲女子的青铜雕塑，从左到右分别为：欧洲、亚洲、非洲、北美洲、南美洲、大洋洲，呈现出雕刻者的豁达胸襟和世界眼光。门口还有马与爬犁的铜雕、犀牛的铜雕、母与子大象的铜雕。马与爬犁铜雕膘肥体壮，抬起左前蹄，鬃毛猎猎威风凛凛。犀牛铜雕肥硕壮实，抬首翘尾，犀牛角朝天雄风犹在。母与子大象铜雕，母象昂首扬鼻，子象尾随依恋，呈现出挣脱绳索奔向自由的精神。以陈列1848至1914年间艺术作品为主的奥赛美术馆，收藏了法国近代艺术的精华。

在诸多雕塑精品中就可以看到法国艺术的精美深邃。

辑二
真情永远

我呈贾植芳先生的三首诗

著名学者贾植芳先生走了，他因病于 2008 年 4 月 24 日十八点四十五分在上海辞世，享年九十二岁。贾先生是我的师爷辈，我攻读硕士学位的导师曾华鹏先生是贾先生的高足。闻知贾先生仙逝的噩耗，作为学孙辈的我写了一首题为《送别贾老》的唁诗表达哀悼之意。

> 春风暮色贾老逝，
> 月色冷魂归山西。
> 铮铮铁骨争自由，
> 融融热肠育桃李。
> 狱里镣铐寻常事，
> 狱外谈笑平生志。
> 宁折不弯真性情，
> 文坛巨擘谁堪媲？

贾植芳先生系山西襄汾人，最早用笔名"冷魂"投稿。因此诗作中有"月色冷魂归山西"之句。贾先生在《狱里狱外》一书中介绍中说："……经过了军阀混战、国民党专制、抗日战争等时代，一直到高唱'东方红，太阳升'。有缘的是我每经过一个时代就坐一回监牢，罪名是千篇一律的政治犯。"因此诗作中有"狱里镣铐寻常事"之句。

最初见到贾先生是我在扬州师范学院攻读硕士时，因为是我的导师的老师，我们学生便有些肃然起敬。贾先生矮矮的个头，一口浓重的山西口音，拄着一根拐棍，他常常谈笑风生感染了周围的人。

1987年，我从扬州师范学院硕士毕业后，被分配到上海师范大学中文系工作，便去贾先生府上拜访，也是因为有了这层师爷学孙的关系，贾先生对我便有了一种天然的亲近感。我的第一本学术著作《放逐与回归：中国现代乡土文学论》出版，贾先生便欣然为此书作序。我每次到复旦大学便会去探望贾先生，顺便也提一点小礼品去。贾先生总诙谐地说："你是要贿赂我吧？"我们便都哈哈一笑。贾先生便点起一支烟，侃侃而谈、纵横捭阖，幽默风趣、妙趣横生。与贾先生交往时间长了，他浓重的山西口音我已多能听懂了。

1996年，已即将晋升为教授的我决定攻读博士学位，我去贾先生家求教，请他给我出主意。贾先生对于上海的学术界特别清楚，他仔细聆听我的想法，给我出点子，告诉我可以报谁，不要报谁，他从文品与人品等方面作了细致的分析。

在上一届上海市作家协会换届前，作协依然采取会员推荐理事的方式，贾先生打电话郑重其事地告诉我，他推选了我作为作协理事的候选人。虽然那一届我并未当选，但是贾先生热心扶植

109

后辈的作为，让我深深感动。贾先生常常告诫我："小杨呵，抓紧时间，写一些像样的东西。"

贾师母病重卧床后，贾先生精心照料。我去复旦大学参加过几次博士论文答辩，答辩后照例有聚餐，贾先生总会挑选一两样点心给病重的夫人任敏带去。

2002年11月，贾师母病逝，11月21日，我写了一首题为《悼任敏师母并致贾老》唁诗：

> 惊闻讣告雨淅沥，
> 老伴仙逝贾老泣。
> 颠沛流离系真情，
> 相濡以沫恸天地。
> 狱里狱外共患难，
> 相扶相携两相知。
> 而今一鹤腾空去，
> 风风雨雨勤添衣。

出生于富庶商人家庭的任敏师母，跟随贾先生一生受尽了流放、监禁等磨难，但是夫妇俩仍然同甘共苦相濡以沫。那天我去参加贾师母的追悼会，追悼会开始前，我去休息室探望贾先生，他坐在轮椅上。我叫了贾先生，并说："我是小杨，请贾先生节哀。"贾先生抬头望了望我，用浓重的山西口音说："噢，小杨呵，现在也是老杨啰！"贾先生一生历经磨难，他在生活中诙谐幽默，在那样的场合，贾先生也会幽默一下，倒让我一时不知道如何是好。

追悼会开始了，当任敏师母的灵柩推出来时，贾先生蹒跚着走下轮椅，跌跌撞撞地走上前，在师母的灵柩前长跪不起，嘴里絮絮叨叨地在念叨着什么，在场的人们无不落泪。

2004年10月15日，复旦大学举行"庆祝贾植芳先生九十华诞学术交流会"，那天我将登机赴韩国参加一个国际会议，不能抽身与会，甚感遗憾，10月11日，我撰了一题为《敬贺贾植芳先生九十华诞》的诗，表达敬贺之意。

桂子飘香菊花黄，
恭敬擎杯贺华诞。
含辛茹苦鲁迅骨，
疾恶如仇胡风胆。
文坛低吟人生赋，
译海放眼天地宽。
最是狱里狱外身，
铮铮铁骨堪模范。

在诗中，我赞颂贾先生扶植后辈如鲁迅一般，疾恶如仇有如胡风。贾先生在文学创作、翻译、研究方面都很有成就，《人生赋》是贾先生的一部小说集，他翻译了捷克的报告文学家 E.E. 基希的《论报告文学》、苏联的巴鲁哈蒂的《契坷夫的戏剧艺术》、谢尔宾娜等的《俄国文学研究》，发表了有关中国现代文学、比较文学、外国文学等诸多学术论文，他成为学术界的巨擘。

贾先生一生遭受了诸多磨难，备尝牢狱之灾，早年他因投身"一二·九"学生运动遭北平警察局以"共产党嫌疑犯"罪名逮捕关押；1945年初在徐州因从事抗日策反遭日伪警察拘捕；1947年9月因"煽动学潮"遭国民党中统特务机关关押；1955年因"胡风反革命集团案"被捕被宣判有期徒刑十二年。历经坎坷磨难的贾先生却始终以顽强的精神、坚强的毅力从事进步活动、文学创作、文学翻译与学术研究。

贾先生走了，在春暖花开的时候，他瘦弱却倔强的身影却始终在我的眼前晃动，他抽着烟用浓重的山西口音对我说："小杨呵，抓紧时间，写一些像样的东西。"尊敬的贾先生，您走好！我会听从您的教诲，继续努力探究、努力笔耕，写出一些像样的东西。

一株参天的大树

——追忆恩师曾华鹏先生

恩师曾华鹏先生于 2013 年元月 27 日上午九时半因病在扬州中医院逝世，享年八十一岁。2013 年元月 29 日上午，曾华鹏先生的追悼会在扬州殡仪馆举行。曾先生是中国现代文学著名学者、扬州大学教授、博士生导师，曾任全国第七届人大代表，全国第八、第九届政协委员，江苏省作协理事。大厅里摆满了有关单位、亲朋好友、各地学生送来的花篮花圈，灵堂门口两旁黑底白字的挽联写有："全力教书育人桃李芬芳华树满园，素心处世做事境界淡远鹏翔高天。"大厅里曾华鹏先生白发苍苍笑容可掬的遗像放在中间，"曾老父子千古"的横幅令人悲哀。我将我撰写的唁诗《沉痛悼念恩师曾华鹏先生》张贴在大厅的柱上："壬辰岁末日昏黄，/噩耗传来愣半响。求学沪上有踌躇，/落难维扬不彷徨。/郁达夫论惊学界，谢冰心论留华章。/学高身正育桃李，/楷模千秋永敬仰。2013 年元月 27 日学生剑龙闻曾华鹏先生仙逝泣作。"回溯先生人生与成就，表达追悼和敬仰之意。

吊唁大厅两边的墙上张挂着一幅幅挽联："传道授业杏坛永垂先师训，参政建言春风长传赤子心。""褒膏继晷五千著述成经典，树蕙滋兰三千弟子仰高山。""巨梁顿折悲痛哲人成记忆，薪火待传激扬学界仰圭璋。""润物无声滔滔华章誉学界，厚心载道鹏程掠天穹。""文坛纷纭赖先生三德三言奖后进典型永在，绛帐空垂昭弟子无怨无悔寻正途薪火长传。""漠漠高山念我从今空仰止，汤汤逝水留师不住益凄其。"挽联描绘出学术巨匠曾华鹏先生的高风亮节重大贡献，表达了亲朋好友的哀悼惋惜之情。

曾华鹏先生的灵柩被缓缓推进了灵堂，被安置在黄白相间的菊花丛中，经受癌症病痛先生的遗容显得憔悴瘦削，我们诸多学生在先生的灵柩前列队跪下，齐齐整整地一叩首、二叩首、三叩首，热泪涌出了我的眼眶。瞻仰着曾先生的遗容，恍然间我觉得我眼前兀立着一株参天大树，先生的深邃学问、先生的人格魅力、先生的人品精神，成为伫立我们眼前高山仰止的伟岸身影。

曾先生的深邃学问是引领我走上学术之路的基石。因为仰慕曾先生的学问，1984年我考入了扬州师范学院跟随曾华鹏、李关元先生攻读中国现当代文学硕士学位，成为两位先生的开门弟子。当年的扬州师院中文系该学科在全国是名列前茅的，曾华鹏先生的小说研究，李关元先生的戏剧研究，吴周文先生的散文研究，吉明学先生的文学运动研究，后来调入的叶橹（莫绍裘）先生的诗歌研究，在全国学界都颇有影响，各类文体研究都有强手，形成了该学科研究的集团军，曾先生则是该学科的领军人物。曾先生给我们开设鲁迅研究、郁达夫研究、叶圣陶研究等课程，曾先生上课的严谨扎实给我们留下深刻印象，他对于郁达夫研究的深入肯綮，他对于鲁迅作品的条分缕析，他对于叶圣陶文言小说的独到探究，都成为我们研究的范本，尤其曾先生作家作品论的系统、独特和深入，奠定了我们从事中国现当代文学研究的基础。在跟随曾先生学习期间，他要求我们认真完成每一篇作业，并且在课堂上对于我们的作业逐篇讲评，说长道短深入肯綮令人叹服，引领我们走进了学术的殿堂。在学习期间，曾先生不仅安排李关元、吴周文、吉明学等先生给我们开课，还安排我们出门访学，访苏州大学请范伯群先生讲授中国现代长篇小说研究，访南京大学请许志英先生讲"五四"新文学，访杭州大学请陈坚先生讲夏衍戏剧创作、何寅泰先生讲田汉话剧研究等，拓展了我们的学术视野。我的课程作业《鲁迅研究的历史与现状》《论丽尼的散文创作》《论许钦文的散文创作》等先后发表，得到曾先生的褒奖。1985年，我投稿应征富阳举行的纪念郁达夫殉难四十周年学术讨论会，获准与曾先生一起出席盛会，论文《郁达夫个性心理机制及其小说的感伤基调》经曾先生指导后发表在《上海师范大学学报》1986年第四期。

曾先生的人格魅力是指引我为人处事的典范。我求学期间，先生担任中文系主任，行政工作、教学工作、科研任务都十分繁忙，1985至1986年间，曾先生与范伯群先生合作，接连在各高校学报发表鲁迅小说研究的系列论文，研究《祝福》《弟兄》《狂人日记》《在酒楼上》《风波》《伤逝》《幸福的家庭》等。曾先生永远是一位克己奉公宽厚待人的学者，在读期间，曾先生给我们学生约法三章，要求我们研究生之间必须团结，要求我们学生不能给导师送任何礼物，包括送任何土特产。因此我们专业的五位同学虽然在学业上有竞争，关系都十分团结非常和谐，甚至在星期日一起做饭聚餐、一起逛瘦西湖公园。在我的记忆中，先生从不为自己的事、为子女的事向学校提出任何要求，我在读期间为先生搬家，他被国家人事部授予"有突出贡献的中青年专家"称号，搬入瘦西湖畔底楼的七十多平方米的三室一厅，先生才有了独立的小书房，谁知曾先生一直住了近三十年，直到他逝世还住在这套房子里。扬州师范学院的研究生是与教师在一个食堂吃饭的，有一次因体育系的进修教师买饭插队，一位古典文学专业的研究生指责他们，他们居然动手打人，排在后面的我也指责他们，有一位进修教师居然跳将出来对我动拳头，他将我逼到墙旮旯里，忍无可忍义愤填膺的我将手中的搪瓷盆猛砸了下去，将对方的眉角砸出了血，随后我即骑自行车带他去医院诊治。后来曾老师找我谈话，在了解了事情的来龙去脉后，曾先生语重心长地对我说："剑龙，你的年纪也不小了，以后遇到此类事情应该冷静冷静！"毕业前，我原先所在的江西师范大学文学院领导专程来要我回去，曾先生斩钉截铁地说："剑龙我们要留的，不能给你们！"后来我联系了去上海师范大学，曾先生十分通情达理地说："上海是你的故乡，应该放你回去，如果你去江西师范大学，我就不放你去了。"当时研究生还十分稀少，江苏省教育厅认为本省培养的研究生应该留在本省工作，使我回上海的计划受到了阻碍，曾先生便亲笔给在省办公厅工作的朋友写信，让我去找到这位先生，我回上海的事情得到了圆满的解决，倘若没有先生的帮助，我是难以回到故乡的。

曾先生的人品精神是我敬佩仰慕的楷模。曾华鹏先生1932

年出生，福建石狮人。复旦大学高材生，1955年在毕业前却因胡风事件的牵连而被发配至扬州工作，历任扬州财校、扬州师专语文教员，他"虽然身处逆境，但理想的燔火并没有熄灭"，"道路虽然泥泞却还要搀扶着艰苦跋涉"（曾华鹏《泥泞路上的艰难跋涉》，曾华鹏《现代作家作品论集》，江苏文艺出版社2004年版，第409页），这就有了他与范伯群先生合作发表在1957年《人民文学》5、6月合刊上的长篇论文《郁达夫论》，成为新中国以来第一篇现代作家论，曾先生1959年被调入扬州师范学院中文系工作。曾华鹏、范伯群先生有长达半个世纪的合作研究，他们合作发表了《蒋光赤论》《谢冰心论》《王鲁彦论》《叶绍钧论》等作家论，合作撰写了学术著作《冰心评传》《郁达夫评传》《现代四作家论》《王鲁彦论》《鲁迅小说新论》，他们被誉为学界的"双打选手"。曾华鹏先生在其个人论文选集《现代作家作品论集》中写道："回顾自己半个世纪的学术生涯，既感到欣慰又感到愧疚，欣慰的是自己没有被苦难和挫折所击倒，而是能朝着既定目标蹒跚前行；愧疚的是近半个世纪的时间，却只能写这么一点东西，奉献出来的是如此菲薄的成果。"（曾华鹏《泥泞路上的艰难跋涉》，曾华鹏《现代作家作品论集》，第414页。）曾华鹏先生这种身处逆境而执着追求的品格，这种为了挚爱的文学事业而孜孜以求的精神，为我的人生与事业追求树立了典范。

离开母校离开先生回上海工作后，先生一直关注着我的生活和工作。1995年我在硕士学位论文基础上扩充而成的学术著作《放逐与回归：中国现代乡土文学论》即将出版，我想请两位导师作序，先生不顾繁忙满口应承，曾、李两位先生在序言中说："当杨剑龙同志撰写的《中国现代乡土文学论》这部书稿出现在我们面前的时候，我们感到异常惊喜，几年时间里，在繁重的教学之余，他竟还写了这么多文字，真是难能可贵。""现在完成的这一部书稿是颇具特色的：他注意将这一流派作为一个整体来考察，既着重论述这一流派的奠基人和开拓者鲁迅的乡土小说的美学特征，又分别考察在鲁迅影响下的若干乡土小说作家的创作及其与鲁迅的师承关系；在这个基础上综合论述乡土文学的流派特征以及对当代乡土文学的影响。作者注意将对这一流派的微观分析和宏观考察结合，注意使新颖的见解和丰富的资料统一……"先生褒奖说"这是一部扎实、丰富、富有新意的书稿"。2000年曾先生在《扬州大学学报》第三期发表的长篇论文《近50年中国现代小说理论批评的回顾》中，特意提到："在现代小说流派中又以'乡土小说派'更引起研究者兴趣，丁帆的《中国乡土小说史论》一书系统论述中国乡土小说七十年的发展变化，并深入地考察乡土小说不同群落各自的审美特征；杨剑龙的专著《放逐与回归——中国现代乡土文学论》则侧重于乡土小说作家的个案研究。他们在现代乡土小说的综合研究方面都作出自己的贡献。""除此以外，近年来还有一些学者从基督教、佛教等宗教角度来研究中国现代文学，在这方面锲而不舍的是杨剑龙。1992年他在《文学评论》上发表《论"五四"小说中的基督精神》后又继续耕耘，终于又奉献出学术专著《旷野的呼声——中国现代作家与基督教文化》，书中论及小说创作与基督教文化关系的作家就有许地山、冰心、庐隐、苏雪林、张资平、郭沫若、老舍、萧乾、巴金、徐訏等人。从宗教切入中国现代小说的研究，这也是以前没有出现过的研究新视角。"

我曾经几次回母校看望曾先生，回到先生的身旁如站立在一株参天大树的蔽护下，向先生汇报自己的工作，再次感受先生如沐春风的教诲，先生总是和蔼地说看到我发表的文章和见到我参加一些学术活动的报道。我曾多次想邀请先生来上海师范大学做学术报告或主持我的研究生论文答辩，先生都婉言谢绝了。2001年是曾先生虚龄七十岁，我们学生想为先生祝寿，师生们借此机会回母校一聚，曾先生却执意不肯，我在电话里与先生说了许久，却始终没能说服先生，曾先生甚至说出"你们来，我就走"的话语，先生不想因他而麻烦大家，我们只能作罢。2002年11月1日是胡风诞辰一百周年纪念日，10月11至13日复旦大学中文系和苏州大学中文系联合主办"第二届胡风研究学术讨论会"，胡风夫人梅志、贾植芳、绿原、牛汉、冀汸、彭燕郊、朱健、何满子等一百四十余位学者与会，曾华鹏、范伯群、潘旭澜等著名学者也参加了会议，我在会议上做了题为《胡风精神与现代知识分子》的发言，会议上曾先生没有发言，他在台下静静地听着。我们几个在沪的学生想与先生聚餐，先生最初不答应，他怕增加我们的麻烦，后来我们一再说借此机会聚一聚，先生才同意了，我们便邀请范伯群先生一起参加，师生聚会其乐融融。2007年4月14至15日，在扬州大学举办了"乡下人进城：现代化背景下的城乡迁移文学"研讨会，范伯群、曾华鹏、李敬泽、施战军、姚文放等七十余人参加了研讨，正巧李关元先生回扬州，会议特意安排范伯群、曾华鹏、李关元与汪晖、徐德明、杨剑龙、吴义勤等作师生对话，显示了扬州大学中国现代文学研究传统的延续。

2012 年 4 月 1 日，"中国现当代文学作家、作品论的理论与方法的深入探讨"学术会议在扬州召开，曾华鹏、范伯群、陈思和、丁帆、林建法、吴义勤、张王飞、刘祥安、季进、葛红兵等四十余人出席会议，这是一次师生的聚会，我准备了题为《"能朝着既定的目标蹒跚前行"——论曾华鹏先生的作家作品研究》的论文，对于曾华鹏先生的作家作品论的成就与特点作了系统的研究，论文指出：曾华鹏先生的文学研究受俄国别、车、杜等的影响，形成了现代作家作品研究的社会历史研究模式，在现代作家作品研究中，曾先生"喜欢选择有难度的论题"，还力求使"'历史的批评'和'美学的批评'相统一"。在文学作品研究中，他既关注作品产生的时代背景，又关注作家创作的原动意图，还细致探究作品的艺术特性。曾先生形成了其作家作品论的特点：论从史出的学术视阈、求真尚美的学术追求、平实严谨的学术风格。论文发表在《东吴学术》2012 年第四期，同期刊载了曾华鹏先生的两篇论文《论郁达夫的文艺观》《论郁达夫的旧体诗》，这是 2012 年 2 月由南京大学出版社新版的《郁达夫评传》中曾先生补写的内容，在会议上我得到了由曾华鹏、范伯群亲笔签名的新书。在会议期间，我写了五首小诗表达回母校的感受，其中一首诗题为《师徒》："一日为师终身父，/银发互映有师徒。/对座晤谈春风暖，/话语不多情如故。"

2012年下半年，曾华鹏先生患病的消息从扬州传来，我们几位在沪的学生十分关心，师弟徐德明教授精心护理曾先生，他与医生一起研究治疗方案。师弟德明与我商量编辑出版一本曾先生同门学生的学术论文集，我们几位同门十分赞同，黄善明先生收集了同窗的一些论文后，德明给我打电话说，由于需要照看曾老师，由于他母亲也病重，他希望论文集由我来编辑，我满口应承。我放下手里的其他事务，着手编辑论文集，选编了汪晖、丁帆、吴义勤、徐德明、杨剑龙等人的二十七篇论文，以陈思和的《曾华鹏先生与现代作家论》、曾华鹏的《半个世纪的学术探求》代序，范伯群先生撰写的《中国现代文学研究的"第二代"——我与华鹏》代跋。我将论文集取名为《瘦西湖畔——中国现当代文学论集》，后来大概德明又更名为《瘦西湖畔薪火承传——中国现当代文学论集》。

2012年11月26日，我在参加了江苏师范大学召开的中国当代文学研究会第十七届年会暨学术研讨会后，专程下扬州去探望曾先生。曾先生住在扬州中医院一间单独的病房里，我握住先生的手仔细观察先生的容颜，虽然受到疾病的折磨，虽然先生腰间绑着护腰，但先生的精神状态还不错，他告诉我他与主治医生密切配合，医生反对过度治疗，他会坦然面对疾病。曾先生捧着江苏教育出版社2012年11月刚出版的《瘦西湖畔薪火承传——中国现当代文学论集》一书，米色封面上设计的瘦西湖的剪影雅致新颖，先生告诉我，我撰写的《论曾华鹏先生的作家作品研究》

一文他认真读了，其中有过誉之处。我说我是很客观写的，并没有过誉。曾先生告诉我，他接到李关元先生从上海打来的电话，他说他与李先生多年同事，他们当年曾经一起去外地查阅资料，在南京时需要寄存行李，他们特地购买了一张短途的火车票，将行李寄存后便去查阅资料。曾先生说，李关元先生在电话里大声地说："老曾，你要挺住！挺住呀！"说到此，曾先生的眼眶湿润了。我向先生汇报我的近况：2012年我主编的会议论文集《老舍与都市文化》由广西师范大学出版社出版；《新世纪初的文化语境与文学现象》由中央编译出版社出版；与我的国家社会科学基金项目同名的著作《"五四"新文化运动与基督教文化思潮》获得了上海市学术著作出版基金第二十四辑资助，由上海人民出版社出版；我主编的"上海文化与上海文学研究丛书"八本，由上海文化出版社出版；北京师范大学出版集团安徽大学出版社即将出版的"中国鲁迅研究名家精选集"十部，收入杨义、孙玉石、钱理群、王富仁、孙郁、张梦阳、张福贵、高旭东、黄健，其中有我的一本。曾先生为我的成绩感到高兴，他叮嘱我要注意身体，不能太累了。我怕过多打扰先生影响他的休息，便向先生告辞了，临行前我掏出一个装了钱的信封塞到先生的手里，先生坚决不收，他说朋友学生们送的钱他一概不收。辞别前，我轻轻地拥抱了坐着的先生，我希望先生能够战胜病魔，能够逐渐恢复，谁料这却是最后的诀别！在镇江火车站候车时，我写了四首短诗，表达此行的心情和感受，其中有诗《见恩师》："去扬州中医院，见恩师精神矍铄，颇感安慰。初冬风寒回扬州，/拜见恩师暖春

122

秋。/话短情长心坦然，/拥别时分话哽喉。"我将四首短诗用短信发给曾先生和几位同窗，我用了"精神矍铄"是想宽慰导师与同窗们的心，竟收到曾先生回的短信："剑龙，短信收到，感谢你的深情厚谊。曾华鹏。"这却成为曾先生的绝笔，我留在手机里永远不想删去。

恩师曾华鹏先生走了，带着众多亲朋好友的眷念走了，带着诸多学生们的敬意走了。曾先生是一株参天的大树，他建构起了中国现代文学作家作品论的范式，他培养了诸多有建树和影响的学者。我们会将先生的深邃学问、人格魅力、人品精神传承下去发扬光大。学高身正育桃李，楷模千秋永敬仰！

爹爹，我怀念您

又是一年一度的清明节，我又来到太湖之滨的陵园祭扫爹爹的亡灵。在爹爹的墓前摆上供品，在香烛冉冉升腾的烟雾中，望着爹爹的遗像，我不禁又深深地怀念起我的爹爹。

生于上海松江县的爹爹，因家境贫寒十一二岁就到上海学徒，后进扬子饭店工作，以后一直在服务行业工作，虽平平凡凡，却也努力而充实。

爹爹好读书，虽然未接受过正式的大学教育，但他靠自学达到了高中水平，在当学徒时他就经常省下伙食费买一些中国古典名著阅读，《西游记》《水浒传》《聊斋》《三言二拍》《儒林外史》等都是他爱读的作品，他曾经给我们描述在经过一天劳累的工作，坐在店堂的楼梯上津津有味地阅读的情景。阅读家中这些书籍大概也就成了我最初的文学启蒙了，我至今仍记得我最初阅读《聊斋》时的惊奇和惧怕。我如今能够成为文学教授和文学博士，大概也不能排除这一段时间的文学启蒙。家中的这些存书在"文革"时期被爹爹悄悄地销毁了，爹爹将这些书都浸泡在一个大脚盆里，在夜深人静时用铁桶装着倒到垃圾箱里，我现在仍然记得当时爹爹将书倒掉时的那种不忍和忐忑的表情。

爹爹爱母亲，我从未见过他与母亲争吵过。他爱我们这些子女，常常表现出一种舐犊深情。爹爹生下了五儿一女，子女多收入少入不敷出，为了一家大小爹爹努力劳作省吃俭用，记得在三年自然灾害期间，爹爹正患肺结核病，极需要营养，那时肉的供应是配给的，每人每月几两，爹爹不仅不吃儿女们的，反而常将他的那份省给我们这些孩子们吃。我自1970年下放以后，每年回上海，前来车站接我的几乎都是我的爹爹。他推着一辆自行车，将我的行李放在自行车行李架上，坚持要由他拉出车站，望着爹爹日益衰老的背影，我时常在笼罩着爱意的心中沁出一种悲凉之感。爹爹后来患绝症逝世于中山医院的病床上，那时的爹爹瘦骨嶙峋奄奄一息，在去世前他挣扎着说出的最后一句话是："我要回家！"爹爹时刻牵念着他为之奉献一生的家呀！

爹爹善良和蔼与人为善，他乐观开朗喜欢与人开玩笑，有他在场常常是充满着欢乐。在单位里他是人缘最好的，他当了多年的经理，常常是以身作则身体力行。他卧病在家时，单位的职工们纷纷上门探望，他虽然病笃却仍然与他们开玩笑，并笑着说："我大概离见马克思不远了。"忍住啼哭的探望者们走出我家的门时，都抑制不住地哭开了。在我们儿女们的面前，爹爹也从来没有半点架子，他与我们谈新闻说生活，无话不说亲密无间。

当得知爹爹患上不治之症时，我们都惊呆了，大家决定对他保守秘密，千方百计弄好吃好喝的给他吃喝，他却常常难以下咽，他嘴里不说心里却清楚。有时我们让他说说想吃什么时，平时省吃俭用的他竟然说不出吃什么，当我们买了些蜜饯给他吃时，有许多竟是他从来没有吃过的。爹爹病倒后，在床上卧了许

125

久，春天来了，见到床头我们给他买的姹紫嫣红的花，他提出想要一辆推车出去看看，我们弟兄几个四处奔走去买推车，当坐上我们新买的推车后，爹爹竟然像孩子似的笑了，笑得是那样的甜。我们推着爹爹在春天的上海街头走着，新改建的淮海路、正在改造的徐家汇，在春日的阳光下病笃的爹爹显得异常精神，但是新买的推车爹爹仅坐了一次，他就再无力坐了，然而我却永远也忘不了在春阳里爹爹坐在推车里的欢愉表情。

爹爹离我们去了，他安静地躺在太湖之滨的这座山岗上，在香烛冉冉升腾的烟雾中，望着爹爹的遗像，我不禁轻轻地说："爹爹，我怀念您！"

望着父母亲的合影

　　整理老照片，发现一张我的父亲母亲的合影，那是在冬日的公园里拍的，我的父母去世多年，我在父母亲的合影前呆望了许久。他们俩坐在假山石上，父亲高，母亲矮，都穿着中式的棉衣，父亲还戴着一顶帽子，笑容可掬轻松惬意。

　　其实父亲母亲这一辈子并不轻松。我们家六兄妹，一家有八张嘴需要吃饭，在那个年代是特别不容易的事情。父亲解放前在上海扬子饭店任电话接线员，解放后一度在工会任职，后来当了部门经理。母亲是一位普通的纺织女工，下班回家身上常常粘着棉絮或线头。我们家父亲爽朗、母亲勤俭，父母亲感情甚好，几乎没有看见他们俩红过脸、拌过嘴。纺织工三班倒，母亲上夜班时，父亲常常骑着一辆永久牌旧自行车送母亲去上班；母亲上中班时，父亲常常骑着自行车去厂门口接。

　　记得20世纪60年代初三年自然灾害期间，父亲染上了肺病卧病在床，母亲常常在病榻前垂泪。当时物资紧张，一切都配给都要票证，一个人每个月只有几两猪肉。父亲患病需要营养，但是他从来不多吃多占，他认为孩子们都在长身体需要营养，父亲甚至把自己的菜偷偷地塞给孩子们。父亲喜欢读书，他常常买一些古典小说捧读。"文革"开始时，父亲在一天深夜，将我从床上唤醒，让我将一些书籍浸泡在大脚盆里，再撕碎后用铁桶悄悄提去垃圾桶倒掉，因为这些名著都被打成了毒草。母亲勤俭持家，孩子们的衣服都是母亲自己做，家里没有缝纫机，母亲用针线一针一线缝，针脚齐整得像缝纫机缝的一般。家里孩子多，常常是老大穿新的，老二穿旧的，老三穿破的。我半夜起床小解，常常看见母亲还在灯下戴着老花镜，一针一线地缝补，让孩子们可以干净光鲜地出门。

我离开上海下放农村时，父母亲十分感伤，那是大趋势也无可奈何。望着悲切切离开家的我，父亲母亲一起送到北火车站，在月台上蜂拥的人群中，泪眼迷离地送别。我坐在车窗口，望着两鬓斑白的父母，我让他们俩早点回去，他们俩依旧静静地站在月台上，我看到他们俩的眼眶都蓄着眼泪。他们一直等到火车拉响汽笛，一直等到火车载着他们的儿子，奔向遥远的地方，他们俩才互相搀扶着回家。我大学毕业后留校当教师，后来找对象结婚。我带着夫人回上海成亲，走出火车站时，就看见老父亲和我的大哥焦急地等候在门口，两鬓斑白的父亲第一次见到我的夫人，听到我的夫人叫"爸爸"，父亲应承着从心底里溢出笑意。

大概因在扬子饭店工作，父亲见得多了学得多了，就有了一手好厨艺，因此家里做饭做菜常常是父亲。他常常中午还骑着那辆旧自行车回家，匆匆烧好菜，赶快扒几口饭，又匆匆骑车去上班了。那时因为经济条件差，逢年过节最忙碌的就是父亲了，他胸前系着围裙、手里握着锅铲，在灶台前忙碌着，母亲就帮着端菜，父母总是催着客人和我们先吃，等父母俩上桌时，早已是残

128

羹剩菜了。但是只要客人和孩子们吃得高兴，父母就高兴了。

父母亲晚年时，他们开始盘算自己晚年的生活了。他们想将并不大的房屋装修一下，因为是底楼，十分潮湿，黄梅季节地上常常湿湿的、潮潮的，他们就想铺上地板。父母亲还想一起去北京，去看看天安门，看看人民英雄纪念碑。父母俩忙忙碌碌辛辛苦苦一辈子，几乎没有走出过上海，更别说走出国门了。当父母亲的晚年计划尚未实施时，父亲就病倒了，消化不良、人渐消瘦，最初被以胃病诊治的。父亲的病许久未恢复，再去医院检查，胰腺癌！医生告诉说，癌症已经扩散，不能动手术，只能保守性治疗。我和夫人去医院探望，父亲脸色白白的，卧在病榻上，母亲在病榻前织毛线衣。我们带去一些开胃的话梅、水果，我夫人把一颗话梅送进父亲母亲的嘴里，父母都不知道这是什么食品，都异口同声地说："好吃，好吃！"我站在病榻前，泪水溢出了眼眶，我的父亲母亲，一辈子省吃俭用拉扯大了六个孩子，连一颗话梅都从来没有吃过！父亲大概也知晓自己的病情，虽然我们都对他有所隐瞒。父亲提出，现在是春天了，他想去医院外面看看。我们兄弟几个就赶紧去买了一辆轮椅，让十分衰弱的父亲坐上轮椅，去看看他久违了的外面的世界。我们推父亲去了淮海路，去了淮海公园，去了南京路。那天春意盎然，行人熙熙攘攘，公园百花齐放，父亲特别高兴，精神也好像振作了起来。我们怕父亲太累，匆匆将父亲送回病房。回到病房后，父亲提出想回家看看。我们几兄弟说，今天太累了，改天再陪父亲回家。谁料后来竟然来不及陪父亲回家，父亲带着不能回家看看的遗憾，离开了人世，离开了他所眷恋的世界，离开了他所眷恋的家庭，现在想来是我们做儿女的不孝。

2005 年我去美国纽约大学访学，并筹办"上海、纽约都市文化比较国际学术会议"。11 月 18 日晨美国时间上午八时，接妻子的电话，告诉说我母亲突然于北京时间 18 日下午五时去世，并告知过两天就举行大殓。我想买机票回家，但是一时没有合适的航班，就是上了飞机大概也赶不到追悼会。妻子后来说，让我别匆匆赶回了，家里兄弟姊妹多，我的一切由她代理了。我在异国他乡的夜晚，写了一首《祭母》的诗表达我的哀思："惊闻噩耗心哽咽，／驾鹤西去秋色酽。辛劳生涯多磨难，／节俭岁月无怨言。／亲情家庭少烦恼，／和睦邻里有笑颜。／魂飞太湖伴父尊，／清白勤勉留人间。2005 年 11 月 18 日于纽约。"

我记得歌曲《草原上的月亮》中有歌词："草原上的月亮，阿妈的目光，照亮我心中那一份思念；草原上的月亮，阿妈的祈祷，有家的地方，才是天堂。"父母走了，家没了；父母去世了，去了天堂。我久久地望着父母的合影，眼前是父亲系着围裙、握着锅铲笑容满面看大家品尝菜肴的情景，眼前是母亲夜半时分在灯下一针一线缝纫的情景，父母走了，儿女想尽孝也不可能了，父母走了，他们俩想装修房间、去看北京天安门的愿望也带走了，让我内心有了深深的内疚和遗憾……

长歌当哭送益元

　　赴俄罗斯参加学术会议，临行前，建华告诉我黄益元病情加重了，益元兄不赞成同学前去探视。行前杂事缠身，就告诉建华如果有合适机会请代我表达慰问，等我回来再去探望。在莫斯科时接到短信，告诉我黄益元同窗已于7月5日凌晨辞世，追悼会定于7月8日上午举行。收到短信时，我正在莫斯科红场上，我伫立在红场上木然了许久，感慨唏嘘悲从中来，我们的大哥就这样走了？！我们这般才华横溢的兄长就这样撒手西去了？！老天如何这样无情！这般不公！

　　我匆匆安排了归国的行程，无论如何我必须参加黄益元同窗的追悼会。回到上海已经是7月8日凌晨两点了，追悼会于早上九点举行。放下行囊，我居然难以入眠，益元大哥的音容笑貌如在眼前，往事历历在目涌上心头。

　　黄益元是我们班的学习委员，是班上公认的才子、诗人，是我们组的大哥。他的学识、他的为人，在我们同学间是有口皆碑的。大学毕业前夕，同学之间都写诗相赠。他给我的题诗为：

　　　　同窗有幸识杨兄，
　　　　诗书六艺皆精通。

文场驰骋快如剑，

学海游泳矫如龙。

琴画歌舞集一身，

裁剪烹调抵百工。

才路广开天地阔，

行看特特立勋功

杨君剑龙

益元拙笔

1978.8.20

当时我应答诗一首致黄益元同窗：

留别益元兄志：

寒窗三载齐携手，

君列前茅吾为后。

雪夜围炉倾衷肠，

春晨踏露评五侯。

投身墨海共志向，

挥笔莽原同放歌。

无为歧路情绸缪，

相约万里永抖擞。

剑龙 1978.8.22

132

益元兄毕业后被分配去了九江师专，后考入武汉大学攻读古典文学硕士学位，毕业后去了苏州铁道师范大学，后来调回上海，现在上海古籍出版社工作。

益元兄回上海后，我们之间多有交往，上海的同学聚会大多也由他策划发起。记得 1990 年代我们曾经在上海静安公园聚会，在茶馆里饮茶，畅谈同学之谊，传布调动信息，那次聚会后，不少在外地的同学先后调回了上海。后来，凡是外地同学来沪，聚会中必少不了益元大哥的身影与笑容。

去岁 10 月，江西师范大学中文系七五级同学聚会，是毕业后我们班第一次同学会，益元兄十分热情激动地参加了此次聚会，在同学聚会中回忆过往畅谈友情，他显得十分高兴，谁知这竟然成为他与江西同学们的诀别。因为办理赴美国访学的签证手续，我没能去赴此次珍贵的同学会，深感遗憾与歉意。

同学会后，黄益元兄的单位上海古籍出版社身体普查，居然检查出他患有肺癌，医院为他动了手术，切除了有病灶的肺叶，在做化疗期间，医生检查到其脑部还有一黄豆大小的癌粒，医院用不开颅的咖玛刀手术，切除了病灶。

我从美国回来后，与几位同学一起去医院探视，益元兄十分高兴精神不错，侃侃而谈，脸色也比以往白皙了一些。他说他中了一个头彩，谈到自己的病情，显示出颇有自信的神色，说他的胃口不错，常常自己走出医院散步，与平常健康的人没有什么区别，还说到画家陈逸飞的死。临别时，他还下床要送我们，我们拦住他，他却执意要送，并说其实他感觉与健康人一样，没有什么问题，他亲自送我们到电梯门口，他的笑容烙入我的心间，谁料却成为永诀。

探视后，曾经给益元兄打过几次电话，并没有什么新的情况。6月间，我曾又给益元兄家打过许多电话，都没有人接，不知道他的手机，便也没有联系上，心里总记挂着他的病情，蒙眬间便感觉到大概病情有所变化。临赴俄罗斯前，从章建华处得到了黄益元病情恶化的消息。

上海的同学们一直牵挂着益元兄的病情，从郑慧美处得知，黄益元的病情已经加重，他因为自己十分憔悴，已经不能言语，不愿意同学们去探望。建华提出让郑慧美再去询问，能否去探视，后来收到黄益元回的短信，告诉他住在纺三医院625病房，表达了他愿意同学们去探视的信息。上海的十位同学便集合在一起去医院探望。躺在病榻上的益元兄癌症已经扩散了，人显得十分憔悴，已经不能言语，但是神志十分清醒，他显得非常激动，他用点头摇头回应大家的言语，眼睛里仍然流露出对于生活的热情与渴望、对于同学们的谢意与温情。谁知在同学们探视三天后，益元兄就离别了人世。

7月8日凌晨，回到家的我虽然十分疲惫，却难以入眠，天居然下起雨来了，想起益元兄的音容笑貌，便写了一首唁诗，以表达对于同窗的怀念与悼别。

泣别益元同窗

早逝英年天亦衰，

长歌当哭送益元。

满腹经纶才映月，

半生坎坷命干泉。

宽厚仁爱儒者风，

热忱坦荡翰林怀。

雨泣英灵驾鹤去，

独品诗酒观月圆。

剑龙 2006 年 7 月 8 日泣挽

7 月 8 日早上，雨一直淅淅沥沥的。我打出租车往龙华殡仪馆而去，路上雨下大了，砸在车窗上砰砰地响，我想这是老天为早逝的益元兄洒的泪吧。葬礼在夏云厅举行，上海古籍出版社的员工们在布置灵堂。我去休息室探望了益元兄的夫人，她见到我泣不成声了，我真诚地请她节哀，她告诉我，在益元辞世前同学们的探视，益元显得特别高兴。

葬礼由上海古籍出版社工会主持，出版社社长致悼词，黄益元的儿子代表家属致谢词，黄益元的弟弟致别词。我代表江西师范大学中文系七五级同学，朗读了唁诗，表达了同窗对于黄益元同学的悼念之意。

在遗体告别时，黄益元同窗安卧在灵柩里，戴着他的眼镜，人显得憔悴瘦弱了许多，我对着益元兄的遗体深深地三鞠躬，将手中的一朵菊花轻轻地放在灵柩上：别了，我亲爱的同窗！别了，我亲爱的兄长！祝愿您的灵魂安息！

走出龙华殡仪馆，雨下得更大了。同学们在殡仪馆前道别，互相告诫保重。在雨中，我们离开了殡仪馆，心情更加沉重了，我的眼前仍然晃动着黄益元同窗瘦弱的容颜。

长青的记忆

人们常说"生命之树常青"，但是我的老同学颜长青却在2012年10月长逝了！五十八岁对于日益长寿的现代社会来说，实在是太年轻了！长青走了，太遗憾了！在悲哀中我翻阅着脑海中长青的记忆，写下了一首哀婉的唁诗：

泣挽长青同窗

秋颜金黄悼同窗，
夜长梦短实悲凉。
山青育成莲花子，
水秀长成莲河郎。
才华横溢撰宏文，
愤世嫉俗写华章。
花甲远望撒手去，
亲朋唏嘘共感伤。

2012 年 10 月 10 日

长青是江西莲花县人，他已被列入莲花名人榜，我将他的名字嵌入了唁诗中，称他为莲花子、莲河郎，他尚未年届花甲，却遽然撒手西去。

我与长青都是江西师范大学中文系1975年入校的学生，全班一百多个学生，来自江西的各地，被称为"工农兵学员"的我们，层次不同、水平不一，在毕业时全班留下四位同学从教：颜长青、王能宪、高福生和我，应该说我们几位属于班上一百多人中的佼佼者，高福生考上了本系的汉语硕士研究生，跟随余心乐先生学习；王能宪分在中国古典文学教研室，后来考上了北京大学的博士研究生；长青和我都喜欢写作，我们一起留在写作教研室任教，后来却在中文系清理"工农兵学员"时遭剔除。中文系以命题作文《路》考试，让写作教研室的李作凡、赖征海、王琦珍等改卷，竟然将我们的作文都评为不及格，将我们几位踢出了教学队伍，其中还包括1976级的郑荣根，留在写作教研室的"工农兵学员"是王德友、陈顺芝。义愤填膺的我去找系领导理论，要求将我们的考卷张贴出来让全校师生评判，却遭到了拒绝。后来曾经当过中文系主任的汪木兰教授2010年在《"文革"中的大学生——工农兵学员》一文中对于这种做法表达了不满：

记得1977年恢复高考招生之后，对原留校当教师的工农兵学员进行一次考试，成绩不够好的就淘汰，这样做是缺乏人性关怀的。他们是在"文革"中教育遭受极大破坏时进校的，极左路线妨碍他们正常学习，在文化知识方面是有缺陷的，这是历史留下的"伤痕"，不应让他们个人来承受。社会环境改善之后，我们应该安排他们进修提高，以弥补历史的缺陷，这才是负责任的做法，怎么可以用无情的淘汰来打击他们呢？我们可以反省历史、批判历史，绝不能把这批年轻人看低。其实他们中的一些人，只要得到弥补的机会，潜在的能力就会闪耀着智慧的光芒。杨剑龙就是当时被淘汰的一个，现在已是中国现代文学的知名学者，上海师范大学的教授、博士生导师。

颜长青和我都是被赶出中文系的，我去了江西师范大学学报编辑部任编辑工作，长青去了校办公室工作。我于1984年考取了硕士研究生，毕业后分配到上海师范大学中文系工作，后来又在职考取了博士生。

长青是一位随遇而安的人，虽然平时洒脱倜傥有些不拘小节，他在求学时就能够写十分漂亮的散文，有的散文见刊于《江西日报》，留校从事教学后，他的创作热情更为高涨，转为行政工作后，逐渐消磨了他的创作激情。

毕业留校后，我们几个都兼任了中文系的班主任，我担任七七级的，长青担任七八级的，王能宪担任七九级的，我们都住在学校第六幢的二楼，长青的房间靠楼梯，我的房间靠东头。有一年夏天，长青突然告诉我们，他准备戒烟了，我表示支持。长青写得一手好字，为了表示戒烟的决心，他特地用毛笔在宣纸上写了一张条幅，上面写着两个遒劲的大字——"戒烟"。过了暑假，我推开长青的房门，竟然发现长青在抽烟，他的背景竟然是他写的条幅——"戒烟"，吞云吐雾的他在条幅前的悠然自得，构成了一幅漫画。我带着嘲笑的口吻说："长青，你不是戒烟了吗？怎么又抽了？"长青漫不经心地回答说："没有办法，假期回去，与朋友聚会，只好又抽了！"

我的夫人是南昌人，我是南昌的女婿，岳父、岳母在南昌，因此我们夫妻过年大多是回南昌的，因此也就多了与同学聚会的机会。回到南昌，我常常回母校走走，看看敬重的老师，看看熟悉的同学，因此有机会与长青聚首。有一年，长青告诉我，他转到江西师范大学学报担任主编，我很高兴，因为我离开江西师范大学时，是从学报离开的，我的学术道路最初的脚印是在这里蹒跚起步的。话语间，长青就以主编的身份向我约稿，希望我能够支持他的工作。后来我将我的一篇一万六千字的长文《论"五四"知识分子与基督教文化》给了长青，那是我在香港中文大学任客座教授时应邀做的一个学术报告，发表在《江西师范大学学报》2005年第三期。此文发表后，被中国人民大学报刊复印资料《中国现代史研究》2005年12期全文复印，被《高校学报文摘》转载四千字。《高校学报文摘》主编姚申不解地对我说："你这么重要的论文怎么会发表在《江西师范大学学报》？"我告诉他主编是我的大学同学，姚申释然了，说："怪不得！"

长青有几次到上海出差，我们常常会一聚。有一次他一到上海就给我打电话，我就约了上海的几位大学同学叶胜萍、章建华、秦石峰等，在花园酒店聚宴。同学聚会其乐融融，大家都到了，唯独缺少了长青。我给长青打电话，问他在哪里。长青回答说，他来不了了。我问他在哪里，他说在上海郊区的一个购物中心购物呢！大家便有些扫兴，因为今天的主客是颜长青，他居然不到！我们只好快快地开始动筷，虽然长青没有到，却提供了我们上海同学的一次聚宴的机会。这大概也是长青的性格，随遇而安无拘无束，不拘小节得过且过！我了解长青的性格，虽然我有些不快，但是在同学聚宴的酒杯举起时，一切也就释然了。

长青后来从学报调到继续教育学院，担任副院长。长青告诉我，他向院长约法三章：一、他不干涉学院的任何事务，什么事情都别找他；二、该得的报酬学院一分都不能少他的；三、他接待有关人员的开支他签单有效。他说得那么直率，他说得那么坦诚，这也是长青的性格，不曲里拐弯，不绵里藏针，小巷里扛竹子直捅捅地。

长青得病的消息是从在萍乡的叶胜萍处得知的，并且告诉我已经是肺癌晚期了，我便有些惊诧，长青这么洒脱这么无拘无束的人，病魔怎么会光顾他呢？！他已经真的戒烟有两年了，而且他十分注意锻炼身体。得知长青到上海瑞金医院来治病的信息，我便与郭巖通知上海的同学一起去瑞金医院探望。我们大家到瑞金医院门口等候，聚集在一起时，一共十五位同学。我们不知道买什么好，便决定每人掏一百元，装一个信封表达一点意思。我让郭巖收钱，我让每人将联系电话登记在一张纸上，以保持大家今后的联系。

我们走进病房，长青从病榻上起身，他看上去健健康康的，没有任何病态，显得十分精神，见大家来探望，他十分高兴。他说只有一些咳，其他没有任何不适。长青的记性真好，竟然叫得出每一位同学的名字，有的同学毕业后就从没见过。我将装钱的信封递给他，长青笑着收下了。我们怕影响长青的休息，便匆匆告辞了。出医院的门口时，我问郭巌，我们一共送了多少钱，她说一共一千四百元，我说我们不是十五个人吗？她说有一对夫妻同学两人一共掏了一百元。我心里暗暗不快，上海人说"1"是说"要"，这个数字不吉利，早知道我应该再补几张进去！汪翠文同学住在瑞金医院附近，后来她又去探望过几次，煮了鱼汤给长青送去。长青后来大概又来瑞金医院检查，汪翠文同学又代表我们大家去探望。一样是同学，区别怎么这么大呢？！

长青逝世的信息传来，我还是有些吃惊，这么快就走了？听说长青病笃时还出席了他儿子的婚礼。我在悲哀中写下了一首唁诗，发给了长青的公子颜彬。

长青走了，带着遗憾，带着哀怨。在金黄的秋菊绽开的时候，在金色稻穗成熟的时候。留在我眼底的，总是长青在"戒烟"条幅前抽烟的状态，那么悠然自得，那么轻松闲适。长青的生命虽然不能常青，长青的性格、长青的追求是常青的！这是留在我心中长青的记忆，如一株挺立常青的松柏，永远不会抹去！

2013 年 5 月 13 日夜

真正的浪漫主义者黄曼君先生

著名学者黄曼君先生离开我们近一年了，恍惚中我总觉得黄先生没有离开我们，他在那里激情洋溢地朗诵情诗，他在那里潇潇洒洒地翩翩起舞，他在那里纵横捭阖地学术演讲。与黄先生在一起总是十分快乐的事，与黄先生攀谈总是令人有所受益，会议上有了黄先生就有了欢乐，聚会中有了黄先生就有了智慧。黄曼君先生仙逝已近一年了，他的离去让我们中的许多人感慨惋惜，他的离去是中国现代文学研究界的一大损失。

或许因为黄先生研究郭沫若、研究鲁迅，他身上有着郭沫若的激情洋溢的诗情和浪漫主义色彩，他身上也有着鲁迅的深刻深邃和现实主义追求。在中国现代文学研究界，可以说黄曼君先生是一位真正的浪漫主义者，他对生活的热爱，他对美好事物的追求，他创作激情洋溢的诗歌，他朗诵感情真挚的情诗，他的激情不仅感染了他自己，也会感染他身边的每一个人。在许多次学术研讨会上，黄曼君先生常常会朗诵情诗，他用抑扬顿挫的语调、洪亮洒脱的姿态、沉溺迷醉的神情，朗诵着情诗，我常常感觉到那时候的黄先生，就是一位风度翩翩的青春少年，就如同歌德笔下充满烦恼的少年维特，就如同莎士比亚剧中的洋溢激情的罗密欧，黄曼君先生在那里朗诵着，你会感觉到他的每个毛孔都会涌出激情，你会感受到他的每个眼神都充满着魅力。

黄曼君先生是一位真正的浪漫主义者，他追求美欣赏美，他喜欢一切美的事物，在文坛上黄先生虽然并非正人君子，但是他的坦诚与真挚，使那些"有贼心没有贼胆"者黯然失色。黄先生丝毫不掩饰其对于美的喜好，对于漂亮的女孩子同样如此。记得那次中国现代文学研究会年会在石家庄举行，会议安排去五台山旅游，当晚黄先生在明清街消费，后来遭到敲诈而闹出事端，他们直至凌晨才处理完事情。第二天下山的时候，在大巴上黄先生坐在靠窗的位置昏昏欲睡，我坐在黄先生身边。大巴到一个加油站加油，看到那位丰满的加油姑娘，黄先生就来了精神，眼睛突然显得十分有神，他对我脱口而出地说："剑龙，你看这个姑娘漂亮吧！"我瞥了一眼，觉得除了比较丰满有曲线以外，这个姑娘并不算漂亮，但是我又不想扫黄先生的兴，就顺口回答："漂亮，漂亮！"加完了油，大巴发动了，黄先生有些恋恋不舍地将头伸出车窗，回望着这个加油姑娘，我心底暗暗对于黄曼君先生肃然起敬，这是一位有着真性情的男子，这是一位如清泉一般清澈见底的情种。

2002 年 4 月我赴新加坡参加第一届中国现代文学亚洲学者国际学术研讨会，黄曼君先生也与会，在闲谈中我问黄先生："黄先生，您年轻时一定很风流倜傥的？"黄曼君先生哈哈一笑回答说："剑龙，你错了，我是五十岁才开窍的！"在学术演讲中，黄先生作了《中国"两岸四地"现代文论的区域视角与总体观照》，对于中国大陆和台、港、澳两岸四地的文论进行了研究。他发言后，香港大学的一位学者用调侃的语调责问："黄先生，您是否到过香港？""去过几次。"黄先生回答。"您报告中提到的香港文学批评家，在我们香港根本没有名气的，×××、×××你为什么不提？"浪漫主义者黄曼君先生呈现出学者的现实主义本色，说："我对于香港文论研究不深，由于撰写《中国20世纪文学理论批评史》需要涉及香港，因此作了粗浅的梳理。"虽然受到质疑，黄曼君先生的实事求是中肯坦诚令我钦佩。我在听众席上信手写了一首诗《你就是青春——给黄曼君先生》，诗末写道："呵，您曾经告诉过我／五十岁时您才开窍／才想到追慕美与青春／那么，减去五十／您就是一位充满着青春气息的／翩翩少年／呵，青春就是您／呵，您就是青春！"严家炎先生的夫人卢晓蓉坐在我旁边，我写一句她抄一句，边抄边笑，她是带回去给在另一会场的严先生看吧？

那年湖南师范大学举行中国现代文学学科建设研讨会，邀请了国内一些专家学者参加。主办方了解黄曼君先生喜欢跳舞，便特意在晚饭后举办舞会，邀请了一些女学生参加。闻知有舞会的消息，黄曼君先生兴致勃勃，早早便将正装穿了起来，准备参加舞会。晚饭时空调不够凉，大家便有些冒汗。吃完饭，黄曼君先生说出汗了，上去收拾一下。等到大家要出发了，发现主角黄曼君先生没有来。主办者便打电话到黄先生的房间，黄师母接电话回答黄先生有事不去了。会务组派研究生去敲黄先生的房门，里面不开门，我们便参加了一个主角缺席的舞会。翌日，会议安排用一中巴载我们去旅游，车开到半路前不着村后不巴店，黄先生突然内急了，司机只好停车，让黄先生下车，他在路边的山崖旁就近解小手，黄师母急中生智撑开太阳伞挡住。坐在我身边的龙泉明先生调侃地说："你看，黄先生敢不听师母的话吗？"我掏出相机悄悄将这一幕拍摄了下来，后来觉得有些不恭，就没有敢将照片寄给黄先生，但是黄师母对于黄曼君先生的精心照料，给我留下了十分深刻的印象。

黄曼君先生晚年的时候做了白内障手术，听说手术后的黄先生对学生说，现在看不到美了。原来以往的黄曼君先生由于白内障，看到的事物大多是一个朦胧的影子，无怪乎下五台山时黄先生感叹那位加油站姑娘的美，因为黄先生仅看到一个有曲线的身影而已，现在去除了白内障，大千世界变得十分清晰了，黄先生却痛苦了，原先的朦胧美不见了，见到了太多的丑陋。黄曼君先生做白内障后看不到美给了我启迪，我以此为契机，创作了一篇短篇小说《消失了的朦胧》，发表在《延河》2006年第9期，写一位美术学院的教师，由于白内障而画出了一些色彩丰富用笔大胆的画，受到美术界的推崇，后来他做了白内障手术后，朦胧消失了，他的画也变得缺乏大胆的构图与绚烂的色彩和创造力了。我后来将该小说创作情况告诉了黄曼君先生，他便有几分得意，是他给了我创作的灵感。

黄曼君先生是一位真正的浪漫主义者，他虽然离开了我们，但是他的激情洋溢，他的诗情诗性，他的真挚坦诚，他的睿智开朗，给我留下了十分深刻的印象。我永远记得黄曼君先生朗诵情诗时的场景，那种境界、那种魅力，只有真正的浪漫主义者黄曼君先生才有！

风铃，在为她送行

夜半醒来，眼前晃动着王华玲的身影：矮矮的个子、烫过的短发，素朴的脸庞上架着一副近视眼镜，微微前凸的嘴唇有憨厚的笑容，略带沙哑的嗓音透露出真诚。她不是那种小鸟依人柔弱的女性，也不是那种光彩靓丽引人瞩目的女人。她就像一棵平凡的树默默生长，只要能够给她阳光；她就像一只小小的风铃悄悄悬挂，只要有风她就会叮当。

昨天中午，旅美女作家周励做东，假座徐家汇顺风大酒店宴请朋友，出席者中有原上海市科协副主席陈积芳，他因为有事提前退席，我顺便问起他的部下、我的学生王华玲，他居然告诉我她已于去年底因病过世了！怎么可能？去年10月27日我们还在一起聚会，与海外归来的朋友聚宴，她穿着一件黑白格子衬衣坐在我身边，笑容可掬的模样。

散席后，回到家我立即打开电脑，上网查询有关她的信息。网上铺天盖地的居然是浙江省纪委书记王华元的情妇王华玲的信息，她原名王美玲，为假扮兄妹而改名；网上我的学生王华玲的信息唯有上海市科普作家协会副秘书长一条。为了证实所听到的信息，我便给王华玲的手机打电话，铃声响了，迟迟没有人接，我的心跳得很快，我希望那边传出的是王华玲略带沙哑的嗓音。

放下话筒后，我再次拨响了电话，那边传出的是一个男子的声音，我赶紧介绍我自己，并试着迟疑地询问王华玲的信息。男子告诉我他是王华玲的丈夫，王华玲已因病于去年12月去世，放下话筒，我久久没有回过神来。

王华玲1949年3月出生在上海市一个教师世家，1968年高中毕业于上海第一女子中学，1969年3月赴江西省广昌县尖峰公社包坊大队插队，曾任乡村教师七年，1978年作为走读生考入江西师院中文系。我于江西师院毕业后留校，给他们班开设写作课，并兼任班主任，他们毕业后我考上了研究生。七七级中文系有一百一十二名学生，其中十位走读生。在读期间，王华玲匆匆而来匆匆而去，学习认真刻苦从不夸夸其谈。大学毕业后，她被分配至江西银行学校任教。1986年3月应聘调入上海市科协科普部，曾获上海市"三八"红旗手、全国优秀儿童工作者、上海市儿童少年工作"六一"育苗奖等荣誉，她兢兢业业从事科普工作十五年。

2014年我主编江西师院中文系七七级回忆录《青春的回响》，打电话向王华玲约稿，她说她是走读生，觉得没有什么可写的。我便将同学们写的回忆录陆续发给她，后来是另一位走读生的回忆录打动了她，她撰写了《"梦"之舟，从这里启航！》一文，情真意切真挚生动，告白了她当一名教师的梦想，回溯了她的中小学时代、插队江西山村的经历、在江西师大走读的经过、回到故乡从事科普工作的历程。文末她写道："数十年来，我追'梦'的脚步一直没有停止……"王华玲2004年3月退休，她从当山村教师，到中专教师，到从事科普教育，认认真真、兢兢业业、踏踏实实，她实现了当教师的梦想。三十八万字的回忆录《青春的回响》于 2014 年 11 月由杭州出版社出版。

2015 年七七级同学徐会勤从澳大利亚回沪，10 月 27 日聚会沪上，王华玲欣然出席，我与她开玩笑说，如果你没有写这篇回忆录，你还有什么脸来见我，王华玲憨厚地笑笑。

与王华玲的丈夫打通电话后，我把得到证实的噩耗发在了微信群，并将王华玲的回忆录挂上微信，引来了七七级同学们的吊唁："她从上海下乡插队江西农村，吃尽了苦，也经受了锻炼和考验。她为人低调，老实厚道，朴素节俭，学习刻苦，成绩优良。她身上集中了上海女知青的优良品质。""她是一位学习工作认真，为人实诚质朴，事业卓有成就的大姐。愿她安息！""我很难相信王华玲同学离我们而去的消息，很难过！她是我的好师姐，我永远铭记在心！"王华玲这么平凡普通，在网页上仅能找到一条信息；王华玲却怀揣梦想执着奉献，一辈子兢兢业业当好一名教师。王华玲的坎坷奋斗追求奉献，是我们这一代人的写照。享年六十六岁的她走得太早了！遗憾的是我们师生都没能去为她送行！

晨曦已照亮了窗棂，我打开窗舒了一口气，挂在窗棂上的风铃在晨风吹动下叮当作响，我写下了此文的题目：风铃，在为她送行！

送"陆书记"退休

"陆书记"退休了，此"书记"非彼书记，这是人文学院教师们给陆永兴的雅号，平时我们大多叫他陆师傅。陆永兴不是书记，只是人文学院的一位最普通的工人，负责学院的信件领取和分发。

往年人文学院每年寒假前有一聚宴，联系一家大酒店，摆开几十桌，教师们济济一堂，总结一年的成就，畅想新的一年的工作。学院领导们为了表达对于教师们的谢意或敬意，往往擎杯分别到各桌敬酒。等领导们敬完酒以后，总有一位独行侠，独自擎杯挨桌敬酒，他的杯子里总是果汁。多年来，学院的书记、院长换了一茬又一茬，给教师们敬酒的脸孔也换了一张又一张，就是这位独行侠的脸孔多年不变，因此陆永兴敬酒成了学院酒宴的传统节目，"陆书记"也就成了陆永兴的雅号。

我不知道陆永兴是否是学校扩建时的征地工，好像自我1987年来师大时就见到了他，中等的个子、一张有些沧桑的脸、一根总是不离开嘴角的烟。陆永兴在学院里常常有书记的"范儿"，他在路上或学院见到教师们，从来就是直呼其名"杨某某"、"李某某"，无论年长年轻一视同仁。收到汇款单，陆师傅便会给你打电话："杨剑龙，下来一趟，你有汇款单！"我便听将令一般乖乖地下楼去领取。有一次面对陆永兴的直呼其名，我有些不满地对他说："陆师傅，你能不能在称呼后加上'老师'！"他抬头看看我，好像看一个外星来客，他依然我行我素直呼其名。其实陆永兴对于称呼还是有区别的，对于学院书记、院长，他从不会直呼其名，往往会加头衔或者敬称，他知道那是与他的饭碗有关的、与他的奖金有关的，领导们有汇款单他总是会屁颠颠地送上门去的。其实陆永兴"不差钱"，他的家在学校后门处，他有不少老房子，租给了不少外来客，他每个月的房租收入很多，大概并不比教授的工资少。

陆师傅虽然有些小计谋小手段，但是他大体上谦和平易，这么多年来从来没有与人发生争执，更别说吵闹打架了。每天一上班，他便拖着带轮子的小车去取信件杂志，有时挂号的书籍很大一箱，他便用资料室拖书的四轮车去拖，再打电话让教师去他的办公室领取。办公室里女性多，有什么重活累活常常找到陆师傅，他总是二话不说卷起袖子就干。领导们要寄封信、取个快递，往往也找他，他便应声而动从不推托，当然那是为领导做事。

不知道何时，陆师傅学习某阶层的领导干部，开始染发，原来花白参差的头发染得乌黑，就更像"陆书记"了。

那天我去学院办公室，见陆师傅的座位换了一张新面孔，一问才知道陆师傅退休了，心里便有些凄凉。去西部办公大楼办事，在校门口的梧桐树下突然见到陆永兴，依然是一头染的乌发，嘴角叼着一颗烟，表情依然如故，没有任何悲凉。我兴冲冲匆忙上

151

前问："陆师傅，你退休了？""退休了！退休了！"陆师傅笑呵呵地回答。

陆永兴是这样一位平凡普通的人，他虽然做的是最平凡普通的工作，但是他几十年如一日，勤勤恳恳、认认真真、兢兢业业，不争名夺利，不沽名钓誉，不争风吃醋，不落井下石。他不能颐指气使用公款请人吃饭，他不能阳奉阴违利用职权谋取利益，他只是认真做事，做好本职工作；他只是本分为人，与众人和睦相处。

"陆书记"退休了，在劳动节即将到来时，我写这篇短文欢送普通的劳动者"陆书记"，对于"陆书记"的退休，比有些没干好事的领导退位更令人感到怜惜。

现在想来，如果没有"八项规定"，学院聚宴时缺少了"陆书记"独行侠的敬酒，那将是多么扫兴的事情啊！

师生聚会红谷滩

　　师生是一种缘分，学生毕业如同离窝的鸟，海阔天高任鸟飞，他们飞往各地，从事各种不同的工作，但是师生之情总会铭记。多年后的师生聚会，便是一种欣喜一种回忆，回眸学生时代，谈论今日成绩，那种融融之情，会将人融化于其中，甚至"聚会不知菜滋味，总忆青春几回回"。

　　壬辰年末，回南昌过年，与学生小喻联系，想与阔别的学生一聚，二十多年前，我曾经担任了他们班三年半班主任，并兼任写作课程。这便忙坏了小喻，他联系同学、预订饭店，最后将聚会之地定于红谷滩的柴米油盐酒店。

　　新开发的红谷滩如同上海的浦东，马路四通八达，高楼鳞次栉比。来到位于丰和大道的柴米油盐红谷滩店，跨进殿堂，金碧辉煌的装饰让我觉得进错了门，服务小姐告诉说，这里原来是皇家酒店，后归并为柴米油盐分店，怪不得殿堂里有一把金碧辉煌的皇帝龙椅。

　　小喻早已到，落座包厢，小陈、小严也先后落座，最后到的是小燕，她在附近有公务，特意赶来，让我感动。虽然我称他们为"小"，其实年岁都已经不小，小陈原来是中学教师，现已退休，小严在银行的宣传部工作，小燕在大学任职，小喻在报社

153

工作。小喻告诉我，他打了诸多在南昌同学的电话，有的回老家过年，有的家庭聚会，实在走不开。

在红酒斟入杯时，菜肴一个个上桌，酒杯相碰后，话题自然便转到当年的学生时代：小喻求学时代十分刻苦，竟然能将一本新华词典从头到尾背诵，同学们常常会让他解释某个词，他总能够倒背如流，他的学位论文研究中国古代诗人，竟然得到知名教授胡守仁的褒奖。小严回忆其报考大学时的经历，原先被允许报考中专的他，竟然填报了大学，主管的黄先生义正词严地训斥他说："你如果能够考取大学，我的姓倒写！"小严果然考取了大学，当黄先生将喜报送到小严家时，他与母亲抱头痛哭。小喻、小严师范大学毕业后都到中学当老师，都成为学校的骨干教师，小喻后来考入报社任职，小严后来进入中国银行任职，这两位农村出来的大学生，现在都是单位的中坚力量。

聚会中，常常有电话打来，老雷告诉我说，他回了老家，不能赴会，十分遗憾。老熊告诉我，他们一大家子聚会，不能出席师生会，表示抱歉。当时我担任辅导员的这个班一百多学生，都是精兵强将，现在已有不少人退休了，在位的大多处在重要岗位上。

酒宴中，小喻谈到了他正在编辑自己的散文集，他遴选了自己多年发表的一些文章，准备付梓出版。小严说到了他获奖的散文《母亲的斗笠》，是记载他的母亲如何含辛茹苦编卖斗笠送他们八个子女上学的往事，说到动情处，小严不禁泪湿眼眶了。小严掏出手机，打开录像，给我看他的双亲翩翩起舞的镜头，白发苍苍的老父亲老母亲随着音乐的节奏，扭胯摆手，笑容可掬。祝他的双亲健康长寿！

师生是一种缘分，师生是一种情谊，师生聚会总荡漾着一种暖暖的温情，虽然当年作为师生的我们，年龄相近、经历相似，我们之间没有距离，更像是朋友，这种情谊长存。

酒宴后，小喻开车送我回下榻之处，当晚乘着酒兴，我写下了一首诗，录下聚会的感受：

聚会红谷滩

岁末聚会红谷滩，

柴米油盐鳜鱼香。

红酒味醇真情在，

绿茶色清思绪长。

回眸过往泪沾巾，

笑谈今日歌飞扬。

师生相识是缘分，

奋斗人生有辉煌。

西溪之聚

　　大约是人渐入老境，对于友朋之间的聚会与情谊就特别珍惜，此种聚会我往往有会必赴、有酒必饮，尤其对于师生间的聚会就特别钟情。我常常发起这样的聚会，我总是将这样的聚会称为"增寿会"，倒不在乎菜口味的浓淡，而在乎聚会者感情的深浅。

　　近日，一位失联了三十四年的学生迟元被我寻觅到，1981年出国的他已成为美国公民，近日他回国探望老母，我们便发起了师生聚宴。我们不仅在上海南京路的酒店聚宴，而且上海的师生们开到了杭州，在西溪度假酒店聚会，成为其乐也融融的西溪之聚。

　　当年我在师范学院中文系担任七七级的班主任，七七级有一百一十二位学生，如今年龄最长的已经六十九岁，年纪最轻的也已经五十五岁了。建华盛邀在上海的师生们到杭州聚会，我提前一天到达杭州，上海的七位同学开车赴会。

　　西溪度假酒店位于西溪湿地公园，其"一曲溪流一曲烟"的自然生态，被称为中国湿地第一园。上午我们一行在参观了王同学的别墅后，便来到度假酒店等候上海同学们的到来。置身酒店，绿树蔽日、竹林掩映，百花盛开、溪水淙淙，芦苇丛生、鸟鸣婉转。我们在溪水旁的伞盖下，泡了几杯清茶，摆开瓜子、花生、松子等，边喝清茶边聊天。来杭讲学的王能宪曾给七七级授过课，他是我的同窗挚友，携带了他的新著《文学与文化撷论》赠我。我用微信拨通了远在纽约的王国庆的视频，杭州的建华、东莉，温州的国珍分别与纽约同学视频通话，阔别多年的同学们面谈激动不已。

上海同学们先开错了道，后来终于找到了酒店，建模、建高、天祥、巩平、静霞、益民、迟元姗姗来迟，在见面亲热地握手、拥抱后，大家一起入座济济一堂。随着茅台、红酒、黄酒分别倒入酒杯后，建华举杯致辞，他告诉大家，今天是他的私人宴请，不违反"八项规定"，他代表杭州的同学们热情欢迎师生们来到杭州。建华让我致辞，我说真诚感谢建华和杭州同学们的热情款待，青春回响，真情永远！在相互敬酒的频频碰杯中，大家纷纷掏出手机将欢乐的场景摄入。美味佳肴不断上桌，大家的乐趣似乎并不在菜肴，而在于回忆学生时代、重温青春岁月。力铁的迟到和黄健的早退，成为合影的契机，师生们在西溪畔留下了欢愉的合影。聚宴后，建华带我们至浙江科技学院小合山校区、青山绿水、杜鹃盛开，茶树连绵、碧波荡漾，走过九曲桥，来到西蜜湖畔和水居茶楼，茶楼在小岛中央，白墙灰瓦，古色古香，长条桌上已经摆上了清茶、茶点、水果，清风徐徐，花香扑鼻，新茶清新，情深谊长，连建华也引吭高歌一曲。

聚会后在七七级的微信群里，热闹非凡，照片不断上传，诗词歌赋频频亮相，不断有人唱和、有人点赞。巩平还填词一阕：

"春色艳，西溪风光真无限。真无限，青山环抱，碧水其间。主人设酒正开宴，群贤毕至吟风月。吟风月，青春回响，往日重现。"

西溪之聚的欢愉犹在，西溪之聚的余韵袅袅……

海的女儿

在人生中，与阔别的友朋聚会是一大乐事。我赴澳门大学参加国际会议的途中，到珠海市小住一晚，与阔别了三十二年的朋友王海玲聚会，成为我此次行程的一大乐事。

王海玲是一位著名的小说家，她是珠海市作家协会副主席，曾任珠海特区报文艺部主任。1982年她毕业于江西师范学院中文系，我曾经担任她所在中文系七七级班主任三年半，并给他们开设写作课程。倘若说我们是师生关系，倒不如说是朋友关系，当年我与大部分七七级同学年龄相仿。当年王海玲在七七级一百一十二位同学中是出类拔萃的，她是美女加才女，钟情于她的男同学不少。

接到我去珠海的电话，王海玲特别高兴，她一定要全权安排我们夫妇的食宿，并且安排她的公子到机场接我们。电话中她的声音有抑制不住的激动和真情，我觉得她大概在珠海住久了，话语中已有了一些广东的腔调了。

上海到珠海航班大约飞了两个小时，出港后王海玲的公子小曹已经等候在机场门口了，他高高的个头、戴着眼镜，白白净净、文质彬彬的。珠海的机场离开市区颇远，一路上小曹开车，我们一路聊天。我知道王海玲大学毕业时，江西日报社曾来要她，后来却没有去成，她去了南昌晚报社工作。1985年她南下到《珠海特区报》工作，至今已经近三十年了。小曹说她妈妈在南下珠海前一年生下了他，小曹现在也在《珠海特区报》工作。

因为珠海市至机场的路上有一座桥在重建，因此回城区的路需要绕道。在半道上，我接到王海玲打来的电话，她焦急地问我们到了哪里？并且说她在酒店的大堂等候。小曹是第一次到机场接人，王海玲告诉他，这是妈妈的老师，非得儿子去接不可。在路上，小曹不经意间走错了道，与去城区的路背道而驰了，眼见得道上的车越来越少，他才觉得错了，赶快掉头，并且连连向我表示歉意。我开玩笑说，没事，我第一次来，让我多看看珠海。我让小曹别急，开慢点，安全第一。

我们抵达宾馆，王海玲从大堂迎出，虽然她曾经在电话里告诉我，她几年前动了淋巴结结节的手术，人瘦了很多，见到她，我还是有几分吃惊，过去如花似玉的她，现在明显瘦了、老了，她的头发也稀疏了，甚至皱纹也爬上了她的额头。

王海玲安排我们夫妇住在豪华套间，将行李放下后，海玲说她是这里的住户，她已将儿子的新房买在这幢楼里，因此她预订宾馆有优惠。在豪华套房明亮的客厅里，阔别三十二年后的我们互相打量着。王海玲说："老师您没有变，依然年轻。"我说："连头发都谢光了，还年轻呢？保持心态年轻吧！"我夫人坐在沙发上静静地看着我们俩。王海玲突然说："杨老师，我想拥抱您一下？！"我觉得她好像是对我说的，也是对我的夫人说的。我毫不犹豫地张开了臂膀，轻轻地将她揽入怀中，思绪却回到了

160

三十二年前的过去，夫人用手机拍摄下了我们俩相拥的场景。当晚，我将这张照片贴上了江西师范学院中文系七七级的微信群，并附言说："与王海玲阔别多年，今重聚，见海玲风韵依旧，我们俩认真拥抱，令当年明恋或暗恋海玲者嫉妒。"

中午吃饭时，王海玲竟然请她的两个妹妹作陪，海玲来珠海后，她不仅将老母亲接来珠海养老，并先后将两个亲妹妹也移民到珠海。王海玲谈到母亲对她这个二女儿的褒奖，母亲曾说：我家的老二是含金量最高的。谈到母亲，王海玲不禁有些黯然神伤，她说，母亲走得很突然，但是也很安详，午饭后海玲出门，回来后母亲却悄悄走了。母亲走后，海玲有很长时间都很不习惯，原先回到家先去看看母亲，现在却见不到她了。王海玲的两个妹妹都说，海玲姐是个孝子，母亲晚年在海玲家生活得很幸福，两个妹妹为有王海玲这样的姐姐深感骄傲。

席间，开了一瓶红酒，我们品着红酒海阔天空地聊了起来，说的最多的大概还是在江西师范学院的年代，哪几位同学已经退休了，哪个因为患恶症离世了，当年哪个领导心眼太小，哪个老师的课讲得好，好像越聊越有共同的话题，越聊越有回到青春岁月的感觉。

在江西师范学院中文系七七级同学中，有不少是有创作天赋的，甚至在求学期间就发表了文学作品，王海玲在求学期间就发表了小说《筷子巷侠事》等，后来一直坚持创作并有成就的大概就是王海玲了。王海玲创作出版了长篇小说《热屋顶上的猫》《何家芳情事》《所有子弹都有归宿》《命运的面孔》等，出版了中短篇小说集《情有独钟》《在特区叹世界》，她发表的中短篇小说二十余次分别被《小说月报》《中篇小说选刊》《作品与争鸣》等转载，并收入多种丛书，获得多种文学奖。王海玲曾被人戏称为"珠海五大才女花旦"之一，王海玲已成为改革开放后在特区涌现的代表作家，她的创作再现了五彩斑斓的特区生活，展示了特区人生存、奋斗和自省的生动真实的故事。

午饭一直吃到两点半，饭后海玲让我们回宾馆休息，并让我们休息后给她电话，她准备带我们去珠海的海边走走。下午四点半，王海玲又来到宾馆，我们坐出租车来到珠海的渔女塑像附近。下车后，海天一碧、海风习习，海岸边的木栈道蜿蜒，海岸边的礁石千姿百态，礁石经历了海浪千百年的冲洗，有的如抖动鬣毛的雄狮威风凛凛，有的像肥硕臃肿的海狮憨态可掬。在众多奇形怪状的礁石中，在一块巨石上，屹立着一尊渔女的雕像，她婀娜多姿身材颀长，身着长裙，环佩叮咚，双手擎着一颗硕大的宝珠，在蓝天白云下，在波浪滔滔中，显得尤其神采奕奕。王海玲告诉我，渔女的雕像是珠海建市之初 1979 年塑的，雕像高八米七，重十吨，用花岗岩石分七十件组合而成，是著名雕塑家潘鹤之作，现在已经成为珠海的文物了。王海玲告诉我有关渔女的传说，渔女原为南海龙王之女，龙宫为防她思凡遁逃，给她套上手镯，如脱掉手镯，她就会死去。龙女为香炉湾美丽风光所迷，遂下凡与青年渔民海鹏相识相爱。海鹏轻信谗言，要龙女摘下手镯做定情信物，龙女为表达真情而拉下手镯而死，海鹏悔恨万分痛哭不已。哭声惊动了九州长老，他以"还魂草"救活了龙女，成亲时她把一个举世无双的宝珠献给了百姓。

听着海玲讲述的传奇故事，望着渔女雕像在暮色中妙曼婀娜的剪影，我突然想到：王海玲其实是一位海的女儿，她的祖籍是山东省海阳县，她的名字中有"海"，她南下珠海三十载，她将金色年华献给了珠海，她为珠海的建设与发展尽心竭力。王海玲告诉我，多年来为了养生保健，她长年坚持练瑜伽。恍然间，我忽然觉得屹立在礁石上的渔女雕像幻化成海玲的身影，她正在聚精会神地做瑜伽，双手合十伸向天穹，双目微合贯注内心，在漫天晚霞的映照下，成为一尊海的女儿的塑像！

辑三
人生回眸

泡桐花开不寂寞

今年的冬去春来，一切都是静悄悄的。从冬天的严寒中，走到柳绿花红的春天，没有兴高采烈，没有喧哗歌吟，好像在一夜之间，春天就来临了。以往很不在意的那株泡桐花开了，从窗口望去，开得十分张扬十分热闹。对面花园角落里的这株泡桐树，往年大概也是这样静静地开，今年却显得十分扎眼十分傲然。看那泡桐树上如撑开了一把白色的大伞，一嘟噜一嘟噜的泡桐花，像一串串用丝线串起的铃铛，像一只只白色的小喇叭，白色中有几许紫色，在迎春花尚未绽放的时候，在杜鹃花刚刚挂蕾的时候，泡桐花就迫不及待地盛开了，好像是用一串串铃铛敲响春天的序曲，好像是用一只只小喇叭吹响春日的欢乐。

在百花丛中，泡桐花大概是最不起眼的。漫步唐诗、宋词的文苑中，有吟咏牡丹、樱花、郁金香的，有礼赞菊花、海棠、栀子花的，有赋诗腊梅、君子兰、水仙花的，有讴歌荷花、睡莲、茉莉花的，就连草儿也有诗人歌吟：含羞草、薰衣草、金鱼草，就是泡桐花几乎没有诗人问津。在百花家族中，泡桐花是最不令人瞩目的，她没有牡丹的贵族气，没有君子兰的优雅风，没有郁金香的姹紫嫣红，没有茉莉花的暗香涌动。泡桐花属于百花中的平民女子，不搔首弄姿，不羽扇纶巾，不摇曳多姿，不

166

环佩叮当，她只是如伫立池塘边一块普通的石头，她只是像绽开在山野间一丛朴素的芦苇，白色的花瓣带有一些土灰色，喇叭样花瓣中有几许紫色，普普通通，朴朴实实，踏青赏春者不会拜会她，花前月下者不会依恋她。

泡桐属于繁殖易生长快的落叶乔木，由于其栽种易、生长快、分布广、材质好、用途多而各地多有栽种，"三年成林，五年成材"，泡桐成为许多地方扩大绿化的首选植物。当年焦裕禄带头在兰考栽种了一千多平方公里的泡桐树，改变了兰考的地貌和生态，也成为兰考经济作物的重要来源。由于泡桐木质轻、易加工、纹理美、不变形等特点，泡桐成为制作古筝、家具的良材。泡桐花可以入药，祛风散热、清热解毒、清肝明目，主治上呼吸道感染、支气管肺炎、急性扁桃体炎、急性肠炎、急性结膜炎、腮腺炎等。如今，每年春天，兰考的泡桐花开了，紫英英的绵延不绝，成为赏春的佳处，兰考也成为古琴和家具制作出口的重镇，印证了前人栽树后人乘凉的佳话。

从去年冬末，到今年初春，世界遇到巨大的灾难，人类遭到严重的疫情，足不出户，每日关注着疫情的现状，盯着屏幕，每天关心着全球的动态，常常为白衣天使可歌可泣的动人事迹而感动，常常为疫病的蔓延和病患的剧增而焦虑，常常为感染疫病者的遽然离世而悲哀。写了一篇题为《战胜新冠状病毒：人类的伟大使命》，提出：战胜新型冠状病毒，是人类的伟大使命；战胜新型冠状病毒，必须全人类通力合作全力奋斗。

宅在蜗居里，读书、撰文、写讲稿，读加缪的名作《鼠疫》，为作家描述与疫病抗争的故事而震撼；观摩 Mastroianni 导演的电影《流行病毒》，为电影拍摄疫病流行与诊治的情节而感慨。以往曾经向往的境界：泡一杯新茶，捧一本闲书，懒懒地坐在沙发上，独自品一口新茶翻几页书，现在这种清静与闲适境界都已实现了，却又向往着另一种繁杂而忙碌的人生。长期的足不出户，长久的伏案工作，内心常常会有几分寂寞，没有了与友朋的交往，没有了与学生的面对，与书本和屏幕的面对久了，内心便涌动着难以名状的寂寞感。初春的太阳升起，初春的花香飘来，便如同心湖里被投入了一块碎石，寂寞的涟漪便一圈圈一阵阵地漾开了。

现在盛行"网上云赏花"，上海辰山植物园的樱花，上海植物园的梅花，上海古漪园的迎春花，上海世纪公园的玉兰花，上海共青森林公园的樱花……在网络上浏览，虽然五彩缤纷杂花生树，却总觉得不如花朵摇曳花香扑鼻的身临其境。

昨夜下了一夜的雨，从窗前望去，对面花园那株泡桐花开得更盛了。我推开门拾阶下楼，独自来到花园角落上的泡桐树前，一树泡桐花经过春雨的洗礼，更加繁茂更加清新更加滋润，在金钟般的花骨朵上，紫色就更加分明，遗留的几滴露珠在阳光下如珠似玉。高大的泡桐树下，掉落了一地的泡桐花花瓣，让人顿然升腾几分哀伤。徘徊在泡桐树下，泡桐花的香气隐隐约约，像谁用一管羽毛撩拨你的心扉，内心就痒痒的、酥酥的、柔柔的。篱笆上的几支迎春已经绽开了猩黄的花，池塘畔的一丛杜鹃也绽开了几朵猩红的笑靥。这株泡桐花无论有没有人关注，无论有没有人欣赏，她总是悄悄地开、静静地放，既不想炫耀什么，也不想获取什么，绽放成为其生命历程中的一个步骤，绽放成为其冬去春来的一种告示。

望着满树的花朵，看着满地的落英，我突然间想到，或许很多人就像这不被人瞩目的泡桐花一样，默默地生长，悄悄地绽开，只有在被人关注时才体现出她的重要，就像诸多平时默默无闻的白衣天使，在人类遭遇到疫病的侵袭时，挺身而出的他们就受到了关注、受到了赞赏，他们的临危受命冲锋陷阵无私无畏，得到了人们的高度评价和崇高礼遇，他们从疫区撤离时的深情欢送，他们回到家乡时的夹道欢迎，他们的兢兢业业默默无闻，不就像这株绽开花朵的泡桐花吗？望着满树的花朵，看着满地的落英，我突然间想到，无论是一株树，还是一朵花，抑或是一片草，生命就是这样默默地生长，活着就有自己的一片天地，我们必须尊重每一个生命，我们必须尊重大自然的规律，在人类与疫病的斗争中，在人类与大自然的和睦相处中，不断繁衍生息不断发展壮大。

离开花园时，回望满树泡桐花，心里就想到这样的话语：泡桐花开不寂寞，花开花落自有时。

恩格贝沙漠植树记

娜仁花开的季节，与会内蒙古大学蒙古学研究中心，主办者在安排参观成吉思汗陵后，特意安排去恩格贝植树。大巴抵达恩格贝时已星斗满天了，仰望繁星漫天的星空，便想起了小时候的儿歌："青石板，石板青，青石板上钉银钉。"从来没有见过这么清澈的夜空，从来没有见过这么多的星星，连银河也看得清清楚楚，恩格贝的夜空多么神奇迷离，当晚我们下榻恩格贝景区宾馆。

蒙古学研究中心主任齐木德道尔吉副校长告诉我们，恩格贝蒙古语的意思是平安、吉祥，它地处内蒙古自治区鄂尔多斯市库布其沙漠腹地，历史上曾是一块水草丰美风景秀丽的宝地，近几十年来，由于连年干旱，加上过度放牧与垦荒等掠夺性生产，使恩格贝日益沙化，沙漠以每年一万亩的速度进逼，到了20世纪80年代，总面积三十万亩的恩格贝终于被遗弃。1989年后，一批批志愿者先后进驻恩格贝，开始了整治沙漠的行动。尤其是1991年始，日本治沙专家远山正瑛先生亲临恩格贝植树治沙，并动员组织一批批日本志愿者自费前来治理沙漠，植树三百余万株，现在恩格贝已成为国家级生态建设示范区。

早餐后我们一行二十余人坐大巴往植树地而去，带领我们前往的是一位朴实的中年蒙古族妇女，道尔吉副校长介绍说她叫娜仁花，从日本留学归来，现在她管理着沙漠林区。"娜仁花"蒙古语的意思是太阳花，就是汉语说的向日葵花。娜仁花向我们点点头，露出朴实的微笑，就像阳光下绽开的娜仁花一样灿烂。

车行十多分钟，来到沙丘连绵之处，一条道路蜿蜒入内，娜仁花将一杆红白相间的路杆抬起，让我们的车缓缓驶入，她十分痛恨地说，有些车蛮横地驶入沙地，将栽下存活的树苗都压死，植树的日本志愿者们见此场景纷纷落泪。停车后，我们步行往植树地而去，四周的沙丘上已经有了大大小小的树苗，在蓝天白云黄色沙丘的掩映下，绿色的树苗显得郁郁葱葱，沙丘的草坡上开着不知名的紫色的小花。我们穿过杂草丛，来到一沙丘顶上，我们即将在这里植树。娜仁花介绍一位戴灰色遮阳帽的瘦高个男子，他是长年驻守在这里、来自日本沙漠绿化实践协会的间濑弘树先生，他有一个蒙古族名字照日格图，居然与蒙古学研究中心副主任的名字一样，两位照日格图的手便紧紧地握在了一起。间濑弘树先生拿起铲子，跪在沙丘上开始示范植树，娜仁花在一旁当翻译。

沙丘上已经插上了一些小树枝，植树必须植在这些树枝处。间濑弘树拔起一根小树枝，在中心开始挖掘沙坑，将表层的干沙刮去，在湿沙处开始挖掘，将挖出的沙堆在洞口，洞深必须在整个铲子再加两个拳头，然后将树苗轻轻放入，植树的人们便有拿起铲子跃跃欲试的。间濑弘树先生请大家耐心看他示范，他将树苗根部的沙铲下，用铲把将根部的沙夯实，再将周边的湿沙铲下，用脚将树苗周边的沙踩实，将树苗周边的沙铲成一个小圆坑，让浇灌的水可以渗入树苗的根部。

看完间濑弘树先生的示范，我们便在这沙丘上摆开了战场，红红绿绿的衣衫在黄黄的沙丘上像绽开的鲜花。我们各自选定了地盘，拔去小树枝，刮去干沙，开始掘坑，不一会儿就开始冒汗了，当我将一枝树苗轻轻放入沙坑，用铲把将树苗周边的沙夯实，再将周围的沙铲下，心中便油然而生一种愉悦感，这是劳动的愉悦，是创造的愉悦，是参与改造大自然的愉悦！一个坑一个坑地挖，一株苗一株苗地栽，植树的人们，有的驾轻就熟，有的笨手笨脚。娜仁花四处巡视，并分发树苗。间濑弘树先生将水管从沙丘下的水井处拉上，准备给植下的树苗浇水。

大概是由于插队农村的经历，我渐渐得心应手，栽下了五棵树苗，栽树最多的是蒙古学研究中心的照日格图，他栽了六棵，最少的只栽了三棵，我们植树队一共栽了一百二十余棵。望着刚栽下的树被清水浇灌，我们站立在沙丘顶上，内心充满着喜悦与敬意，是参与改造沙漠的喜悦，是对于治沙志愿者们的敬意。间濑弘树先生告诉我们，远山正瑛先生八十四岁高龄之时来恩格贝植树治沙，一种十四年，直到 2004 年 2 月去世，他每年要在恩格贝工作八九个月，每天工作近十个小时。远山正瑛先生在日本四处宣讲沙漠的开发治理，成立了日本沙漠绿化实践协会，积极为治沙募集资金。近万名日本人先后自费来恩格贝沙漠义务植树，种下三百多万棵树，染绿黄沙四万亩！远山正瑛先生常常说："解决环境问题必须世界一盘棋，绿化中国沙漠也是在帮助

172

自己！"远山先生九十九岁去世，弥留之际，朋友问他有什么嘱托，他说："我还想再一次站在沙丘上。"按照远山先生生前的遗言，他的后辈将他的部分骨灰埋在了恩格贝。

我们站在沙丘顶上，放眼恩格贝沙漠，浩淼的沙漠一望无际，人类征服沙漠的征程任重道远，人类必须和大自然和睦相处，必须改变向自然过度索取的恶习，人类必须为子孙千秋万代着想，破坏大自然的将成为千古罪人，对于大自然的奉献将留下千秋英名！

离开沙丘，间濑弘树先生引领我们参观了远山正瑛纪念馆。纪念馆为平顶白色方形建筑，外墙长宽均九米，象征着远山先生享年九十九岁。纪念馆前是一尊远山先生的铜像，身着工作装，头戴遮阳帽，身背工具袋，颈挂照相机，脚登胶靴，手扶铁锹，深情地眺望着远方。间濑弘树先生告诉我们，这是恩格贝沙漠开发示范区为远山先生生前树的铜像。远山先生常说，日本人过去给中国添了不少麻烦，我种树就是想表示中日友好，让中国人了解我们是用树来道歉、反省。远山先生被授予"内蒙古自治区荣誉市民"称号，获得骏马奖、友谊奖、联合国"人类贡献奖"等。前国家主席，高度评价他为中国治沙做出的贡献。瞻仰远山先生的铜像，见基座上有文字："远山先生视治沙为通向世界和平之路，虽九十高龄，仍孜孜以求，矢志不渝，其情可佩，其志可鉴，其功可彰。"纪念馆左首的亭子里，矗立着一块黑色大理石的墓碑，墓碑上镌刻着远山先生的半身像，白发苍苍，精神矍铄，墓碑下有内蒙古文联副主席杨啸的《忆远山正瑛》诗一首。

走进远山正瑛纪念馆，正中央伫立着一块黑色大理石墓碑，镌刻着"长大院释正瑛之墓"的字样，碑前摆放着各种姹紫嫣红的鲜花，我们对着墓碑深深鞠躬。四周墙上有远山先生的生平介绍和不同时期的照片，1935年留学中国的远山与新婚妻子在北京的合影，1936年远山坐马车在内蒙古黄河沿岸考察的照片，远山先生仰卧在内蒙古草原上悠闲自得的照片，远山先生叼香烟植树的照片，远山先生抱着树干笑容可掬的照片……另有远山先生用过的饭盒、碗筷、手套、帽子等。走出远山正瑛纪念馆，右侧半月湖畔有一堵用大大小小鹅卵石砌起来百多米长的石墙，是2003年8月砌成的，每块鹅卵石上都留下了志愿者的名字：宋平、丁关根、李铁映、布赫、钱学森、远山正瑛、松崎公昭、武林正义、高见裕一、铃木康友、丸山敏秋……绿墙的功勋碑上镌刻着："绿墙，记载着从一九八九年开始，恩格贝绿化事业奉献者的英名……是他们用真诚在沙漠中凝结成这片绿洲，当人类面对自然，面对我们这个星球的时候，才更容易找到良知和责任，才能触摸到生命的本质，才能使生命变得更加精彩。绿墙写证了，沙漠，这个被人们称为灾祸的怪物，依然可以成为人类生存的乐土。"

我在这长长的绿墙前面久久伫立，咀嚼回味着这段碑文：人类面对自然时的良知和责任，触摸生命本质的精彩人生……恍然间似乎看到一个满头白发瘦弱的身影，他穿着工作服，戴着遮阳帽，肩扛树苗，手握铁锹，脚登胶靴，正往沙漠深处走去……

我的人生回眸与文学生活史

坐在书案前，写下这个题目，耳旁却响起了电视剧《蹉跎岁月》的主题歌《一支难忘的歌》的歌词："青春的岁月像条河，岁月的河啊汇成歌。"人生也就是一条河，不经意中缓缓流淌了多少年。我曾在我的散文集《岁月与真情》的自序《岁月流逝真情永在》开篇说："人们说岁月如流，是说光阴似箭，在不经意中如小溪般地悄悄流逝。人们说岁月蹉跎，是说虚度时光，在无所作为中时光白白地过去。无论是岁月如流，还是岁月蹉跎，一转眼，我已经渐渐迈入了花甲之年了。"现在回眸自我的人生，梳理我的文学生活，别有一番滋味在心头。

夜半的烛光

"文化大革命"对于我们这一辈人有着根深蒂固的影响，留在我心里的印象，除了到处是大字报、街头红卫兵剪小脚裤腿、抓尖头皮鞋以外，就是那次夜半的烛光了。父亲解放前在扬子饭店工作，解放后转到市粮食局任干部。父亲喜欢读文学作品，我家中的藏书就有《红楼梦》《聊斋志异》《唐人小说》《西游记》《水浒》

175

《三国演义》等，父亲闲时常常会专心致志地读这些书。"文革"爆发了，父亲受到审查，虽然没有被关押，但是精神上的压力很大。一天半夜，我睡得很沉，父亲把我拍醒。他拿出一个大大的木脚盆，放满了自来水，他与我一起将这些属于"封资修"的书籍，都一本本浸到脚盆里，然后再一本本撕烂，用铅桶一桶桶提到楼下，抛进垃圾箱里。由于怕被人发现，父亲没有开灯，点了半根蜡烛，一不小心滚烫的蜡烛油滴到腿上，疼得我跳了起来。虽然那时十四岁的我读过其中的有些书籍，但是常常懵懵懂懂一知半解，把这些书毁了心里总有些痛痛的。

大概由于父亲受审查的原因，大概由于我偏于安静的性格，也由于我在宜昌葛洲坝任技术员的舅舅、舅妈将刚刚生下五十天的女儿放在我家，我担当了照料表妹的责任。外面闹得轰轰烈烈，我却安安静静地窝在家，没有参加红卫兵的造反运动，更没有去大串联。闲暇时，将一管短笛吹响，将一把口琴吹响。

带着唐诗宋词下乡

我是六七届初中生，毕业那年还有工矿名额，却没有轮到我，没有工作就闲在家。1968年毛泽东关于知识青年到农村去的指示传达下来，许多人纷纷下放了，我却迟迟没有报名。街道里弄采取办家长学习班的办法，让我们这些子女们感到了压力，1970年4月，几乎在无可奈何之中我报名去江西插队。记得当时我带的行李中，有我自己手抄的《唐诗选》《宋词选》，在无聊的插队生活中有时翻阅吟诵，也是一种打发时间的办法，我的文学生活最初大概就出吟诵唐诗宋词开始。

我插队在江西省靖安县高湖公社西头大队第五生产队，最初是六个男生在一个集体户，后来有一男生去了林场当工人。在插队的五年多里，我努力劳动虚心学习，得到农民们的好评。我曾参加靖永公路（靖安县至永修县）的修建，曾经参加靖安县沙港电站的修建，曾作为农村社会主义教育运动工作组成员，在高湖公社高湖大队蹲点开展工作，获得好评。我曾经在西头大队完全小学担任民办教师，协助学校里成立了文艺宣传队，我们的节目在公社汇演中获奖。我曾经到大山里砍木料砍竹子，在河里放木排竹排，后来创作的长篇小说《金牛河》2008 年由安徽文艺出版社出版。

踏入文学的门槛

1975 年我被推荐上大学，当时推荐主要看在农村劳动表现和农民们的口碑，我跨进了江西师范学院中文系求学。在三年的求学过程中，我刻苦学习兢兢业业，1978 年毕业时留校在中文系写作教研室任教，全班一百多同学仅有三人留校任教，我兼任中文系七七级的班主任。在写作教研室任教期间，我创作诗歌、散文等在报刊上发表，创作的话剧《儿女情》获得 1981 年江西省大学生文艺汇演创作奖。我发表在《语文教学》1981 年第 2 期三千字的《深夜也有蝉声》是我撰写发表的第一篇论文，对朱自清《荷塘月色》中的蝉声作了分析。

1984 年，我考上了扬州师范学院中文系硕士研究生，跟随曾华鹏、李关元先生攻读硕士学位。曾华鹏先生是中国现代文学研究的名家，他与范伯群先生合作的《郁达夫评传》《冰心评传》《现代四作家论》《鲁迅小说新论》等都颇有影响，开创了中国现代作家论的范式。李关元先生研究曹禺、鲁迅、洪深、朱自清、茹志娟等，尤其在曹禺研究、鲁迅散文诗《野草》研究方面颇有影响。在跟随两位先生攻读学位期间，曾华鹏先生作家论的知人论世和从社会时代角度观照分析作家创作与风格，李关元先生开阔的学术视野和对剧作的条分缕析等，都为我的学术研究奠定了基础，构成了我此后作家研究的摹本和范式。

在准备选择硕士学位论文的过程中，由于大量阅读"五四"时期的文学作品，我发现当时不少作家与基督教文化有关，或受洗加入基督教，或写教会生活，或刻画基督徒，或借用《圣经》的意象等，我想以"中国现代作家与基督教"为题做硕士学位论文，被曾先生否定了，后来我想大约当时的学术氛围和我的学识都不易将此论题做好。我选择了"论二十年代乡土文学"为题，涉及了以鲁迅为代表的乡土作家的创作，其中包括王鲁彦、台静农、许钦文、冯文炳、沈从文、王任叔、黎锦明、许杰、蹇先艾、彭家煌、潘漠华等，硕士学位论文答辩时获得好评。在攻读硕士学位期间，我发表了几篇学术论文：《丽尼的散文创作》

（《江西师大学报》1985年第3期）、《郁达夫个性心理机制及其小说的感伤基调》（《上海师范大学学报》1986年第4期）、《鲁迅研究的历史与现状》（《江西教育学院学报》1986年第2期）、《论许钦文的散文创作》（《扬州师范学院学报》1987年第1期）、《一篇情景交融的诗章——杨朔〈金字塔夜月〉赏析》（《语文月刊》1985年第12期）、《寓悲愤于幽默集风采于质朴——许钦文〈帐子〉赏析》（《语文月刊》1987年第10期）、《一朵璀璨的扬剧之花——评新编古装扬剧〈血冤〉》（与导师李关元合作,《江苏戏剧丛刊》1985年第2期）。毕业前夕，江西师范大学中文系系主任和书记来扬州师范学院，希望我能够回母校工作。曾华鹏先生直截了当地说："剑龙是要留校的，不能去江西师范大学。"我后来去了上海师范大学中文系工作，曾先生很开明地说："上海是你的老家，你回老家放你去，你如果去江西，就不如留校。"

漕河泾畔的学术耕耘

1987年7月，我去上海师范大学报到，开始我新的工作和学术生涯，在中国现当代文学教研室从事教学工作，学校地处徐汇区漕河泾地区。我将硕士学位论文整理修改成单篇学术论文，分别发表为：《论二十年代乡土文学的乡土特色》（《上海师范大学学报》1988年第1期）、《论二十年代乡土文学的悲剧风格》（《社会科学辑刊》1988年第2期,《中国现代文学研究丛刊》1988年第4期内容摘编）、《论二十年代乡土文学的基本主题》（《上海师范大学学报》1990 年第 2 期，中国人民大学报刊复印资料《中国现当代文学研究》1990 年第 8 期转载）、《在乡土的沃野里探寻——近几年乡土文学研究述评》（《江西师范大学学报》1988 年第 1 期）。我在硕士学位论文基础上，不断拓展对于中国现代乡土作家的研究，分别撰写发表了研究鲁迅、许钦文、冯文炳、潘漠华、台静农、蹇先艾、许杰、彭家煌、王任叔等单篇论文，并开始涉略中国当代作家研究，发表的论文涉及汪曾祺、查建英、何立伟、池莉、席慕容、周梅森、王晓玉、李晓等。由于加入了中国青年美学会，我发表了《中西比较美学研究的现状与展望》（《江汉论坛》1990 年第 8 期，中国人民大学报刊复印资料《美学》1990 年第 10 期转载）、《中西比较美学的现状》（《上海艺术家》1990 年第 4 期）、《建立中国当代文艺批评学体系之构想》（《天津文学》1992 年第 11 期）、《中国当代小说美学研究的现状与构想》（《云南社会科学》1992 年第 3 期，《新华文摘》1992 年第 10 期内容摘编，《文艺理论研究》1992 年第 6 期内容摘编）、《当代小说：五四审美传统的回归与超越》（《天津文学》1992 年第 1 期，《新华文摘》1992 年第 5 期内容摘编）。1992 年我被破格晋升为副教授。1995 年 9 月，三十万字的《放逐与回归：中国现代乡土文学论》由上海书店出版社出版，贾植芳先生在序言中认为该著“是一部见解独到、论证严谨的有相当学术价值的著作，作者踏实认真的学术态度、深刻深入的学术思维、扎实严谨的学术功底等，都可以在此著中窥见一斑”。曾华鹏、李关元先生在序言中认为，“作者注意将这一流派的微观分析与宏观考察结合，注意使新颖的见解与丰富的资料统一"，"这是一部扎实、丰富、富有新意的书稿"。90年代中期，由于受到文学研究界新方法的影响，我尝试着用反讽理论、意象研究、原型批评、文化研究、民俗研究等方法研究鲁迅小说，发表了《反讽：鲁迅乡土小说的独特魅力》《论鲁迅的乡土情结与乡土小说》《文本互涉：鲁迅乡土小说的意象分析》《论鲁迅的乡土小说与文化批判》《论鲁迅乡土小说的民俗色彩》等论文，产生了一些学术影响。

丽娃河畔的学位攻读

获得硕士学位后，我没有放弃原本感兴趣的"中国现代作家与基督教文化"的论题，搜集资料、搜罗文本、研读宗教理论著作，论文《论"五四"小说中的基督精神》在《文学评论》1992年第5期发表，为中国人民大学报刊复印资料《中国现当代文学研究》1992年第10期转载，此文获首届上海市哲学社会科学优秀成果奖（1986年1月—1993年12月）。论文《"五四"小说的基督教色彩》发表于香港《二十一世纪》1993年第2期，此文为德国《中国教讯》1993年4—5期译为德文全文转载。这激励我继续深入研究此论题，发表了《基督教与冰心"五四"时期的创作》(《江海学刊》1995年第6期,《新华文摘》1995年第12期内容摘编，中国人民大学报刊复印资料《中国现当代文学研究》1996年第1

期转载,《中国现代文学研究丛刊》1996年第4期论文选目)、《论鲁迅与基督教文化——为纪念鲁迅逝世60周年作》(《上海师大学报》1996年第3期,中国人民大学报刊复印资料《中国现当代文学研究》1996年第11期转载,《中国现代文学研究丛刊》1997年第3期论文选目)。

　　1996年我报考华东师范大学中国现当代文学专业博士生被录取, 导师为王铁仙教授, 开始了我一边当老师一边做学生的生活, 华东师范大学校园里有一条清澈的丽娃河。1996年我开始招收中国现当代文学研究的硕士研究生。在获得导师肯定后, 我以"中国现代作家与基督教文化"为博士学位论题, 分别涉及鲁迅、周作人、许地山、冰心、庐隐、苏雪林、张资平、郭沫若、老舍、萧乾、巴金、曹禺、徐讦、北村、张晓风十五位作家。1997年6月我晋升为正教授。在攻读博士学位期间, 鲁迅、周作人、许地山、郭沫若、老舍、北村、巴金、苏雪林等章节, 都以单篇论文的方式在学术刊物上发表了。1998年5月, 我提前进行博士学位论文答辩, 在职攻读两年就获得了文学博士学位。1998年12月我二十二万字的博士学位论文《旷野的呼声:中国现代作家与基督教文化》由上海教育出版社出版, 陈思和在序言里将该著与美国学者罗宾逊的《两刃之剑》作比较, 认为该著"在《两刃之剑》的基础上作了新的探索, 换句话说, 他仍然在填补现代文学史研究领域的某些空白"。1998年, 我获得了国家社会科学基金项目"上海文化与上海文学——百年上海文学综论", 力图从文化角度观照与研究上海文学, 开始了博士学位论文之后的另一个课题的研究。

1997年，我加入了导师王铁仙教授主编的《新时期文学二十年》的研究任务，我撰写90年代部分，涉及新写实小说、新体验小说、新市民小说、新生代小说、新现实主义小说等，该著2001年由上海教育出版社出版，我撰写的部分大多以单篇论文在学术刊物上发表。1997年，我参与了华夏出版社"九十年代文学批判"丛书的约稿，我撰写新现实主义小说研究，近十二万字的篇幅全面深入地展开研究，2000年2月以《现实悲歌：谈歌、何申等新现实主义小说论》为书名出版，书稿中十章内容几乎都以单篇论文发表。2001年我开始参与邱明正主编的《上海文学通史》的写作，我被分配研究上海"十七年"和"文革"文学研究，撰写了近十万字，其中有的章节作为单篇论文发表。该著一百余万字2005年5月由复旦大学出版社出版，获得第八届上海市哲学社会科学优秀成果奖。2000年我担任教育部博士点中国语言文学一级学科的评委，当年上海师范大学获得了中国语言文学博士点一级学科，2002年我开始招收中国现当代文学专业的博士生。

未圆湖畔的客座教授

2003年7月，我受香港中文大学崇基学院的邀请，担任客座教授开设"基督教文化与中国现代文学"的研究生选修课，有近三十位博士生、硕士生选修该课程。香港中文大学凭山而建，校园里有一清澈的湖——未圆湖。在香港中文大学任教期间，我在香港《文汇报》发表《施蛰存：中国文坛全方位巨擘》《长寿的痛苦——写在巴金百年诞辰前夕》《谈沪港城市文化》等文章，我作为香港《明报月刊》特约记者开始发表推介大陆学术著作与文化信息的文章，我在香港《时代论坛报》开始发表有关中国现代作家与基督教文化关联的文章。我开设的选修课让学生做论文作为他们的课程成绩，后来我将他们的课程论文编辑为论文集《文学的绿洲——中国现代文学与基督教文化》，2006年10月在香港出版。在香港中文大学客座期间，香港中文大学崇基学院宗教与中国社会研究中心邀请我做一个公开学术演讲，我定的讲题为"基督教文化与中国现代知识分子——对'五四'时期一个角度的回溯与思考"，由中国神学院余达心副院长评点，演讲获得了成功，2004年五万字的演讲稿为香港中文大学出版社出版。我在演讲的基础上，设计了一个论题"'五四'新文化运动与基督教文化思潮"，2005年获得国家社科基金项目，2012年由上海人民出版社出版，2015年该著获得第七届教育部高等学校科学研究优秀成果奖。由于2002年发生了"SARS"（"非典型肺炎"），有许多国际学术会议都延期到2003年举行，在担任客座教授期间，我在香港参加了不少国际会议，加强了与境外学者的交流。在香港中文大学担任客座教授，让我的学术研究更快地与国际接轨，拓展了我的学术研究视野，结识了一些境内外的学者，也让自己的学术研究更快地走向世界。

涉足都市文化研究之河

2004 年由我领衔申请的教育部人文社会科学重点研究基地——上海师范大学都市文化研究中心获得批准，我担任都市文化研究中心主任，将诸多精力转到都市文化研究。每年申报两项基地重大项目，每年主办都市文化研究国际会议，国际会议基本采取双城比较的视角，分别主办了上海—台北、上海—纽约、上海—首尔、上海—巴黎、上海—东京、上海—博斯瓦纳等国际会议，拓展了都市文化研究的视域和影响。我被聘为上海市人民政府决策咨询专家，为上海文化的建设和发展出谋划策，做了不少上海市人民政府决策咨询项目，还获得了上海市人民政府决策咨询二等奖。为筹办"上海—纽约都市文化国际研讨会"，2005 年我赴美国纽约大学访学，结识学者、了解纽约文化。

从 2004 年担任都市文化研究中心主任，到 2013 年卸任，我获得了上海市人民政府决策咨询项目"大都市文化发展趋势与上海文化发展的坐标、定位问题研究"、"上海、纽约都市文化比较研究"、"世博会效应放大的瓶颈、问题与风险研究"等，上海文化发展基金项目"世博会与都市文化论坛"，上海市"十二五"规划重大问题研究项目"上海加强文化建设增强城市文化软实力研究"，上海侨务理论研究课题"上海世博会对提升城市文明弘扬中华文化的作用研究"，世博会主题论坛议题研究项目"城市更新中的文化传承"，上海市教育科学研究规划项目"外来务工人员教育培训需求与对策措施研究"，教育部人文社会科学基地重大项目"上海文化的发展与都市文学的嬗变"，上海市教委重点项目"论语派的文化情致与文学创作"，上海市教委项目"新世纪初文化语境与文学现象研究"等。

2010 年上海世博会举办前后，我积极参与世博会的工作，申请到世博会主题论坛"城市更新中的文化传承"的策划，对于论坛的主题、议程、嘉宾等方面提出了细致的构想与建议，得到了世博事务协调局的肯定。我先后参加了在宁波、苏州、无锡、南京、绍兴、杭州举办的六场上海世博会主题论坛和上海世博会高峰论坛及闭幕式。我主持了七十余万字上海世博会公众论坛的整理，2011 年 4 月由中国出版集团东方出版中心出版。我参与了上海世博会高峰论坛的《上海宣言》与上海世博会闭幕词的起草，得到了上海世博会事务协调局论坛事务部的肯定。

我在担任都市文化研究中心主任期间，发表了诸多与都市文化研究相关的学术论文，积集为论文集出版：《文化批判与文化认同》（2008 年上海文化出版社）、《新媒体时代的文化批评》（2013 年广西师范大学出版社）、《坐而论道：当代文化文学对话录》（2014 年广西师范大学出版社）。2016 年台湾花木兰出版社出版了我的学术论文集《文化与文学研究的双眸》，也收入了我近两年的文化研究成果。在担任基地主任期间，在从事都市文化研究的同时，我仍然没有忽略中国现当代文学的研究，个人出版的著作有：《文学与文化：在传统与现代之间》（上海三联书店 2006

年)、《上海文化与上海文学》(上海人民出版社 2007 年)、《中国现代作家与基督教文化》(再版，新加坡青年书局 2008 年)、《论语派的文化情致与小品文创作》(上海世纪出版集团 2008 年，获第十届上海市哲学社会科学优秀成果奖)、《文化的震撼与心灵的冲突——新时期文学论》(上海文化出版社 2010 年)、《后新时期文化与文学论》(上海文化出版社 2010 年，获第十三届中国当代文学研究优秀成果奖)、《历史与现实病症的互照》(上海文艺出版社 2011 年)、《"五四"新文化运动与基督教文化思潮》(上海人民出版社 2012 年，获第七届教育部高等学校科学研究优秀成果奖)。

我参与了"海上百家文库"的选编，选编了洪森卷，杜宣卷，吴强卷，罗洛卷，胡万春卷，陈白尘、孙瑜、姚克、李天济合卷，芦芒、闻捷、肖岗合卷七本，2010 年由上海文艺出版社出版。我主编了两套与都市文化研究相关的丛书：都市文化研究论丛八本，二百一十七万字，广西师范大学出版社 2013—2014 年出版；都市文化研究读本四本，一百七十一万字，包括都市文化卷、都市历史卷、都市文学卷、都市社会卷，上海人民出版社 2014 年出版。我还曾主编"文化与文学论丛"四本，2010 年上海文化出版社出版；主编"上海文化与上海文学研究丛书"八本，2012 年上海文化出版社出版。我主编和参与撰写的著作还有：《中国现当代文学简史》(主编、主撰，华东师大出版社 2006 年，获得 2008 年全国高校出版社优秀出版物二等奖)、《灵魂拯救与灵性文学》(新加坡青年书局 2009 年)、《都市发展与文化保存》(加拿大文化更新研究中心 2010 年)、《论陈赞一的文学世界》(香港陈

187

赞一修会有限公司 2010 年）、《双城记：上海、纽约都市文化》（格致出版社 2011 年）、《世博会与都市发展》（加拿大文化更新研究中心 2011 年）、《新世纪初的文化语境与文学现象》（中央编译出版社 2012 年）、《老舍与都市文化》（广西师范大学出版社 2012 年）、《都市上海的发展和上海文化的嬗变》（上海文化出版社 2012 年）、《瘦西湖畔薪火承传——中国现当代文学论集》（江苏教育出版社 2012 年）、《上海文学与二十世纪中国文学》（上海文化出版社 2012 年）。

跨过花甲之年的伏枥

我在刚刚跨过花甲之年时，卸任了都市文化研究中心主任之职，此后我领衔成立了当代上海文学研究中心，我将精力更多投入到当代作家与作品的研究中，举办上海当代作家作品的研讨会，发表一系列新世纪文学的论文：诸如《新媒体时代的文学创作与阅读》《新世纪都市情感小说论》《新世纪中国戏剧的发展与思考》《莫言获诺贝尔文学奖的意义和隐忧》《"我的青春我做主"——我观"90 后"作家的长篇小说创作》等。2015 年 7 月，二十四万字的学术论文集《新世纪文学论》由长江文艺出版社出版。我的另外三部学术著作由上海文化出版社出版：《阅读与品味：杨剑龙中国当代文学论集》（2015 年）、《耕耘与收获：杨剑龙中国现代文学论集》（2015 年）、《书山学海长短录：杨剑龙学术书评集》（2016 年）。我主编的研究生鲁迅研究论文集《鲁迅的焦虑与精神之战》，2013年9月由台湾秀威资讯科技股份有限公司出版。2013年4月，三十万字的著作《鲁迅的乡土世界》被列入中国鲁迅研究名家精选集，由北京师范大学出版集团安徽大学出版社出版，2014年该著被列入"经典中国国际出版工程"，后被翻译成韩文在韩国出版。2016年9月，台湾花木兰出版社出版了我的学术著作《文化与文学研究的双眸》。2017年9月，我主编的四十万字的著作《叙事视阈：新世纪长篇小说综论》由上海文艺出版社出版。我最近两年的学术成果编辑为二十六万字《文学批评与人文精神——杨剑龙文学评论集》，即将由陕西师范大学出版社出版。

我自《当代小说》2001年第8期发表短篇小说《凝望与叹息》后，总抽暇进行小说创作，陆续发表的小说：短篇小说《消失了的朦胧》(《延河》2006年第9期)、微型小说《性别投稿》(《小说界》2007年第1期)、中篇小说《租赁男友》(《星火》2011年第3期)、中篇小说《清明时节雨纷纷》(《广州文艺》2012年第4期)、微型小说《喷嚏》(《小说界》2012年第5期)、微型小说《牙痛》《卡拉不OK》《看手相》(《楚风》2014年第4期)、短篇小说《脱衣舞男》(《当代小说》2014年第24期)、短篇小说《微信时代的回忆》(《当代小说》2015年第1期)、短篇小说《北戴河之恋》(《长城》2016年第5期)、短篇小说《残荷》(《小说界》2016年第6期)、短篇小说《水杉林下》(《佛山文艺》2017年第6期)、短篇小说《最后一班校车》(《西湖》2017年第6期)、短篇小说《寻猫记》(《黄河文学》2017年第9期)、中篇小说《十指梅花》(《上海文学》2018 年第 7 期）。我的以知青生活为题材的长篇小说《汤汤金牛河》最初节选发表在《芳草》2007 年第 4 期，2008 年 7 月由台湾秀威资讯科技股份有限公司出版繁体本《汤汤金牛河》，2008年 10 月由安徽文艺出版社出版简体本《金牛河》。我的散文集《岁月与真情》2011 年 7 月台湾秀威资讯科技股份有限公司出版，我的诗集《瞻雨书怀》2015 年 8 月由广西师范大学出版社出版（该诗集 2016 年 2 月为"壹学者"公众号评为"适合零碎时间阅读的十本书"之一）。

2013 年我获得上海市人民政府决策咨询项目"全球城市交往规律与上海跨文化交往能力提升研究"，该成果发表在《科学发展》2015 年第 2 期，2016 年获得中国特色社会主义理论体系研究和宣传优秀成果奖。在长期研究上海文学的基础上，2014 年我获得了上海市哲学社会科学课题"上海都市嬗变与海派作家论"。2016 年获得了上海市社科规划课题"国际文化大都市建设背景下的'修身'内涵研究"，成果发表于《上海文化》2018 年第 12 期。在对中国现代文学的研究过程中，我开始对于现代文学与图像的关系发生了兴趣，发表了《论〈新青年〉封面与插图的文化韵味》《论巴金小说〈家〉的连环画改编》《论贺友直连环画对鲁迅〈白光〉的阐释》，我申请的"中国现代文学图像文献整理与研究"获得 2016 年国家社会科学基金重大项目。

回眸自我的人生经历与文学道路，我从下放知青，到大学求学，到攻读硕士、博士学位；从研究现代乡土文学、中国现代作家与基督教文化，到研究 20 世纪 90 年代文学、新时期文学、后新时期文学；从研究上海文学、都市文化、论语派文学，到研究五四新文化运动与基督教文化思潮、新世纪文学、中国现代文学与图像等，我在不断拓展学术视野探究学术论题过程中与时俱进。

2019 年是五四运动一百周年、共和国成立七十周年，倘若要梳理五四思想资源对我精神成长的影响、谈谈自己伴随着共和国命运的精神成长，我想五四知识分子的铁肩担道义的责任感、为民族崛起的忧患意识、文化批判和文化建设的精神境界，都成为我在文学研究和文化研究方面的精神资源和思想渊源。我曾经在 2002 年 2 月 22 日《杂文报》发表《我们这一代中年人》中说："我们与共和国一起经受磨难，我们与历史一起经历坎坷。经受过磨难的我们，可以坦然地面对新的磨难；经历过坎坷的我们，可以勇敢地踏平新的坎坷。经受过磨难的我们，会更珍惜来之不易的幸福；经历过坎坷的我们，会更懂得苦尽甘来的欣慰。"我们已经走进了新时代，我们应该将五四精神发扬光大，我们应该努力创造共和国新的灿烂辉煌。

我的博士学位论文答辩

我报考博士时已经四十四岁了，当时我马上可以晋升教授了。有朋友劝我不必去报考博士了，说这对于我没有意义，我却认为能够有机会攻读博士学位是我的梦想。我于1987年始就在上海师范大学工作，于1991年破格晋升副教授。我为申报博士的事去贾植芳先生家征求意见，贾先生是我的硕士导师曾华鹏先生的老师，我称贾先生为师爷。当时我报考博士，不想离开上海，对于我的工作与学习有益。贾先生听了我的事，他沉吟了片刻后说，你报考复旦大学的哪位教授都可以，只是别报考那位教授。大概贾先生对那位先生有看法。当时复旦大学招收博士生的导师，有潘旭澜先生、陈鸣树先生、吴中杰先生、陈思和先生，陈思和先生比我年轻，就不在我的考虑中，其他三位先生都知晓曾华鹏先生的大名，潘先生还是曾先生的同学、老乡与挚友，他们都欢迎我报考。经过细致的了解，潘、陈、吴三位先生年龄相当互不买账，这就意味着当了一位先生的学生，就可能与其他两位先生结怨了。当时上海的大学招收我们专业博士生的，除了复旦大学，就是华东师范大学了，王铁仙教授是瞿秋白的外甥，为文为人都有很好的口碑。我给王先生打电话，道出了想报考王先生博士生的想法。王先生在电话里说，你还报考什么博士生，你自己已经有带博士生的水平了。我十分坦诚地说了我想报考的诚意，王先生就同意了我的报考，我便认真准备考试，尤其认真准备英语。1996年，我以专业成绩第一被录取为华东师范大学中文系的博士生。录取以后，王铁仙老师对我说，上海师范大学有人通过华东师范大学的教授告诉我别招收杨剑龙，说杨剑龙为人不好。王老师说，幸亏我与上海师范大学很熟，得到的反馈都说你不错。我与王老师说，我在上海师范大学唯一得罪的人是学科负责人，因为申报职称而得罪的，真是人心叵测！

当时王铁仙教授任华东师范大学副校长，工作特别忙，王教授十分认真地给我们开课。在职攻读博士学位期间，我在上海师范大学任教，一边当老师一边做学生。当时华东师范大学博士生还要学习第二外语，我的第一外语是英语，第二外语便选了日语。当时英语老师特别严格，常常要抽学生上黑板做作业，在外语班中我的年纪最长，外语老师常常抽我上黑板做题，弄得我"压力山大"，只能回家认真做作业，应付上课时老师的抽查。

我在攻读博士学位时，经过王铁仙老师的认可，以"中国现代作家与基督教文化"为学位论文题目，我便认真严谨地一章一章撰写，学位论文中的不少章节开始在学术刊物发表。至攻读博士学位第三个学期，我的学位论文已经基本完成了。导师王铁仙教授看了初稿，很高兴，他提出让我写提前学位论文答辩的报告，我便认真撰写了申请报告。经过中文系办公会议讨论，学校办公会议讨论，学校下达了"关于同意杨剑龙博士学位论文提前答辩的通知"的红头文件。

1998 年 6 月 6 日，我的博士学位论文答辩在华东师范大学举行。当时华东师范大学博士学位论文答辩派车接答辩导师，王铁仙教授邀请了复旦大学的潘旭澜、陈鸣树、吴中杰三位教授，学校派了一辆专车，由我去接三位教授，这就给我出了难题。潘先生与陈先生住在对门，却互不搭理。车抵达后，我先去叩陈鸣树先生的门，那时陈先生的手抖得厉害，我告诉陈先生，车子到了，陈师母便给陈先生套衣服。我转身叩响了潘先生的门，潘先生十分精干，皮包一夹说，走！我告诉潘先生，我想借他家的电话与吴中杰先生联系一下。我打电话告诉吴先生，我现在在接潘先生，马上去接您吴先生。吴先生说，他就在水电路口，车子不必再开进去了。我殷勤地将潘先生送到后座上，再去接陈鸣树先生。我在引陈先生去车的路上，我心里想，按理陈先生应该坐后座，我应该坐副驾驶的位置，但是陈鸣树先生与潘旭澜先生互不搭理，那就会十分尴尬。我便与陈鸣树先生说："陈先生，我们的车还要去接吴中杰先生。吴先生说他在水电路口等，您认识吗？"陈先生回答说认识，我便让陈鸣树先生坐副驾驶的座位，我就坐在潘先生旁边。开车后，我与潘先生说几句，又与陈先生说几句。等到吴中杰先生上车后，我便释然了，吴先生虽然与他们俩关系不很融洽，却都说得上话。吴先生上车伊始，就调侃陈鸣树先生，他说："鸣树兄，我看到了你家宠物的玉照，我怎么没有见到你的玉照呢？"

　　我的学位论文答辩与师姐杜素娟一起，答辩委员会主席是钱谷融先生，答辩委员除了我接的三位教授以外，还有张德林、殷

194

国明教授。后来杜素娟进入我的博士后流动站，进站时我介绍了杜素娟是我的师姐的身份后，流动站的几位教授大惑不解：这不是学术乱伦了吗？！论文答辩时，潘旭澜先生说："十年前我参加剑龙的硕士学位论文答辩，十年后我参加剑龙的博士学位论文答辩。"我的学位论文获得了答辩导师们的好评，学位论文答辩的当年1998年由上海教育出版社出版。我请王铁仙教授给我的著作作序，王老师十分诚恳地说，他对于我研究的论题缺乏研究，不能为此著作序。后来我邀请陈思和先生作序，陈先生慨然允诺。2008年新加坡青年书局的总编给我打电话，说想再版我的这部著作，因为新加坡的一些基督教教徒在复印这部著作。

回眸我攻读博士学位和论文答辩的经历，虽然已经过去二十多年了，论文答辩委员会中的钱谷融先生、潘旭澜先生、陈鸣树先生都已经作古，但是导师对我的培养，答辩委员会教授们给予我的帮助，我总是铭记在心，我也是以认真热情的心态培养博士生、硕士生，为学术的发展与繁荣做出贡献。

两件难忘的事

这四十年来，在我记忆里，最难忘的是在香港中文大学担任客座教授和申请教育部人文社会科学重点研究基地——都市文化研究中心两件事，这两件事让我的学术研究有了进一步的拓展和深入。

2003 年，香港中文大学邀请我担任一个学期的客座教授，有三十余位博士生硕士生选修了我的"中国现代作家与基督教文化"课程。课程结束后，我将学生的作业编辑成一本论文集《文学的绿洲——中国现代文学与基督教文化》，请香港中文大学神学院院长作序并在香港出版，这成为客座教授开设选修课的重要成果。

在香港中文大学期间，宗教研究中心让我作一个公开学术报告，请中国宗教学院副院长担任评议人。我设定的论题为"基督教文化与中国现代知识分子——对'五四'时期一个角度的回溯与思考"，经过三个星期的精心准备，我的公开演讲获得了成功；2004 年，五万字的报告由香港中文大学出版，后来此文获得了上海市哲学社会科学优秀成果奖。在此论题的基础上，我成功申报我的第二个国家社科基金项目"五四新文化运动与基督教文化思潮"，后来出版的同名著作获得了教育部优秀学术成果奖。在港期间，我参加了许多学术活动，结识了很多著名学者，我还在香港《文汇报》上发表了不少有关城市文学文化研究的文章，在香港中文大学产生一定影响。

2003年，我校人文学院开始申请教育部人文社会科学重点研究基地，我们根据学校的特点和基础，构想了以"都市文化研究中心"为名目的申请，当时由我承担申请表格填写的任务，组织队伍、搜集成果、构想方向、设计论题，经过几个星期的精心准备，几大纸箱的申报材料快递托运到在京有关机构。后来由于"都市文化"难以归入任何学科，当年的申报没有成功。2004年，我们继续申报，表格仍由我填写。由于我在研的国家社科基金项目"上海文化与上海文学"与申请基地的名目切合，再加上已有成果问世，我便以基地主任的名义进行申报。依然是几个星期的填写表格，依然是几大纸箱的附件快递到京。后来我还专程到北京修改申请表格的内容。

2004年，教育部设立了"综合类"基地，将一些难以归入传统学科的申请列入此类，同时组织专家对申请单位进行实地考察。记得专家组来我校考察时，全体校领导都在文苑楼门口迎接。考察时，教育部领导询问我有关教育部基地管理条例的问题，我回答了基本内容后，他还要我准备半小时后当众背诵条例全文。好在我有小时候读书背诵的基本功，背诵条例获得通过。这样，2004年底，学校终于获得了唯一一个教育部人文社会科学重点研究基地——都市文化研究中心。

基地建立后，时任校长亲率各职能部门负责人现场办公，关心解决基地建设和发展的实际问题，当场决定给基地七个人员编制，可以引进人才、搭建机构等。都市文化研究中心建立后，我们主办了国际都市文化比较的双城国际会议，承担了多项市政府决策咨询项目，参与了2010年上海世博会的学术论坛策划和整理，创办了《都市文化研究》集刊，翻译出版了"都市文化译丛"，每年申请设立两个基地重大项目，出版"都市文化研究丛书"，编辑出版都市文学、都市文化、都市社会、都市历史四部都市文化研究读本。在任基地主任期间，我除了组织国际会议、申报基地项目、撰写基地季度汇报和年度汇报外，还将我的有关都市文化研究成果先后编辑为《文化批判与文化认同》《新媒体时代的文化批评》两本学术论文集出版，我本人被聘为市政府决策咨询特聘专家，获得市政府决策咨询优秀成果奖，受到上海世博会组委会的褒奖。

改革开放给学术提供了走向世界的契机，给学者提供了拓展眼界深入研究的机遇。回忆我的学术生涯，到香港中文大学担任客座教授，让我拓展了走向世界的视野，深化了我的学术研究；申请与主持教育部人文社会科学重点基地，让我将以往的中国现当代文学的研究，拓展到都市文化研究的层面，我指导的不少博士生的学位论文都从都市文化视域进行都市文学研究，我主编的以博士学位论文为主的八部"都市文化与都市文学研究丛书"也获得了学术界的好评。

脱发记

记得去江西农村插队时，我有着一头浓浓的秀发，厚厚的，如一蓬秀草顶在头上，每次理发，都得让理发师削薄一些。大学毕业时，我开始脱发，大约是秋天，那时我的头发掉得很凶，每次洗头，脸盆里就可以捞起一握头发，我虽然有些慌，但心想大概是秋天，头发像秋叶一样也容易掉，或许是为毕业分配的事愁出来的吧，也就没在意。留在高校任教以后，工作虽然定了，头发却仍不定，依然未停止脱落，逐渐头顶心已经依稀看得出白白的头皮了，心里就急了，就去医院就医，还四处打听治疗的土方。吃碾碎的黑芝麻，吞何首乌药丸，仍然不见效。

当时，正处于而立之年的我，找对象就成了一桩必须面对的大事，就十分注意仪容仪表了，衣服穿着好说，常买几件款式时新的衣服，头顶的脱发就难办了。我将找对象的时间一般就定在秋叶飘零之后，那时天气凉爽了，可以戴上帽子了，一戴就遮百丑了，我与我的妻子的面识也正是这样的一个季节。我们的结识是由同学介绍的，同学的夫人与她同学。那天，我穿戴齐整，戴上一顶鸭舌帽，去同学家相亲。对方还未到，同学的夫妇热心地张罗着，同学的夫人一个劲地诉说着她的同学的长处。我落座没有多久，就听有敲门声，走进一个小巧玲珑的女子来，同学夫妇就为我们介绍，她抬起一双明亮的大眼睛对我瞧了一眼，就款款地落座了。我一见她，眼前好像一亮，就在不经意之间专注地望了她几眼。那天，我刚与班上的同学聚完会，喝了点酒，面对这样靓丽的女子，不禁就有点兴奋，话就多了起来。她则始终不作声，端庄地坐着，露出稍稍有点羞怯的样子。坐了大约半个多小时，她起身告辞，我送她出去，就试探性地问与她下次会面的时间，她含羞地一笑，说，随你。以后，我们就有了频繁的约会。当然，每次约会，我都不会忘记戴上我的鸭舌帽。

随着交往的增多，我们之间逐渐加深了了解，我知道她喜欢音乐、舞蹈、英语，她知晓我也爱好音乐、文学、唱歌；我知道她的性格爽直中有点儿任性、坦率里带着真诚，她也知晓我的脾性温婉中不乏执拗、率真里藏着聪慧。我们手牵手在落叶后的梧桐树下漫步，我们肩并肩在冬日里广场上晤谈。冬日逐渐到了尽头，春天慢慢露出了头。我头上的帽子逐渐戴不住了，这令我十分焦虑，思考再三，心生一计，我就要求带领学生去外地教育实习。在外地时，我可以舒坦地脱下了帽子，还以我的生花妙笔一封接一封地给她写情意绵绵的信，她也有信必回，虽然文字没有我有文采，笔调倒也真切晓畅。我似乎觉得，我们之间的这两个月的短暂分别，倒加深了我们之间的了解与情感，我们似乎都盼望着这种分别的早日结束，都盼望着相聚时分的早日来临，我却在这逐渐走向盛春的时分，内心有着几分不安与忐忑。

再次见面时，我选择了晚上，在路灯昏暗的梧桐树下，天气已经热了，帽子是戴不住。小别两月却觉得特别久，见面时，我们就有了一种想更加亲近的欲望和感觉，当她依偎在我怀中时，抬眼望我，突然一愣，就问，你的头发怎么了？我知道，我担忧的事来了！我就故意漫不经心地回答说，噢，是遗传，我的父亲也脱发。那天晚上，大概因为这事，使我们之间本来要说的许多话就没法说了，我们默默地在长长的梧桐树遮蔽着的马路上漫步，没过多久，她就说要回去，我就送她到她家的那条巷子口。

此后的几天，她一直未与我联系，打电话给她，她也不接。我似乎处在一种犯了罪待发落的处境，心中忐忑不安，焦虑异常。我就去找介绍人，同学一见，也面有难色，说她的父母不愿女儿找一个未老先衰的女婿。我就问，她自己呢？同学说，她也很矛盾，说你人不错。

掌握了第一手情报后，我作了细细的分析，就认为现在的主要症结在于她的父母，让她的父母首肯我们的事，至少不反对，那问题就好办了。我就买了点礼物，乘她上班不在家的时候，壮着胆找上门去了。来开门的是她的母亲，知晓我是找她的女儿，就露着一脸慈善的笑。那天我还是戴了一顶单帽，我将带去的礼物放在桌上，作了自我介绍，并说了我对她女儿的感情，又提到我们之间最近发生的矛盾，主要在于我的脱发，说着我就顺势将帽子稍微掀开了一下，露出我的头，又很快地戴上了帽子。那天我是极为细心地梳理了头发的，让"地方支持中央"，将鬓角处的头发遮住头顶。我将自己的意思表达了以后，就彬彬有礼地道别了，我望着她母亲的慈祥笑容，我知道我的目的大概达到了。过了几天，收到了她的电话，我们又恢复了以往的关系，她说她母亲认为我这个人不错，她让我加紧治疗。

在一边筹备婚事一边加紧治疗中，头发依然未见长，去一偏僻乡镇诊治，搽一种掺入松柏的墨绿色药水，药水搽了一瓶又一瓶，车费也花去了不少，头发却不见改观。后来去那医生处，偶然之间，见到这土郎中揭开帽子下光闪闪的秃顶，我不禁恍然，这郎中自己的脱发也没有办法对付，怎么能医好我的病呢？就没再去找他了。以后，传闻101脱发精治疗脱发颇有疗效，并在日本引起了轰动，女友就不顾价钱的昂贵，托人去买了几瓶，让我搽用。每天在头顶搽101就成了我的日常功课，搽了一段时间，脱发处似乎长出了一些绒毛似的短发，我们俩都十分高兴，女友似乎比我更加兴奋。我就又加紧搽用，却不见那些绒毛长粗长黑，依然像鸭绒般的稀稀拉拉的，我就渐渐地没了耐性，搽药也三天两头地忘记。婚期临近，头顶的头发依然不见长。要拍结婚照了，女友就提出让我去买一假发。我按她的建议去城隍庙长青假发店买了一顶假发，戴上头顶，经假发师梳理吹风，镜子里的我便焕然一新了，我就与她去照相馆拍了结婚照，在婚纱飘逸的她的身边，我西装革履满头乌发，倒也十分精神。结婚时，妻子采取了旅行结婚的方式，朋友处发发喜糖了事，旅行结婚回来两家的亲戚聚宴，我依然戴着假发出现在亲戚面前。

婚后的一段时间里，妻子要求我戴假发，我只有遵命。熟人见到我戴着假发的模样，反倒一愣，似乎觉得我哪里有点不对，但一时又说不出，走老远了熟人还回头望我。时间一长，大家都

202

知道我戴着假发，就有人以关心的口吻对我说，你戴着假发真精神，又问是在哪买的，多少钱，我只能有点尴尬地一五一十地回答他们。假发毕竟不是自己头上所生，戴在头顶，像压着一顶帽子沉甸甸的，天冷还过得去，天热就糟糕了，本来我就是"蒸笼头"，忒怕热，这假发一压，那汗就更厉害了，揩汗也得小心翼翼，别将假发弄歪了。平时戴着假发走路还好，要是去挤公共汽车那就面临着一场灾难了，一不小心就将假发挤脱了，露出光光的头顶，倒引起边上乘客的哄堂大笑。被人笑了几回，我就恼了，干脆就不戴假发了，依然露着光光的头顶走路。熟人见了，又是一愣，然后就问，那玩意儿不戴了？不戴了！我理直气壮地回答。不戴好！不戴好！熟人又说。

　　脱下假发，最初妻子有点不悦，后来倒也释然了。头顶的头发脱得差不多了，也不再掉了。一次，望着我头顶稀稀拉拉的头发，妻子就提出要帮我剪头发，说是这几根头发去理发店理又不能打折扣少付钱，就她来处置了。我就坐在凳子上由她摆弄，去理发店排队理发，既费时间又花钱，让妻子剪，既节省了时间又节约了开支，何乐而不为呢！就这样，我已经十多年没有进过理发店了，头发一长就让妻子料理，我也不在乎发型，随她怎么整治。时间一长，妻子也不再在意我的秃顶了，那顶假发早就被她丢了，因为长期不用，那汗气发出一股怪味。我更加不在意脱发的事了，见到《参考消息》上刊载的脱发的人不易患癌症，心中倒有几分得意。人们常常说脱发不白发，现在的我却两鬓已经花白了，又秃又白。恭维我的人会说是风度，是"绝顶聪明"；贬抑我的人大概会在我背后骂"秃驴"，孩子不听话被我逼急了也会崩出一句"光郎头"来。当面恭维我的，我只能哈哈一笑；背后损我的，我听不到也就任他了；孩子骂我，我只有对他吹胡子瞪眼。我依然故我，光着顶上讲台授课，光着顶上大街溜达，坦坦然然，自自在在。

现在戴假发的多了，商店里卖假发的也多了，不光脱发的人戴，那些有一头秀发的人也戴，假发也有各种款式、各种颜色的。我却依然对此不感兴趣，我要一个真正的我，一个真实的我。

随着年岁的增加，妻子似乎已经没有了以往对我头发的要求和不满，我可以光着头顶与她一起参加她朋友的聚会，我可以光着头顶与她一起上街购物，她还紧紧地挽着我的手臂，亲亲热热地一起走在行人摩肩接踵的大街上。

我的头发这辈子大概一定长不出来了，我们的爱情却时时在更新生长。

临别赠言

在人的一生中，你会遇到各种各样的人，碰到各种各样的事，有的人交往少了、时间长了，你就会渐渐淡忘了；有的事似乎并不重要，你也会弃之脑后。但是，也有这样的情况，有些好像已经早已淡忘的人、忘却的事，偶然间却会在你记忆的心海里泛起，甚至你会感悟到这个人、这件事，在你的一生成长过程中曾经起过多么重要的作用呀！已经迈向知天命之年的我，常常会想起三十多年前接触的一个人，常常会记起三十多年前遇到的一件事，现在想来，这些对我的人生是产生过重要影响的。

三十多年前，我在读中学时，星期天常常去外婆那儿，那时外婆在一个单身老太家帮佣。那是位于愚园路上的一栋三层楼的小洋房，主人虽然牙齿已经脱落了不少，但仍然眉清目秀，说一口北方话，独自居住在这栋小洋房里。外婆为这老太太烧饭、洗衣、打扫卫生。我每次去看外婆，总要帮她做一些她做不动的活儿，诸如买米、买煤饼、换炉芯等，当时的我还比较能干，人也机灵。那老太很是喜欢我，当面对我外婆说："这孩子聪明，真能干！"有时，老太还给我几元钱，作为我劳动的报偿。

老太太有许多书，一个房间的书架上都堆满了，有中文的，还有外文的。每次去，做完事以后，我喜欢翻翻书架上的书。

后来与老太太熟了，她也会和我聊上几句，甚至捧出她早年的相片给我看。我见到她年轻时的风韵，我说她漂亮，她笑了。我还见到她与周恩来、宋庆龄等人的合影。老人每年要到北京去开一两次会议。我知道老人是一位有身份的人，问问外婆，她也说不清楚。

我要离开上海去江西插队了，我去向外婆道别，外婆有些依依不舍，但是也无可奈何。我上楼向老太太告别，她听说我要去农村，摇摇头连连说："可惜！可惜！"她让我在她卧室里的沙发上坐下，十分认真地对我说："一个不要文化的民族是没有前途的，一个不读书的人是没有出路的。"她要我去农村以后仍然要努力读书。我望着老太太真诚的面容，点了点头。

后来报上登载了老太太去世的消息，她的名字叫吴弱男，是文化名人章士钊的前妻。以后我从事中国现代文学研究，更进一步了解了老太太，在《新青年》等五四时期的刊物上可以见到吴弱男参与五四新文学运动写的文章，反对封建礼教，提倡妇女解放。

"一个不要文化的民族是没有前途的，一个不读书的人是没有出路的。"我记住了吴弱男老太太的这句话，此后，在农村插队，我仍然尽可能地多读书。后来，我读大学、考研究生，虽然大概并非就是因为老太太的影响，但是当时老太太的话语我是听进去了，并且记下了。后来，我就是当了教授，四十六岁的我还在职攻读博士学位，并且以优异的成绩提前一年毕业，获得了博士学位。"活到老，学到老"。至今，我仍然努力地学习，不断充实自己、提高自己。

　　事情已经过去三十多年了，吴弱男老太太的这段话语仍然在我的耳边响起，这样亲切，这样真诚："一个不要文化的民族是没有前途的，一个不读书的人是没有出路的。"

养蚕宝宝

阿拉小辰光，呒么电脑、呒么电子游戏，也呒么电视，阿拉白相的游戏却老丰富呃！养蚕宝宝是当中最有意思的一种，现在想来还记忆犹新。

冬去春来，天气还凉飕飕呃，白玉兰就急吼吼地冒出花来，柳条开始发芽，阿拉一些小八辣子开始孵化蚕宝宝了。用一只百雀灵的小铝盒，垫上一小片薄薄的棉花，拿有蚕籽的纸头剪成圆盒形状，放进小铝盒，盖上盖头，放进贴身的衬衫口袋里。一天、两天、三天，看勒一粒粒白芝麻一样的蚕籽，慢慢地变灰、变褐，变成黑芝麻一样的颜色。弄堂里的几个小朋友常常从衬衫口袋里掏出小铝盒，比试着啥人的蚕籽颜色深，颜色越深就离孵出幼蚕越近。伊个辰光的阿拉，就像坐勒了草巢里孵小鸡的老母鸡，紧张、兴奋、坚守、期待。终于幼蚕破壳而出，黑黑的一条，像一条小小的眉毛，像一只黑黑的蚂蚁，在蚕籽间扭动，破壳而出的蚁蚕一条又一条，阿拉兴奋地围着小铝盒，看着、笑着、闹着，欢呼着新的生命的诞生。

蚁蚕出生了，用画图开化纸折成纸盒，放进几片嫩嫩的桑叶，拿蚁蚕一条条轻轻移到桑叶上，一歇歇就看到蚁蚕埋头勒了桑叶上吃开了，桑叶上被啃出一条条，像画出一张地图。放蚁蚕的纸盒总是放勒五斗橱上，有辰光半夜里也要爬起来看看，就像母亲照看刚生下来的婴儿。

蚁蚕慢慢地长大，伊拉被从纸盒移到了大一点的饼干盒、月饼盒里，采摘桑叶就成为一个大问题。在城市里，自家呒么能力种桑树，就需要到处去寻。桑树大多长勒了私家花园里，阿拉在城市里到处寻找，看到有几家私家花园里的桑树，乘呒么人的辰光，采摘桑叶，够不到的，就用一根细竹竿，头上用铁丝做成钩，将桑叶钩下。有辰光被花园的主人发现，就有人骂："小赤佬，侬做啥？偷东西是伐？"阿拉就一溜烟滑脚了。

有一天，发觉有几条蚕宝宝抬头挺胸一动不动，阿拉就有点紧张，用小纸盒装了几条僵硬的蚕宝宝，拿把养了几年蚕的大朋友看。大朋友看了，笑笑讲："戆徒，这是蚕宝宝休眠！蚕宝宝要经过四趟休眠，才会吐丝结茧。"我就喜滋滋地将蚕宝宝又捧回了家。不久，就看到休眠的蚕蜕皮，好像从旧衣裳里钻出来，体型大了，穿上了一件新衣裳。

二眠、三眠，换了几件新衣裳后，蚕宝宝的食量越来越大，采摘桑叶的任务也就越来越重，我就扩大了采摘桑叶的范围。阿拉采摘桑叶大多是个人行为，不愿意将寻到的桑树告诉别人，这也是一种生存竞争。蚕宝宝越长越大，白白的蚕身上有着美丽的花纹。采摘来的桑叶将蚕宝宝层层盖牢，一歇歇蚕就从桑叶中咬出来。半夜里，放了勒五斗橱上的蚕盒，传来蚕宝宝啃食桑叶"沙沙沙"的声响，好像是春雨淅沥，好像是春潮拍堤，我听来就像一首动听的催眠曲，我总在这催眠曲中睡熟。

四眠过后，蚕宝宝的身胚长得肥肥的、白白的，像白白胖胖的小囡。几天后，蚕宝宝身上变得透明起来，如鱼肚白，像羊脂玉。大朋友来看了后，告诉说蚕宝宝要结茧了。阿拉弄来一些稻草，剪成一尺长，勒了当中扎牢，成为能立脚的小草垛。一条蚕宝宝在排空了粪便后，就爬上草垛，昂着头吐起丝来，一圈一圈，吐成一个圆，伊自家慢慢地圈在茧里，从透明到朦胧，茧越来越厚，蚕越来越小，直到看不见蚕的身影。小草垛上大大小小地结了十几个蚕茧，桑叶上的蚕宝宝全部看不到了。望着空空落落的蚕盒，望着十几个白白的蚕茧，满足中有几分失落。

我将蚕盒中的碎桑叶和粪便都清除了，蚕盒中只有小草垛上十几个白白的蚕茧，呒么了蚕的蠕动，呒么了蚕吃桑叶的沙沙声，世界好像变得清静了，我好像有点无所事事了，不用再去四处采摘桑叶了，不用再关注蚕宝宝的休眠结茧了。

我隔三差五地看看蚕茧，呒么啥动静。大约两个礼拜左右，听见蚕盒子里有扑棱棱的响声，打开盒子一看，有几只灰褐色蚕蛾已咬破茧钻出。有两只蚕蛾一公一母尾巴已连在了一道，还有的蚕蛾在寻觅对象。等到十几只茧中的蚕蛾都钻出，蚕盒里便上演了一场蚕蛾之舞。我慌忙叫来了大朋友，伊让我寻一张清爽的白纸，垫了勒蚕盒里。交配后的母蛾就勒了白纸上撒起种来，一粒一粒排列得老整齐。第二天一早，我打开蚕盒，发现白纸上布满了蚕种，一只只蚕蛾已经四脚朝天了。

现在想来，阿拉养蚕宝宝的辰光，和弄堂里的小朋友们增加了交往，了解了蚕宝宝从蚁蚕到蚕蛾整个生命的过程，也懂得了喂养蚕宝宝的知识。后来还晓得了蚕分为桑蚕、柞蚕、蓖麻蚕，分别以不同的树叶喂养，桑蚕丝是最优良纺织纤维。

小辰光养蚕宝宝的经历，成为阿拉小辰光最有趣的事体。

放鹞子

——阿拉小辰光回忆之一

上海人放风筝叫放鹞子，阿拉小辰光，交关小朋友有做鹞子放鹞子的经历，迭个成为阿拉小辰光不容易忘记的事体。

人大概总有飞翔的梦，看到蝴蝶、小鸟自由自在地勒了蓝天里飞，总想人为啥勿能长翅膀飞起来，飞的梦就交把了飞机。小辰光，放鹞子就成为阿拉这些小八辣子飞的向往。城市里空地少，最初放鹞子常常勒了弄堂里，小朋友用一截线拎了一只小小鹞子在弄堂里奔，一群小朋友跟了伊屁股后头，又叫又笑，又跳又跑。弄堂里地方小，不是撞翻了停勒了的脚踏车，就是撞到了买菜回来的阿婆，或者撞翻了坐后弄堂门口拣菜的阿姨，就遭到一顿臭骂："小赤佬，充军去呵？""小瘪三，眼乌珠瞎脱了？""呒么爷娘教训的野蛮小鬼！"

弄堂里放鹞子的结束，要么是听到邻居骂声，老娘在楼琅厢伸出头来叫回去；要么是鹞子飞上去挂了电线上拉不下来，一场放鹞子的游戏才算结束。

伊个辰光，小朋友大多自家做鹞子。当时阿拉做的鹞子老简单呃，基本只有三角形、衣形两种，不像现在鹞子有老鹰、蝴蝶、金鱼、蜻蜓、蝙蝠各种形状。做鹞子，要有竹篾子，晾衣竹竿、竹扫把就成为阿拉的材料，拿锯子锯成需要的长短，用刀劈开，劈成三分宽，削去篾黄，留下篾青，用刀刮光。就用线将三根篾子扎成一个"干"字形，两根横的篾子一样长，再用线拿"干"字的周围拉紧，就形成三角形鹞子的骨架。衣形鹞子要多一根篾子，扎成一个"王"字形，最下面的篾子稍短，再用线拿"王"字的周围拉紧，就成为衣形鹞子的架子。然后，就用纸头糊上架子，在篾子架子上头两个接头的地方系上线，这两根线下头的长、上头的短，否则鹞子飞不上去。还需要在鹞子下面贴两根尾巴，是控制鹞子平衡呃。阿拉常常去弄堂口胭脂店买几角一团的线，用一根筷子拿几个线团的线八字形地绕在筷子上，就像纺织厂里的一只纱锭。

有勒了弄堂里放鹞子挂电线的教训，做成鹞子后阿拉常常去寻空地放鹞子，去人民广场放鹞子就成为首选。伊个辰光，袋袋里呒么几张钞票，连公交车也舍不得乘，常常是"11路电车"步行去人民广场。阿拉常常是邀弄堂里的小朋友一道，带了自家做的鹞子，兴冲冲地去人民广场。来到人民广场，一个小朋友两只手举着鹞子，鹞子的主人就拉长线，在举鹞子的小朋友松手后，拼命往前奔，如果有风，鹞子就腾空而起，飞上蓝天。有辰光，看看鹞子好像飞上去了，却一个倒栽冲撞勒了地上，有辰光是鹞子两根线的角度呒么调节好，有辰光是鹞子的尾巴太轻，经过调节修整，鹞子还是能够飞上去呃。

放自家做的鹞子有一点成就感，手里牵着一根线，望着天空越飞越高的鹞子，手里不断牵动这根线，望着鹞子晃晃悠悠地往

213

上蹿，心里头那种得意吰么闲话讲了。有辰光还可以拿一张张练习本的纸头，当中撕一只洞，穿进放鹞子的线上，让风拿迭张纸头吹上去，一直吹到鹞子那头，迭个叫"拍电报"。有得意，也有失意。有辰光不当心，线断了，半空中的鹞子就不知去向了，迭个叫"逃鹞"，侬追出去老远老远，看到自家的鹞子要么挂了树杈上，要么挂了电线上，侬只能"望鹞兴叹"，灰溜溜地回家了。

"文化大革命"期间，人民广场经常成为革命小将宣传"革命"的地方，再到伊面放鹞子不现实了。阿拉屋里住勒了六楼，我就想能弗能勒了楼上放鹞子？就用一根晾衣竹竿，在竹竿头上绑一只铁钩，拿放鹞子的线穿过钩子，用竹竿拿鹞子举到房顶上。上头风大，鹞子果然晃晃悠悠地飞起来了，我收了竹竿，立勒了窗口头不停牵动线，让鹞子飞上蓝天，等鹞子放稳了，我甚至躺了勒靠窗的床上，得意洋洋地勒了床上放鹞子。

有一年冬天，落雪了，纷纷扬扬的雪花从天上飘落，慢慢地树上白了、屋顶白了、地上也白了。我突发奇想，迭个辰光放鹞子一定老有意思呃。我就拿出一只鹞子，举起晾衣竹竿，让迭只鹞子勒了风雪中悠悠地飞上天。落雪天，雪大，风也大，鹞子勒了风雪里像一个勇猛的斗士，伊不怕风雪的扑面，伊不怕寒冷的侵袭，勇敢地在风雪中不断升腾、不断摇摆。我收了竹竿，拿窗合上，仅留一条缝隙给放鹞子的线，躺了勒靠窗的床上，望着风雪中勇敢升腾的鹞子，迭种得意的感觉至今仍然记忆犹新。后来在人生的坎坷与磨难时，我总想起这只风雪中的鹞子，不断挣扎、不断升腾……

打康乐球

——阿拉小辰光回忆之一

阿拉小辰光，打康乐球是老有意思的游戏。街头或弄堂口，常常有摆康乐球的摊头，是一张小八仙桌一样的球盘，用交叉的木架支撑，大概到胸口差不多高。一般的康乐球盘是用五格板做的，最好的是用红木做的，红木做的盘子，红木做的球子，打起来刮拉松脆。康乐球一般有三十二只球子，分一、二、三、四号，每号八只球子，另外有一只大一点的球子，称为"老板"，是用来击打其他球子的。有四根球杆，一头粗一头细，有点像现在的台球杆，但是稍稍细一点短一点。

据讲康乐球出现在桌球之后，六洞长条的桌球是印度殖民统治时期英国军官发明的，近代传入中国成为了四洞正方形的康乐球，康乐球的名称一说是因为英文 Corner Bool 而名，一说是早年老北站附近康乐路上一家木器店老板制作了康乐球而称。

康乐球球盘四角挖有四只小碗大的洞，底下头有四只小盒子，拿盘上的子打入就得分。盘上当中画有一只大圆圈，四周画有四只小圆圈，小圆圈是发球区，发球辰光"老板"放勒了发球区弗能离开。康乐球一般有两种打法，一种是打排子，拿同一号的七个子靠盘边整齐排列，盘角上也各放一只子，游戏者打对面的子，先打完的就赢。另一种是打团子，也叫打分数，拿三十二只子放在盘子当中，拿子打进洞得分，以子上的数字为分数。康乐球可以四个人白相，也可以两个人白相，输脱的人付钞票，记得当时是打排子两分一盘，打团子四分一盘。

放学背书包回家，阿拉常常立勒了康乐球旁边，看人家打康乐球。有辰光，手里有几分洋钿，也会去打一盘。康乐球老板常常是打康乐球的高手，打排子常常是一枪光。常常有弄堂里的模子寻上来，与老板打康乐球赌输赢，讲定一个数字，输的人会钞，赢的人进账。迭个辰光，康乐球盘边上常常围了交关看的，好像看的比打的还要紧张。

弄堂里有的经常打康乐球的模子，常常手头紧，就跟老板赊账，老板有一个小本子，记了张三、李四、王五赊账的数目，常常是用"正"字记数。有守信用的，袋里有钞票就还了，有无赖的，赊的账老是不还，老板就不让伊上台面了。有辰光，老板为了刺激人来打康乐球，还特地制作了兑奖券，是用一张张小纸头，盖上老板的私章，赢家每盘可以奖励一张，集到十张可以抵扣输脱的盘费，甚至还可以用兑奖券到弄堂里的小胭脂店换商品，当然这是康乐球老板与胭脂店老板讲定的，胭脂店老板再拿奖券到康乐球老板那里兑钞票。

打康乐球有交关多的诀窍，有经验的常常会"看枪势"，就是看康乐球子的位置和用枪的方式，以便于一枪打进洞。打康乐球本事大的人，被叫做"有枪势"，"格个人枪势足来"，后来被延伸到夸一个人有噱头有本事有功架等。打排子"老板"进洞要罚，罚的方式是拿一只康乐球子放在对面中间，"有枪势"的可以一枪拿子打进洞，这叫"磕子"，一枪中的的，叫作"磕子当麻球"。打排子一枪光的人不少，就是每一枪都打进子，连续将八个子全打进洞。打排子打到对方的子，罚一子，"老板"进洞，罚一子，"老板"跳出盘，停一枪；一次打进两个子，"双花"，可以连续打两枪，"三花"，可以连续打三枪。打团子更要动脑筋，不能让对方得利。开局时，不能贸然将中间的子打散，有辰光甚至用"老板"轻轻碰碰，等有了合适的机会再拿子打进洞。打康乐球面对位置偏的子需要削薄弹，就是用"老板"打勒了子的三分之一处，对于位置不灵的子甚至需要用"回力弹"，就是将"老板"用力打了勒对面的盘壁上，利用回力将子打进洞，迭个必须要看枪势、有枪势。

打康乐球还有一种难度比较高的打法，叫"老板进洞"，就是勒了打的辰光，"老板"打中康乐球子时，"老板"进洞而康乐球子不进洞，迭个一般用来打团子。

由于经常打康乐球，阿拉的水平提高勿少，枪势慢慢足了，有辰光打排子也能一枪光了。因为迷康乐球，放学回屋里厢晚了，老娘常常骂东骂西，甚至扯耳朵。

"文化大革命"，康乐球被当作"四旧"废除了，阿拉就感到老可惜呃。原来弄堂里摆康乐球的老板，去东北参军了，康乐球不见了。后来弄堂里当年一淘打康乐球的朋友们，大部分上山下乡插队落户去了，只有几个进了工厂当工人。

现在的小朋友大多数是白相电子游戏长大的，几乎呒么人晓得康乐球了。阿拉小辰光打康乐球是老有意思呃，现在想来还想动手打一盘呢！

滚铁圈

——阿拉小辰光回忆之一

　　小朋友小辰光都有滚铁圈的经历，拿一只铁钩子，推勒铁圈一路小跑，听铁圈勒了马路上"辚辚辚辚"滚动的声音，心里是老爽快的。

　　铁圈一般都是脚盆的铁箍，接头都用铆钉接得平平的，用粗铁丝做的铁圈，因为有接头，滚勿起来。脚盆的铁箍呒么接头，也老圆的，滚起来老顺当的。寻到一只铁圈，还需要一根铁钩，铁钩大多是用粗铁丝做，前头弯成一个九十度角的槽，可以以迭个控制铁圈。考究的铁钩，还加上一个木头把手，拿粗铁丝包勒了当中，手握起来更加顺手。

　　放学回家，书包一撂，阿拉就拿起铁圈，去弄堂里滚起来。不少跟我差不多大小的小朋友，不约而同地到弄堂里滚铁圈，三四个人排成一排，"一、两、三"，一道起步，勒了弄堂里，滚过来，滚过去，看啥人的铁圈不倒，看啥人的铁圈滚得快滚得远，成为弄堂里的一道风景线。弄堂里的大朋友甚至拿一只脚踏车的钢圈，就用一根木棍，拿木棍推了钢圈的槽，让脚踏车钢圈滚起来，伊滚铁圈的速度明显比阿拉快。

　　弄堂里到底地方小，总有一点磕磕碰碰，有辰光阿拉就到马路上滚铁圈，勒了柏油马路上滚铁圈老惬意的，靠勒了马路边上，一路推一路看风景，甚至几个小朋友一淘走正步，就像勒了接受检阅的仪仗队一样。当然，现在想来，勒了马路上滚铁圈老危险呃，也违反了交通规则。

最初滚铁圈，总是控制不了，铁圈滚几圈就倒了，就像最初学骑脚踏车，虽然后头有人扶牢，还是不往右边倒，就是往左面倒。学了一段辰光后，慢慢晓得了诀窍，铁钩一般应该推在铁圈的下头，手腕必须放松，随着铁圈的滚动推行，推的辰光应该随着路面的高低用力，不能用猛力，而应该保持重心平衡。

最有意思的是勒了弹硌路上滚铁圈，伊厄辰光斜土路就是弹硌路，一块一块鹅卵石铺就凹凸不平的路面，在这样的路上骑自行车常常要吃"弹簧屁股"的，滚起铁圈是需要高超的技巧的。在弹硌路滚铁圈，开头滚了一歇歇铁圈就倒了，后来慢慢摸索出了经验，手腕需要彻底放松，铁钩随着跳动的铁圈而上下驾驭，熟能生巧驾轻就熟，一起在弹硌路滚铁圈的小朋友们嘻嘻哈哈的，看哪个的铁圈跳得高不跌倒。现在的大上海几乎再找不到一条弹硌路了，听说嘉定娄塘老街还有一条上海最后的弹硌路。2008年4月，上海的桃江路复制了一条二百米长的弹硌路。

现在想来，小辰光的滚铁圈也是一种手脚的锻炼、心智的历练，滚铁圈时是手脚并用，轻与重、快与慢、刚与柔的把握，都需要心智的掌控，尤其在滚铁圈过程中，加深了与小朋友的交往与友谊，也强壮了自己的体魄，这些没有亲身体验，大概是难以体会难以了解的。现在人入老境，常常会在梦境中出现少年时滚铁圈的情景，与几个相知的小朋友，前前后后在弹硌路滚着铁圈，你追我赶嘻嘻哈哈，听着铁圈"辚辚辚辚"滚动的声音，看着铁圈在弹硌路上跳动，梦里也笑出了声。

掴菱角

小辰光白相的游戏，交关游戏只有男小人白相的，比如掴菱角，迭厄菱角勿是吃的菱角，而是白相的菱角，小姑娘白相跳橡皮筋、造房子、踢毽子等。

菱角一般是用硬木做的，比较好的菱角是用车床车出来的。菱角形状一般有两种：一种是盆式菱角，矮胖得像一只盆子；一种是橄榄式菱角，瘦长得像一枚橄榄。盆式菱角转得稳，橄榄式菱角劈得准。阿拉的菱角大多数是自家做的，寻一块硬木，先整成立体长方形，当中划一条腰线，再用圆珠笔画出菱角的形状，用削刀拿两头慢慢削尖，如果是硬木，削起来老难的。削成橄榄式的菱角，用砂纸细细打磨。橄榄式菱角上身长、下身短，菱角的奶勃头削起来老难的，阿拉常常寻一块牛皮旧皮带，剪成指甲盖大小的圆，用钉子钉勒了菱角头上。菱角下面留出装钉脚的地方，买一只锥形钢钉脚，先用粗铁钉烧红了，勒了木菱角底部当中烫一寸深的小洞，再拿锥形钉脚慢慢硬敲进去，就做成一只老挺刮的菱角了。

掴菱角需要一根长绳子，迭根绳子要有摩擦力，拿绳子一圈圈紧绕勒了菱角上身，绳子的尾巴做成一个小圈，套了勒小指头

222

上，拿绕紧绳子的菱角用力往地上一甩，菱角就落地旋转起来。白相菱角大多选择一块泥地，水泥地会砸坏菱角钉脚。

阿拉常常邀弄堂里的小朋友捆菱角，大家带了自家的菱角，先拿一根捆菱角的绳子，让一人踏牢绳子的一头，另一头固定一只菱角，用菱角钉脚划一个两米直径的圆圈。将白相菱角的小朋友分成两组，一般是先选定双方两个头领，再由两个头领石头剪刀布，赢家先挑选人，挑完为止。

有一个头领喊"一、两、三"，大家一道拿手里的菱角捆出，让菱角勒了泥地上转，啥人的菱角先死脱（停转），就拿迭只菱角放了勒圆圈当中，叫做"关牢监"，让大家用菱角劈。同一方的常常用旋转的菱角劈伊边上，想拿迭只菱角救出圆圈，还可以用手掌抄起正了勒旋转的菱角，拿转动的菱角去钉圆圈当中的菱角，假使让迭只菱角出了圆圈，就得救了，新的一圈游戏重新开始。如果捆的菱角勒了圆圈当中死脱，或者捆的菱角呒么碰到圆圈当中的菱角，格么迭只菱角也就被"关牢监"了。游戏另一方也拿手里菱角用劲捆，伊拉常常用力砸向当中的菱角，菱角底下的钉脚像恶狗勒了菱角身上撕咬，在菱角身上砸下深深浅浅的坑，或劈去了菱角的半边奶勃头，厉害的甚至将菱角一劈两半，菱角的主人就"哇"的一声大哭起来，对方的小朋友就常常笑开了。小辰光白相菱角，也有大朋友参与，伊拉常常当头领，捆起菱角来稳、准、狠，总是让阿拉格点小八辣子佩服。

看了太阳慢慢落下去了，街头的路灯亮了，白相菱角的游戏才结束。大家捧了自家的菱角，相互看看哪只菱角身上的伤痕多，菱角被劈成两半的小朋友只有揩干眼泪水，明早想办法再去买一只，或者再动手做一只。

掴菱角的游戏可以讲是男子汉的游戏，头领就是指挥作战的大将军，骁勇善战的士兵是头领的首选，伊勒了战场上百战百胜，伊掴菱角辰光的威风凛凛，老像骑马挥刀驰骋疆场的勇士。

掴菱角的游戏培养了小朋友们的毅力和斗志，也养成了小朋友们的团队意识合作精神，现在想来阿拉的精神还会为之一振。

辑四

青春岁月

在火车上

火车离开了上海，载着许许多多像我一样尚未识世的年轻人奔赴异乡。我坐在靠窗的位置上，观望着车窗外流动的景色，带着对未来不可捉摸的迷惘，往北而去。

坐在我对面"朝阿爸笑一笑"的眼镜显然是一个好动的人，不一会儿他就与车厢里的许多男男女女混熟了，还在车厢中间讲起了故事来，围着他的有不少人，其中有一些女知青。他因此而更加起劲唾沫飞溅地讲着："从前，有一个穷秀才，因为没有靠山没有钱，他没弄到一官半职，生活穷困潦倒。他会一点医道，无奈之中，他就以为别人诊病为生，但仍然吃了上顿没下顿的。"

他喝了口水，又接着讲："为了生存，他的一些家具都当了、卖了，后来连衣服也当了、卖了，只留下一件出客穿的长衫，甚至已经连换洗的内衣裤也没有。一天，有人请他出诊，正好他穿的内裤洗了未干，他只好裸着身子套上长衫去给人看病。"

他故作姿态地停了下来，顺手就拿起桌上别人的食物吃了起来。"快讲！快讲！"听故事的知青们催促着。

他伸长脖子把口里的食物咽了下去，又开始讲了下去。"来到病人家中，主人请他就坐。那秀才小心翼翼地坐下了，他自己记得未穿内裤，就小心地将长衫的下摆围住了四周。主人家的凳子是雕花的，凳面上雕了个铜板的图案，中间的钱眼正好透气，他裆里的那个东西正好就吊在那个钱眼里。"

说到此处，有些脸皮薄的女知青就红着脸走开了，有些脸皮厚的女知青就用手指点着他的额头说："你这个坏东西！"那些男知青就催他快说。

四眼诡谲地一笑，继续往下讲："那病人是这家的小姐，她躺在帐子里面，伸出一只手让他把脉。这秀才正细心地把脉，把着小姐的纤纤玉手，秀才不禁有些心旌摇荡，房里悄悄地进来了一只猫，这猫不知怎的不怕生，进来后就卧在秀才的凳子边。秀才微合着眼帘在捕捉着小姐的脉象，在体味着小姐玉手皮肤的细腻，突然他觉得裆里发麻，似乎有什么硬东西在抓他裆里的玩艺儿，他扭动了几下身躯，又不敢贸贸然地站起身来，因为他没有穿内裤。他低下头来一看，刚刚卧在他脚边的那只猫不见了。原来，那猫是躲进了他坐的凳子底下的长衫里。那猫躲进去后，抬起头来，发现一个毛茸茸奇怪的东西，它好像从来没有见过，不像老鼠，也不像蟾蜍，什么东西？它试着伸出爪子轻轻地抓了一下，没有反应，它又伸出爪子狠狠地抓去。那秀才突然从凳子上跳将起来，两手捂着裆，在屋子里双脚直跳，一边还'阿约阿约'地大喊大叫。"

这时听故事的知青们都开怀大笑，连那些女知青也忍俊不禁。车厢头里却有个人对这四眼的风光露出不屑一顾的神情。

"后来呢？"有人问："后来那家主人有些莫名其妙，以为他女儿的病不妙，那也不会使这郎中这样跳脚呀。主人怯怯地问

227

还在嘘嘘喘气的秀才：'小女的病如何了？'那秀才半天才喘过气来，说：'不碍事，不碍事，吃几剂药就会好的。'秀才正想坐下身来开处方，一看到仍在房中奇怪地看着他的那只猫，他忽然不敢坐了，站着匆匆开了方，急急忙忙地走了。"

故事讲完了，四眼又回到我对面的座位上，拿起他的杯子去车厢头里打开水。过了一会儿，忽然车厢头里传来吵架的声音。过去一看，是四眼与一壮实的矮个男知青在吵，他的衣服上都湿了，显然是被手上打翻的茶水泼的。原来他正打好开水往回走，有人伸出腿绊了他一下，开水泼了他一身。四眼正在与那壮实的知青吵着，那知青口里骂骂咧咧，顺手拿起桌上的一只军用水壶就朝四眼头上砸来，四眼躲避不及被砸个正着，他正要冲上去还手，被周围的知青拉住了。他满嘴骂着粗话，倒也不敢动手，他那种瘦弱的样子，再打起来也不是那壮实知青的对手。在那个革文化命的时代，斯文扫地弱肉强食，人都变得十分粗俗粗鲁了，谁打架凶狠谁就撑世面，谁出口粗俗就可以横行，谁文明谁礼貌谁就吃亏。

在列车上的这一幕给我上了人生的第一堂课，它在我的心上增加了一种压抑感，望着窗外急速飞驰而过的景色，我对自己的未来更加感到迷离恍惚了。

胡壳里炒肉

　　火车到了省城，知青们就被按所去的县送上了一辆辆大卡车，卡车都装得满满的。由于我们是由街道去的，在上海时我又不常出门，因此车上的知青几乎都不认识。

　　卡车离开省城在宽阔的公路上开，路上不时有到插队地方的知青下车，车上的人渐渐地越来越少。卡车拐上了一条机耕道，路开始凹凸不平，车就走得颠颠簸簸，坐在卡车车厢里的我们被颠得五脏六腑都要碎了，有人就攀在车厢旁边伸出头去呕吐了起来。路上还停了一次，七八个知青又下了车，车依然往山里开。车上仅剩下了十三个人，一问都是到同一个大队的。车一个劲儿地往山里开，有位女知青忍不住地问，这车开到哪儿为止呀？我们几个都摇了摇头。她按捺不住用拳头连连叩击车头，司机依然似乎没有听到一样一直往前开着。

　　暮色降临了，四周环绕的连绵群山渐渐隐入暮色中，原先满眼粉红色的红花草田变成了黑黝黝的一片。正是春耕时节，机耕道边的田地里，犁田的农人纷纷收工了，手里牵着牛，肩上扛着犁，光着一双泥脚走在田埂上，见到我们的车他们都抬眼注视着我们，露出十分新奇的眼色。我们也无心去观赏乡村的景色，只是默默地站在车厢里，忍受着车的颠簸。

229

车终于开到了一片比较开阔的地方停了下来，到了大队部了。就见从一栋矮矮的砖石房子里走出几个人来，司机就吆喝着大家下车。我们纷纷跳下车，拍打着满身的尘土。那些从大队部走出来的人就走上前来，与我们一一握手，嘴里用地方话带着普通话说着"欢迎，欢迎"。有人在边上介绍大队书记、大队长，我们晕晕乎乎地握手，晕晕乎乎地点头。

大队书记是个麻脸的矮个子，他敞开了大嗓门让大家先洗洗，马上就开饭，并郑重其事地说，今天为了欢迎我们下放知识青年，他们特意准备了几个菜，其中有"胡壳里炒肉"。

我们几个确实饿了，稍稍洗洗脸、洗洗手，就入了座。这里的米饭是用饭桶蒸出来的，吃上去松松软软的（后来才知道这里老表们烧饭是将米烧滚后的米汤都给猪吃，然后捞起米上饭桶里蒸，这样米饭就松软，也显得多，其实是将有营养的米汤给了猪吃，人却吃米渣）。我们几个似乎也顾不得说话，埋着头吃饭，桌上只有三四个菜，一个蔬菜，一个炖蛋，一个辣椒肉片，还有一个咸菜。辣椒辣得大家直抽凉气，眼泪也给辣了出来，那碗里不多的几片肉片一会儿就给挑走了，只剩下满碗的辣椒没人动。

饭已经吃得差不多了，菜除了那辣椒没人动以外，也个个盘子底朝天了，我们几个还在吃着，却都不约而同地斜眼向厨房门口望去。一个戴眼镜的知青忍不住了，他用脚轻轻地踢了下我的腿，问："书记说的好菜怎么还没上来？"我问他是什么好菜。他说："不是那个什么胡壳里炒肉吗？"我点点头回答说，好像听书记介绍过。我们就尽量放慢了吃饭的速度，准备等着那个好菜上桌。

许久那个"胡壳里炒肉"的好菜也没有上来，碗里的饭已经没有几粒了，厨房那边没有一点儿动静。我禁不住问那个麻脸的书记："书记，您刚才说的那个胡壳里炒肉还有没有？"

书记有点儿弄不明白似的，又问了我一句："你说什么菜？"

"胡壳里炒肉！你刚才说的！"我理直气壮地回答他。

书记哈哈大笑。我们都不明白他笑什么，眼瞪瞪地望着他，显得有点儿尴尬。

书记用手指着我们面前几乎没动的那一大碗辣椒说："哎，这就是胡壳里呀！这是我们这里的叫法，你们那儿大概是叫辣椒吧！"

我们几个在等着好菜上桌的知青都笑了，只有匆匆将碗里还剩的一点饭扒完，放下了碗筷。那碗胡壳里炒肉片除了肉片已被拣光了外，满满的一碗胡壳里还红彤彤地摆在桌上。

我们这些知青被安排在两个生产队，生产队的人们都来接我们了。他们举着刚刚点燃的篾缆绳火把，将我们分别接到我们住的屋舍去。我们几个被安排在况家祠堂住，老表们纷纷擎着火把扛着我们的行李，向况家祠堂走去，红红的火把在夜的山村里明晃晃的。我们小心翼翼地跟随着火把，往况家祠堂走去。心里还在为刚才关于"胡壳里炒肉"的事好笑。

大花脸的故事

到山村插队在田里干的第一件农活是与妇女一起摘红花籽。

山区的水田里每年开春前都要种上红花草，在插秧前就将红花草犁进田里，起到肥田的作用，初春时节可以看到田野里开满了红花草粉红色的小花，整个世界似乎都是粉红色的了。农人们都要留下长势好的红花草结籽做种，采摘红花草籽的工作往往都是妇女干的。

刚下到农村，队长就分配我们摘红花草籽。田里的红花草的秆都变得黄褐色了，结了黑黑的籽。我们每人端着一个簸箕，将籽摘下放进簸箕里，然后再倒进箩筐内。

山里的妇女门大多没出过远门，有的甚至连县城也没到过，知道我们是从大城市上海来的，她们觉得十分新奇，嘻嘻哈哈地提出许多怪怪的问题，诸如：上海城市都是马路，那么水稻种在哪里呢？上海的汽车都走右边，那么左边让谁走呢？上海不养猪，你吃不吃猪肉？我们这些知青忍住笑，一一作了回答。

知青四眼是个喜欢热闹的人，他故意与这些嫂子们插科打诨似的调笑，引起她们更加放肆起来，就纷纷询问："眼镜子，你找了老婆没有？"四眼摇了摇头。"这么大年纪还不找老婆？我们帮你在这里找一个吧。"妇女们七嘴八舌地说。一位上了年纪的老太，唱起了江西老区的民歌："一送里格红军，介子格下了山，秋风里格细雨，介子格缠绵绵……"唱得十分婉转动听。妇女们介绍唱歌的老太是天池老汉的老婆，大家都叫她天池婆婆。

正在大家说说唱唱热闹的时候，四眼突然捂着肚子跳上了田埂，我想他大概要解小手吧。我们摘红花草籽是在梯田里，梯田层层迭迭的，一直到山顶。这四眼出了红花草田竟然不知往哪儿解手，他沿着梯田的田埂一个劲儿地往上跑，脸上露出一种急不可耐的表情。他一边往上跑，一边四顾，大概没有找到合适的地方，他终于忍不住了，就解开了裤带，背对着摘红花草籽的人们，就地蹲在了田埂上，亮出一个白亮亮的屁股，拉起大便来了。他蹲的位置在我们摘红花草籽的上方，对着大家的正是他那个屁股，连那些刚才厚着脸皮与四眼调笑的妇女们，也捂着鼻子躲开了。

四眼在"文化革命"中，参加武斗，被对方抓去，挨了一顿鞭子，屁股上留下了斑斑驳驳一条条的痕迹。一个嘴辣的妇女拉开嗓门叫了一句："快来哟，大家来看大花脸呀！"弄得田里的人都笑了。我们几个知青倒觉得有些尴尬，但是也无可奈何。

割资本主义尾巴

那年冬天，我被公社抽调去搞社会主义教育运动，主要的任务是要宣传党的基本路线，割所谓的资本主义的尾巴。

在公社集训后，我被单独派到公社所在地大队的一个生产队。我是带着自己铺盖卷去的，到那儿是吃派饭，交四两粮票和一毛二分钱。与生产队长认识了后，就被带到腾出来的一间空房间。房东姓熊，老两口，儿子是公社干部，另一个儿子在公社农机厂工作，一个女儿在生产队种田。

在生产队晚上召开的社员大会上，队长介绍我与大家结识了。我就给大家伙谈谈公社所布置的社教运动的情况，宣传有关小生产者是产生资本主义的土壤等理论，这些当时由张春桥弄出来的理论，我们都有些似懂非懂的，就更别说农民了。会场里那些老实巴交的农民们抽着旱烟瞪着眼，有的在打瞌睡，一老汉睡着了涎水从口角流出来，拖了一尺多长。队长不停地对我点头，我也不知道他是否听懂。

在那个年代，缺衣少食，但农民们却常常在家里储藏着一些干鱼、熏肉、咸肉等，他们自己轻易不拿出来吃，是用来款待客人的。到农民家里吃派饭，我常常一到他们家里，先帮着挑水、烧火，要么抱抱他们家的孩子。农民们见我善眉善眼的，没有城里人的派头，就对我十分亲热。后来，与他们熟了，我就撸起衣袖自己切菜、炒菜。农民们常常互相之间也要攀比，问一问张三家给工作组同志吃什么，李四家拿什么款待工作组同志，意思是他家也不要比别人家差。乡村里人们的淳朴真诚可见一斑了。

当时，工作队割资本主义尾巴的一个主要内容是丈量农民的自留地，规定每人多少分地，并且将田埂地头上开垦出来种葫芦、南瓜的旮旮旯旯的地块也都算上，自留地超出面积就要扣口粮。这一招还未实行，就弄得人心惶惶，在那时农民们唯一可以填肚子的就是口粮了。

记得那次丈量自留地，我与生产队长、会计等人一起动手。一早，我们就带上量具，去各家的自留地里丈量。自留地的主人们都十分紧张，额头的青筋都绷得紧紧的。因为这关系到他们的口粮，本来队里给的口粮就不够吃，如果扣去了口粮，那不是要饿肚子嘛！

到了生产队几星期了，我了解到农民们艰难的生活，对他们的生存现状深为同情，但又感到自己无能为力。在丈量自留地前，我与队长悄悄说，我们别太认真，做做样子就行了，别弄得扣口粮。这大概正中队长下怀，他笑了，拍了拍我的肩膀，说，就这么办。

丈地开始了，那些田埂、地头的碎地块我们一概不管，丈量整块的自留地时，我们也尽量放松了皮尺，量得很宽松。自留地的主人们都将紧锁的眉头松开了，个个眉开眼笑。丈量的结果，生产队社员的自留地没有超出的，因此也就没有一家被扣口粮的了，大家皆大欢喜。农民们见到了我更加客气了，后来我离开了工作组，有时到公社办事，回生产队去看看，农民们都争先恐后地拖我吃饭。

革命伴侣

　　山村办婚礼是大事，也是最具有民俗气息的，我到农村不久就遇到了篾匠家的儿子办婚事。

　　篾匠的儿子是个傻子，矮墩墩的个子，头发总是乱蓬蓬的，两根鼻涕长年累月地拖出拖进，说话"嗡嗡嗡"地总说不清楚，不会干田地上的农活，只会放牛和砍柴，清晨和傍晚常常能见到他在河滩上、田埂旁放牛的身影。他家屋檐下的柴总是堆得高高的，烧不完，就经常有人来借。

　　篾匠走村串巷为人编篾席、编箩筐、编篮子，由于见识广且能挣钱，在地方上颇受人们的尊重。因此，有姑娘的人家也愿意与篾匠家联姻。听说新娘是山背后一户人家的长女。我十分新奇地夹在观望的人们中间，看看到底娶的是什么模样的新娘。迎亲须翻过一座高高的大山，山路从我们住的况家祠堂门口经过。

　　山村里办婚丧喜事都有一些规矩，像迎亲与送葬都有规定的路径，决不能走错。站在况家祠堂门口，远远地见到了迎亲的队伍翻山越岭而来，在蜿蜒的山路上红红绿绿的一线。

　　山里人嫁女是要哭嫁的，出门之前母亲牵着女儿的手，高一声低一声地边哭边诉边唱，无非是将女儿养大不易、女儿嫁去婆家须遵从孝道，等等，一一道来委婉曲折，各家哭嫁虽用语不尽相同，但曲调大致相似。

迎亲的队伍渐渐走近，大概因为还在"破四旧"的年代，故未吹唢呐和喇叭，也没奏任何音乐，走在前面的抬着箱笼、脚盆等嫁妆，走在后面的就是用红布蒙着头的新娘了，旁边搀扶着她的是两个伴娘，山里原来的风俗迎亲时新娘双脚不能落地，须新郎的兄弟背去男家。看不见新娘的容貌，只能打量新娘的身段和衣着了。新娘的身材略胖，只见她身穿一件大红的灯芯绒对襟衫，下着一条腥绿的灯芯绒长裤，脚蹬一双大红的新布鞋，不禁令我哑然失笑，这种打扮就是当时山村姑娘最时髦的了！

未见到新娘的容颜，我到底有些不甘心，就随迎亲队伍一路来到篾匠家中。篾匠的家在一小山丘上，爆竹声响起来了，门楣上贴了一副大红的对联：上联：夫妻恩爱情谊深；下联：双燕齐飞试比高。横批：革命伴侣。这大概是请村里的小学老师写的，虽然对得并不工整，但却洋溢着吉祥之气。

新郎突然乐呵呵地跳出门来，显然篾匠精心为儿子打扮了一下，新的士林蓝布衣衫倒使平时邋邋遢遢的傻子焕然一新，只是那两根鼻涕仍然出出进进，衣袖口上已经揩着亮晶晶的鼻涕痕迹。新郎见到迎亲队伍就手舞足蹈欢蹦乱跳起来，他嘻嘻地傻笑着伸手揪去了新娘头上的红盖头，新娘的容颜就露在了大庭广众面前了。新娘龇牙咧嘴一笑，我不禁被吓了一跳，望着新娘木愣愣的眼神和嘴角上流出的涎水，我知道新娘也是个傻子：真是天生的一对！

篾匠热情地将人们邀进堂屋里坐，还捧出点心盒，请大家吃点心。点心盒里有糖、花生、枣子等，我拿起一颗花生送进嘴里一咬脱口而出："生的!"篾匠笑容可掬地说："是生的! 是生的!"原来山里的人们婚礼上图口彩，将生的花生、枣子招待客人，意在企望新郎、新娘早生贵子。望着面前拖着鼻涕的新郎、流着涎水的新娘，我却感受不到任何喜庆的气氛，独自离开了还在闹腾着的婚礼。回首望着"夫妻恩爱情谊深"、"双燕齐飞试比高"的对联，我不禁黯然失笑。

婚后，新郎依然每天砍柴、放牛，新娘则无所事事，涮涮洗洗都不会，家里又多了张吃饭的嘴，篾匠更加努力地剖呀编的。没过多久，看到新娘的肚子隆了起来，新娘怀孕了，这傻子要做父亲了! 没过多久，村里的人们传出来说，新娘肚子里的种子是篾匠亲自种下的。娶媳妇为了传宗接代，篾匠起先千方百计教他的傻儿子在傻媳妇身上播种，但是左教右教总教不会，那傻媳妇又总是不配合，几次三番弄得老篾匠性起，干脆自己干了起来。没过多久，篾匠的媳妇生了，一个男孩，乐得篾匠合不拢嘴，逢人便说："我做爷爷了! 我做爷爷了!"当了父亲的傻儿子倒也无所谓的样子，依旧放他的牛，砍他的柴。没过多久，村里的人们传出，傻子的儿子也是傻子。又没过多久，那生下的孩子不知怎的被那一对傻父母弄死了，那死孩子的灵柩从另一条路被抬去山上葬了。

惩治小偷

那年冬天，我被派到工地上修公路，住在用竹子搭起来的工棚里，白天在工地上开山放炮、挖土方修公路，晚上回工棚休息。有一阵子，工棚里常丢东西，晒在棚外绳索上的衣服常常不知被谁偷走了，放在棚里衣服口袋里的钱也会不翼而飞，甚至民工们带来的菜也会被人偷吃了。大家都十分恼火，但是又不知是谁所为。我们住的工棚在偏僻的山里，除了工地上的民工们，不会有别人来。情况反映到团部，领导也没有办法，只好每个棚里留人值班。但奇怪的是，失窃的事仍然不断。

我们几个便一个一个地排摸，谁可能有作案的机会、作案的时间和条件，排来排去居然排到了一位知青的头上。他是公路指挥部搞宣传的，办了一张工地上的小报，有时出外采访，有时就躲在工棚里写稿编稿。当时，条件十分艰苦，弄一张桌子在工棚里一放，就是办公的地方了。

排定了怀疑的对象，我们就悄悄着手调查与盯梢。我们知青都反对这种怀疑，但又说不出排除这种怀疑的有力证据。为了澄清这种说法，我们几个知青就在他外出的时候，一起偷偷地翻了他的东西，竟然在他的枕头里翻出了丢失的一些衣物，甚至里面还有一些女人的内裤、内衣之类的东西，我们几个惊得目瞪

240

口呆，一时不知怎么好。我们几个依原样将他的东西放好，悄悄地商量对这个知青的败类的惩罚，还要使他不再做这样的下贱之事。

在那时，民工们常常要聚在一起政治学习，学习毛主席的"老三篇"。那天晚饭后，连长又通知大家学习了。那时工地上没有会议室，大家就挤在工棚里，坐在用竹片搭成的一长溜铺上，在一盏十五瓦的电灯下，学习伟大领袖毛主席的指示。依然是那套程序：先敬祝伟大领袖毛主席万寿无疆、万寿无疆，祝林副统帅身体健康、永远健康。然后开始由我读毛主席的著作。那天，刚举行完这一套仪式，趁大家不备，我便将一只套鞋套在那十五瓦的灯泡上，刹那间，工棚里漆黑一团，那偷儿的头上突然没头没脑"噼噼啪啪"地挨了许多打，在黑漆漆的工棚里，他发出一阵阵痛苦的嚎叫，又没有哪里可躲。等到我将那只套鞋取下后，工棚里又恢复了光明，大家都已经正襟危坐着，听我念毛主席的《纪念白求恩》。那偷儿还捂着头，"哎哟哎哟"地呻吟着，其他人不知道发生了什么事，大眼瞪小眼地露出诧异的神色，等偷儿抬起头来，只见他的额头上肿起了好几个大包，虽没有流血，但也够他受的了。我却故意大声地念着："白求恩同志毫不利己专门利人的精神，表现在他对工作的极端的负责任，对同志对人民极端的热忱……"

第二天，这丢了我们知识青年脸的偷儿，独自一人悄悄地离开了工地，回到他插队的地方去了。许多人也不知道他为什么离开的，有人问我们，我们七嘴八舌地说，是他的爹死了，是他的未婚妻来了，是他的老婆要生儿子了，说罢就纷纷哈哈大笑，弄得那些问的人都莫名其妙。

后来，我们工棚里的民工们再也没有丢过东西了。

火笼的故事

　　山村里寒气重，山里的人喜欢烤火。一入秋，山民们就常常手里提着一个火笼，火笼是由竹子编成，如一个小小的竹篮子，有一把手可以提着，中间是一个瓦罐，将炉灶里烧饭剩下的炭火铲入，上面再盖上层炉灰，以防火太大，就可以提着火笼暖烘烘地四处转悠。山里人待客十分客气，入秋后，你去山民家串门，一进屋，他们除了给你倒上一杯茶外，就是递给你一个火笼。

　　入冬以后，山里人家中还会燃起一个大火盆，铁盆里放进熊熊燃烧的木炭，整个房间都会暖洋洋的。山民们就常常将鼎锅置于火盆上煮饭、烧水。有了火盆，仍然还需要火笼，因为火笼方便，提来携去随人而动。

　　当时山里的人家尚未开展计划生育工作，许多人家的孩子都是五六个，一般都是大的带小的。农忙时节，大孩子要上学，有的母亲就用长长的红背带将孩子背在身上，风吹日晒孩子就与母亲在田里山上同甘共苦。有的农活带孩子不方便，有时天气恶劣孩子受不了，有的人家就将婴孩单独锁在屋里。山民们家中大多有婴孩的站桶，那是用木头做成的，下面大上头小，像一个圆锥体，大小为正好站一个孩子。站桶中间有一个隔层，孩子就站在这隔层上，两手正好放在站桶外。隔层上有漏缝，孩子的尿水可以漏下去。冬天天冷时，漏板下置一火笼，那热气就可以传上来，使站桶里的孩子不受冻。但也有悲哀之事发生，一家的孩子被单独留在家里的站桶中，裆里的尿片落下，延伸到火笼里，引着了火，站桶里的孩子被活活烧死了。

我们插队山村，也就学会了烤火，人手一只火笼，热烘烘的。

房东老太年岁大了，怕冷，除了夏天，她几乎一年三季都提着个火笼，冬天更是火笼不离身。那老太穿着一件大棉袍，她常常将那火笼揣入宽大的棉袍中，让那热气烘烤着腹部。

那天，我正在厅堂里看书，突然闻到一种焦糊味，看看四周并没有烧什么东西，只有那房东老太坐在太阳下的椅子里打瞌睡。那焦糊味越来越浓，突然我发现从打瞌睡的老太身上冒出一缕淡淡的烟来，原来是老太揣在怀里的火笼燃着了她的棉袍。我赶紧走上前去，将老太推醒，从她的怀里抢出火笼来，翻开棉袍烟就滚了出来，她的棉袍里面已经被烧着了一大块，她赶紧脱下棉袍，我们七手八脚地扑打着火，火熄灭了，那中间的棉花还有着星星点点的火，老太只好将中间的棉花扯去了一些，那火才真正熄了。

房东老太感激地握住我的手对我说："谢谢你，要不是你，这火可能就要烧我的肚子了。"

我则对她笑了笑。

每到冬天，我就会想起山村的火笼，那暖烘烘的感觉令人留恋。

露天电影

山村的生活十分单调，那时根本没有电视，收音机也很少，有的只是大队的有线广播，传达公社、大队里下达的任务，但是一到晚上，有线广播也就关闭了。

山村的老表们晚饭后一般也不打扑克、不下棋，除了偶尔串串门以外，就是上床睡觉了，这就使家家户户人口的生产旺盛了起来。

山村里很少放电影，除了夏收以后大队里偶尔会请公社的电影放映队来放一场电影，那时许多影片都被打成了毒草，来放的电影也就是那些"老三篇"了——《地道战》《地雷战》《上甘岭》。刚到山村，常常会有些寂寞感，因此有的知青就去其他大队的知青处串门，以消除寂寞。

一天，从公社开会回队的大队支书传来消息，那天晚上，公社放电影——革命样板戏《智取威虎山》，我们几个知青闻知就准备前去观看，村里的几个年轻的姑娘、小伙也想一同前往。我们几个知青就早早地吃了晚饭，一伙人就往公社赶去。

从我们生产队到公社共计十八里路，来回三十六里路，路上还要翻过一座岭，为了看一场已经熟悉了的电影，竟然走这么多路，现在想来几乎难以为人理解，在当时我们一伙年轻人是如此兴奋地向公社走去。

一路上我们几个你追我赶、拍拍打打，有时扯开了嗓门吼一气，山歌、民歌互相比试着唱，那几个平实腼腆的村姑也按捺不住，加入了我们歌唱的行列中。

人多话多，话多歌多，不知不觉十八里路就走完了，到了公社的露天会场，会场里已坐满了人，黑黢黢地一片，有坐凳子的，有坐石头的，还有爬在墙头上的。四处不时传来吆喝声，寻儿找女的，叫唤老婆孩子的，有的是寻找别人预先给他放好的位子，有的是嫌前面人坐的凳子太高了，会挡住后面人的视线，为此而与前面的人争执的，闹哄哄的一片。

电影还未开场，那片白白的大银幕在晚风中抖动着，我们几个说好了电影散场后在那根电线杆下集合一起回去，就赶紧找到了几把禾秆，垫在屁股底下作座位。正中的位子已经没有了，我们只好在场地的边上坐下。等坐下身来，我才觉得身上有些凉飕飕的，路上的紧追紧赶身上出了点汗，里面的内衣贴在了身上，深秋的夜风一吹，我不禁打了个寒噤。

电影开场了，我们坐在边上与银幕成三十度角，银幕上人的脸望去都是长长的、瘦瘦的。杨子荣的威风凛凛与座山雕的奸滑阴险，在他们都是瘦瘦的脸形上几乎无法分辨，我们却都看得津津有味。那些京剧的唱腔都是听熟了的，有的我们都会唱，我们几个也就跟着银幕上的人物有滋有味地哼了起来。我们为杨子荣深入虎穴而提心吊胆，为栾平的刁钻油滑而哄笑，为小常宝的不幸身世而同情，为李勇奇的淳朴真诚而感动……

电影散场了，我们疲倦地站起身来，发觉屁股上已经潮乎乎的了，那禾秆上的湿气都渗入了裤子里。散场时影影憧憧的人影中，各种各样的声音响成一片，凳子的撞击声，拍打裤子的拍灰声，人们互相之间的叫唤声。我们等候在那根电线杆下，我们山村的人们在那儿聚集后，又往回赶。

一弯上弦月已到了头顶上，我们踏着月色走在山路上。一边走，一边谈论着电影里的情节，有的一前一后地还模拟着电影里杨子荣与小炉匠的对白，有的就亮开了嗓子吼起剧中的唱腔来：

"穿林海，跨雪原，气冲霄汉……"

由于音起得太高，嗓门吊不上去，最后一句就变了声，成了刚学打鸣的小鸡公叫，引起了大家的一阵哄笑，那唱的人就有些尴尬，闭了嘴，闷闷地走在了后面。

大概这一个晚上大家都有些累了，渐渐地就没有人出声了，大家就默默地往回走着，有人打起了哈欠，这哈欠似乎会传染，大家就一个个地接连打起了哈欠来。显然大家的脚步也没有来的时候爽快了，踢踢踏踏地拖着腿走。路上突然游过一条蛇，它的皮在月光下白亮亮的。走在前面的人突然止住了步，等着那蛇钻进了路边的草丛里。

翻那座岭的时候大家都觉得腿特别沉，迈不开步子。好不容易到了岭上，离我们住的山村就不远了，远远地看得到村里窗棂上煤油灯的光了，我们不禁加快了步伐。

那刚才嗓子吊不上去的小伙，又扯开了嗓子唱了起来："穿林海，跨雪原，气冲霄汉……"这次他居然将声音拉了上去，我们都一起鼓起掌来。

这一个夜晚过去了，却比任何一个在山村里的夜晚留给我的记忆更深刻，那走三十六里路去看一场电影的勇气和乐趣，到现在仍清晰地烙在我的心帆上。

蛇王的故事

那年冬天，我在工地上当民工修电站，结识了不少新朋友。在那些朋友中，有一个喜欢玩蛇的人，大家叫他蛇王。他是当地的知青，年岁比我稍长一点，一双眯起来的小眼睛，一脸的络腮胡子，个子不高，肌肉却很发达，走起路来一摇一摆的。他有个奇怪的嗜好，喜欢玩蛇。他知道蛇在哪里出没，知道什么蛇常出没于哪里，他时常能顺手从蛇洞里拽出一条蛇来。他常常将一条一米多长青色的活蛇盘在身上，那蛇围着他的身体四处游动，蛇头就从他的袖子口、胸口伸出缩进，蛇鲜红的信子吐出吐进，令人看了有些毛骨悚然。

那天晚上，工地上放电影《地道战》，我们都一起去看。工地的一块平地上拉起了银幕，民工们拖凳子坐的、拿石头垫脚的各显神通。我们几个则站在最后，边看边聊天。蛇王依然身上盘了那条蛇，也和我们站在一起看电影。《地道战》的故事情节我们都已经滚瓜烂熟了，还边看边跟着音乐哼哼。突然，看电影的人群中有人尖利地大叫起来，周围的人们纷纷四下逃窜，只剩下一个人站在中间纹丝不动，原来是那蛇王。在银幕的亮光朦胧的折射下，只见那条蛇正从他胸口衣服的门襟里伸出头来，蛇信一伸一缩地抖动着，怪不得他周围的人们都纷纷逃窜。那蛇王把蛇从胸口掏出，盘在臂膀上，一摇一晃地走开了，脸上还流露出得意的邪笑。那些看电影的人们又纷纷回到原位上，他们还惊魂未定似的回头看看，看那玩蛇的人是否还会回来。

人们渐渐地又开始进入电影的氛围中去了，电影中的日本鬼子正在往地道里灌水，电影的解说者正一本正经地解说着："烟是有毒的，不能放进一丝一毫；水是宝贵的，还得让它流回原处。"突然，边上拥挤着的观众中爆发出一阵阵喊打的声音："打，打，打这个不要脸的东西！打这个流氓！"似乎还听见姑娘的哭声。

我们几个挤上前一看，原来被人们围在中间的是蛇王。他依然手臂上盘着那条蛇，面对围着他喊打的人们，他的脸上似乎露出一种无可奈何和有些紧张的神色，边上喊打的人们显然也有些怕他手里的蛇，虽然嘴里在喊，人却不敢靠拢他，有的人正在四处寻找东西，棍子、石头之类的。

我们有些不解地上前问怎么回事，他手里拿蛇你们也犯不着动拳头呀。边上一个手里拿着一根树枝的男子气咻咻地说："这个不要脸的流氓，大家看电影他挤在人家姑娘身后，掏出裆里的东西，把那玩意儿射在人家姑娘的裤子上，你说缺德不缺德呀！？"

为了避免一场无谓的武斗，我们劝说那些准备动武的人们，将蛇王押去了工地指挥部。那蛇王低着头在前面走着，那些人在后面骂骂咧咧地跟着，那个裤子上被弄脏了的姑娘也被叫去了，她仍然在伤心地抽泣着。

当时根本没有什么法制观念，只说无产阶级专政，而蛇王又不是"地富反坏右"，指挥部也不能奈何他，让他写了一份检讨书就不了了之了，蛇王依然玩他的蛇，我们一些知青却都与他疏远了许多。

学理发的故事

下放山村理发成为我们每个月的一件大事。

山村里理发要么走四五里路去大队部附近的理发铺，要么约请山村里的理发匠上门理发。上门理发的师傅每月理一次，到年底结账。我们不大请他来，我们一般也愿意当场结算。所以，我们理发就常常去大队部附近的理发铺。但有时农忙时节就往往抽不出时间去，有时是因为手头没钱，头发就常常长得很长，就有些嬉皮士的色彩了。

有一次，过年回城探亲，有人带了一套理发工具，推子、剪子、梳子，我们几个知青就开始学起理发来了，你帮我剪，我帮你推。开始的时候，我们都不会使用理发工具，学理发的常常将别人的头发要么是连根拔起，疼得被理发的人龇牙咧嘴嗷嗷直叫，要么是头上被理得层层迭迭坑坑洼洼的，像梯田，如山壑。当时我们几个也无所谓，戴上个帽子也就遮掩过去了。甚至有的就干脆理一个光头，在夏日里倒也凉爽。理完发，我们几个常常互相拍打对方的脑袋，唱道："新剃头，打了三下额骨头，不打三下触霉头。"所谓"额骨头"是走运之意，所谓"触霉头"即倒运是也。

慢慢地，我们知青里面就有人的理发手艺有所提高，理出的头发不再是坑坑洼洼的了，甚至渐渐有点像模像样了，有些技艺没有提高的人就不再有人找他理发了，理发的任务就义不容辞地落在这几个会理发的知青身上了，当时我也算会理发的人之中的一个。渐渐地，我们的理发手艺被房东、邻居发现，他们也就常常上门请求我们为他们理发了。老表们也是图个方便，理了发后，他们常常会拿些蔬菜、鸡蛋什么的给我们，一度倒也解决了我们吃菜的问题。

我到山村小学教书后，在教书之余，我们组织了学生一些课余活动。我让学校买了一套理发工具，组织了一个学生的理发小组，教学生们理发。学生们兴趣甚浓，与我们知青当时学理发一样，他们互相之间理起了发。我教他们用理发推子的方法，如何用手捏放，如何由下往上推，如何注意不同的头型，孩子们学得聚精会神。这些山村的孩子也能够忍受学理发的学生给他们带来的痛楚，他们不像我们知青当时头发被拔时嗷嗷直叫，他们大多只是皱紧眉忍住了痛不叫唤，因为这可以省下他们父母上一天工的工分值。山村的孩子理发常常将四周推光，在头顶心处留一绺头发。这些男学生们最初也学着剪这样的发型，却都不能如愿，后来干脆都理了个光头。

山村小学开办了理发小组后，学校里许多男学生都成了理发小组组员们的实习对象，一时间，学校出现了许多光头学生，一个个头皮被剃得光光的，早晨在学校门口的小操场集合做操，校长一时也感到奇怪，队伍里一半以上的男学生的头上精光光的。我向校长解释说是理发小组的同学学习理发的结果，校长摸了摸一位同学的光头，禁不住咧开嘴笑了。那时，光头几乎成为山村小学的标志了，光头的学生走在路上，就会有人说："呶，是山村小学的。"

离开山村后，我就没有再摸过理发推子，这理发的手艺就荒废了。成家后，我的妻子却拿起理发剪为我理发，我谢了顶的头顶上已经没有几根头发了，我是怕去理发店等候白白浪费了时间，妻子则是认为我头顶上这几根毛给理发师去拨弄不合算，因为理发店并不是按头发的多少厚薄收费的，不会因为你头发少而少收钱，她就自己拿起理发剪子在我的头上拾掇起来，我也就随她去了。这一弄也就十几年过去了，我的理发手艺荒废了，妻子的手艺却大有长进，随着我头顶的头发日见稀疏，她给我理发的速度也越来越快。

烙上心帆的一堂课

在人的一生中，忘却与记忆是相辅相承的，善于忘却才能善于记忆，忘却的鱼网漏去了人生琐事，记忆的心帆写上了难以忘怀的过去。有着三十多年教龄的我，却始终难以忘怀我在江西靖安县高湖公社的插队生活，难以忘怀在西头完全小学当民办教师的经历，尤其难以忘怀那刻骨铭心烙上心帆的一堂课。

那是1975年暑假后新学期的第一天上午，小学五年级的语文课上，我并没有给学生讲解新课文，却将抄写着我自己写词谱曲的小黑板挂了出来，一句一句教学生唱起了一首歌："巍巍铁岭峰高入云端，滔滔西头水放声歌唱。舍己救人奋不顾身，英勇事迹永远难忘……"这是我为西头小学毕业生黄玲写的歌曲，黄玲为救他人而英勇献身，使我深受感动，在即将开学的前几天，我便写了这首歌，寄托我的哀思，表达我的崇敬。

学生们跟着我一句一句地学唱，他们都认识黄玲，每个学生都十分认真，连平时调皮捣蛋的学生也一个个正襟危坐，咿咿呀呀地学唱着，我一句一句地教着，眼前却晃动着在河滩上见到被打捞上岸的黄玲的身影：她那双大眼睛闭着，静静地躺在河滩上茅草的阴影里，两根油黑的小辫子耷拉在河滩上的鹅卵石上，一件蓝底红花的短布衫湿湿地裹在身上，勾勒出她尚未发育娇小的身材，她的脸色似乎与平时没有什么两样，显得十分平静，几只大蚂蚁爬上她秀丽的脸庞，我赶紧用茅草叶子拂去了蚂蚁。我多么希望她能够睁开她那双大眼睛，露出可爱的笑脸，一骨碌爬起来说说笑笑呀！但是一切都已经不可能了！

那天下午，黄玲和村里的两个女孩一起去打猪草，她们仨背着环篓趟过河水，准备到对岸打猪草。她们中间有一个才读一年级的小女孩，个子很矮，另外一个女孩与黄玲同班，个子比黄玲高出一个头。山村里的河水，有的地方很深，有的地方却很浅，挽起裤腿就可涉水过河，她们三人便从浅滩处过河。谁知到河中心那矮小女孩背的环篓兜了水，河水一冲就将那女孩拽倒了，湍急的河水就将这女孩往下游冲去。黄玲见状赶忙上前伸手去拉，刚抓住女孩的手，肩上的环篓也兜了水，她也被水冲倒了，湍急的河水将她们俩一起往下游冲去。同去打猪草的另一个子高个女孩吓呆了，她并没呼救，却悄悄地跑回了家，躲进了房间偷偷哭泣。

那天，我与社员们在河边的山上植树，公社武装部长也同我们一起劳动，当我们过桥准备到另一个山岗上植树时，部长竟然发现河的上游飘来一件花衣裳，他以为是哪个洗衣妇不小心飘走了衣服，便下河将衣服捞起，捞起一看竟然是一个花季少女，却已经没有气息了。黄玲的寡母当时也在植树的队伍里，听到是女儿淹死了，发疯一般呼天抢地地奔上前来，抱着女儿的尸体狂呼乱叫，武装部长赶紧让社员们强行将她送回了家。当了解到另外有一女孩也被河水冲走，便派两名会水的知青沿河打捞，我就是参加打捞尸体中的一个。我们顺流而下，河水深的地方潜水，河水浅的地方用眼看用脚探，心中十分矛盾和忐忑，想早点找到尸体，又怕一脚踩到尸体，一直到太阳落山了，也没有发现尸体。第二天，在下游五里多的河边，被一个放牛的牧童发现时，尸体已面目全非了。另一个打猪草的女孩道出了黄玲淹死的经过，这深深地打动了我，她是为救别人而献身的呀！

　　我到西头小学任教后，组织了一个文艺宣传队，黄玲是宣传队的骨干演员，她活泼好动，唱歌跳舞都行，虽然个头并不高，但她活泼的性格、甜蜜的笑容，使她成为了宣传队的百灵鸟。我带领的学校文艺宣传队还在公社文艺汇演中得了一次表演奖，黄玲在演出中充分发挥了她的特长。她乖巧聪慧，与寡母相依为命，虽然家境贫困，却总是穿得干净得体。她走到哪里，哪里就可以听见她银铃般的笑声。

　　我还记得学期末拍摄毕业照的时候，在学校的操场上排起了队伍，矮个的黄玲忙碌地指挥着同学们搬凳子，指挥着同学们排成队，她的银铃般的声音十分悦耳，然后她再请老师们入座，她自己便蹲在了第一排。

　　我还记得她去世前一天，学校的操场上放映电影。我坐在凳子上等待着电影的放映，背后一双小手蒙住了我的眼睛，我正准备掰开这双手，她却用变调的声音问："杨老师，请你猜猜我是谁？"调皮活泼的举动、熟悉的声音，我便猜到了是她——黄玲。她嘻嘻一笑，将小手一伸，塞过来一把南瓜籽，说是她自己炒的。磕着瓜子，看着电影，在乡村里也是一种奢侈的享受了。

谁料到第二天，这可爱的黄玲便为了救人而献出了自己的生命。

我仍然一句一句地教着，学生们仍然一句一句地学着，虽然我写的歌词、我谱的曲调并不优美，但却是我的心声。

不知什么时候窗外站了一些人，有老师，也有学生，他们都一起跟着我在学唱，唱的是他们都熟悉的一位舍己救人的女孩，窗外不知道谁发出了哭泣声，引发了教室里几位女孩的抽泣，我的眼眶也湿润了，眼泪流下了我的脸颊，我再也教不下去了。窗外已经站满了人，看得见一双双泪眼。我突然意识到已经下课了，挥挥手示意学生们下课。我掏出手绢擦去眼泪，走出了教室，外面的山仍然是那样绿，外面的天依然是那样蓝，外面的河水依然是那样清澈，外面的国旗依然是那样鲜艳……

已经过去近三十年了，虽然我已经记不得那首歌的曲调了，记不清那首歌的歌词了，但是这一堂课却永远烙在我的心帆上，永远不会褪去，我也常常会掏出那张毕业照，看着蹲在第一排的黄玲的面容，回忆着三十年前的青春岁月……

一封情书

那年我在山村小学当民办教师，我教的五年级班上有一个坐在最后一排的女学生闹出了一桩风流事儿，成为当时学校里的新闻。

这女学生岁数在班上是最大的，个头长得也大，虽长得不漂亮，但因为发育了，身体就有了曲线，走起路来也就屁股一扭一扭地，招人眼目。

她坐在最后一排，上课总不太专心，时不时地低下头去，在偷偷地看什么东西。她的个子虽然高，学习成绩在班上却是差的，考试常常开红灯。对这样的学生，我们当老师的也常常束手无策。说她吧，她会低着头一言不发，说狠了，她会对你嬉皮笑脸地一笑，你倒不好再怎么说她了。

有一次，在上语文课时，她伏在课桌上，低头在偷偷看什么东西。我悄悄走近她的身边，冷不丁地将她正在看的一页纸抽走，她猛然站起身来夺，我将那纸放进了口袋里，冷冷地对她说："下课后到办公室来取！"

下课后，我来到办公室。掏出那页纸来一看，居然是一封情书。写得倒缠缠绵绵，虽然有不少错别字，但在那样的年代里看到这样一封情书确实令人吃惊。这情书是一个男子写给这女学生的，信就在办公室里传开了，大家议论纷纷，猜测着落款处的小王是谁。有人就谴责这女学生读书不好好地读，却知道了谈情说爱。有人说这事应该让她家里知道，不然出了什么事儿，学校担当不起。

她一直没有来取信，大概是不好意思吧。第二天，她没来上学。第三天仍然没有见到她的影子。学校急了，就让我去她家看看，不要因此而出什么事情。

她家住在离学校不远的河滩上，新盖的木板房子。屋舍后是满山的竹林、梯田，正是春耕季节，满眼翠绿的一片。推开她家的门，见到该学生的母亲，问起她女儿这两天为什么不来上学，她母亲未开言却落泪了。她说："这个不争气的女，跟木匠小王偷偷地好上了，小王是有堂客的人，这怎么成呢！前天我知道了，大骂了她一通，我还用竹篾子抽了她。她就跑了出去，到现在也没回来，也不知道去了哪里。"

原来，这女学生与邻村的小木匠好上了。他们常常在晚上到河滩边约会，女学生情窦初开，对男女之间的事儿充满了神秘感，就被小木匠诱惑了。他们俩的约会常常是木匠来叫她。她睡觉靠床头的墙上有一个细细的裂缝，这木匠晚上来时，就用一根树枝穿过墙缝，戳到她的头上，她就悄悄地起身出去约会，这样不会惊动旁人，比在外面呼叫安全得多。谁料到那天她家里来了客人，她母亲睡的床让给客人睡了，母亲就挤到她的床上来了。

晚上，这木匠依旧采用原来的办法，以一树枝穿过墙缝戳到里面。她的母亲刚睡着，觉得头上痒痒的，被弄醒了。点起灯一看，居然是根小树枝在那儿一进一出地戳呀戳的，女儿依然闭着眼在装睡，她的脸却涨得通红。做母亲的便轻手轻脚地从后门出去，一看竟然是那小木匠。他还在那儿不屈不挠地戳呢！做母亲的大喝一声，木匠吓得转身就跑。

回到房里，她一个劲地追问。女儿奈何不得，终于说了。当母亲的号啕大哭，抓起一根竹篾子向女儿没头没脸地抽去。女儿冲出门去，消失在黑夜里。

我劝她母亲别着急，这么大的孩子，不会有什么事的，她总要回来的。又问那小木匠在不在家。

她说她去看过了，他家里说木匠出去揽活了。问去了哪儿，他们家里说不知道。

后来，她走投无路的母亲去了公社革命委员会告状，公社派人下来调查，终于查到这木匠去了离这里几十公里的大山里为人造房子。

女学生的母亲赶去，一看她的女儿果然在那儿。他们俨然像两口子一样，同吃同睡，木匠干活，她为他煮饭、洗衣。母亲强硬地将她带回，公社同去的人也将这木匠带去了公社。盘问了一阵后，关了几天后，又将他放了。

这女学生怀了孕，母亲带去了公社医院里打胎。后来的事是由两个村庄的长者出面解决，小木匠赔了几百元钱，被嘱咐从今以后再也不准与这女学生来往，不然村里就会将他赶出村去。

这女学生后来也再没有来上学了，过了不久，听说已经出嫁了，嫁到很远的一个县里。

与大力士摔跤

在兴修电站的工地上，知识青年是其中最为显眼的民工了，知识青年中有上海来的，有本省省会来的，还有当地地方上来的，知青之间的关系倒都不错。

知青中有个本省省会城市来的壮汉，原来在城市里从事搬运工工作，五大三粗身材魁梧，常常与人比试力气，有一次与人打赌，他竟从工地扛了五包水泥回工棚，每包水泥五十公斤，他赢了一包大前门香烟，因此他被人称为"大力士"。他在工地上组织一伙人打夯，他提着那石夯的把手，四周参加打夯的人每人手里拉住一根绳索，在他的有板有眼的口令下，用劲儿拉，那石夯就一下一下地将地夯实了。

打夯时，大力士嘴里常常喊出一些有荤腥味的夯语，他喊一句，拉夯绳的人们就应和一句。诸如他喊："八一公园谈恋爱呀。"我们就应和："咳呀哈！"他又喊："谈了恋爱好生崽呀。"我们又应和："咳呀哈！"

他又很会随口编造，特别喜欢以编打夯歌开那些年轻姑娘们的玩笑，只要有姑娘从我们打夯的面前经过，他总不放过，甚至弄得姑娘哭笑不得，以后看到我们打夯的就躲得远远的。我们与他在一起倒觉得十分有趣，工作的效率也高。他有时还会对那些妇女开玩笑。对着那些正在为打炮眼握钢钎的妇女说："大嫂哎，你白天里在工地握钢钎，晚上头回家里还握钢钎，累不累呀？"逗得大家哈哈大笑，那大嫂没法还嘴，只好骂道："你这死鬼，你不就是你娘握钢钎握出来的么！"

上海知青中有不少学过摔跤的，我也是其中一个。一天，这大力士听说我会摔跤，就提出要与我进行友谊比赛。我先不肯，后来，知青们都怂恿说："摔！摔！友谊第一，比赛第二嘛。"我无可奈何地上了阵，心里却有些胆怯，心想我瘦弱的身材，他不是把我当麻布袋抛么。好在我与他的关系不错，至少他不会有意伤我。

摔跤场安排在一块小小的平地上，我们并没有声张，来看的只是我们这些知识青年们。一开始摔跤，他那双大手就死死地拽住我的两只胳膊，将我拖到东，拖到西。边上的人们一个劲儿地喊："加油！加油！"我倒慢慢冷静下来了，心里想，不能与他使蛮劲，先让他动作，要瞅他的弱点下手。他的劲儿都用在手上，他将我整个人提了起来，转着身甩起圈子来，我根本没有办法招架，只好也紧紧地抓住他，怕他松手将我甩出去。我的头被转得有些晕乎乎的，心里却暗暗关照自己："挺住！挺住！"他大概也转得累了，就想停住，正在他准备停手的当儿，我瞄准了他的脚，我刚能够站稳，就顺势在他那只尚未站稳当的腿处绊了一下，他脚一软，如一扇门板似的"咚"地摔了下来，那些上海知青们都为我叫好，我也摸了一下额头上的汗水，得意地站在平地中央。

262

大力士站起身来，拍拍身上的灰，说："再来！再来！"我只好鼓足勇气，开始了第二场。大力士吃一堑长一智，他不再用蛮力了，而是抓住我的两个臂膀，使劲儿地往下按，头抵住了我的头，把他的一双脚躲得远远的，让我没法绊到他。我伸了几次腿都没有奏效，倒差点儿被他抓住我的腿。我想只有与他磨，等他露出破绽来。我也就与他头抵头、臂抓臂地在地上兜起圈子来，心里暗暗在设计摔倒他的动作。

在我俩这般兜圈子的时候，他似乎慢慢放松了警惕，我瞅准他脚步有点儿乱的时候，摔开他的手，抢进一步，右手搭住他右腿膝盖处的裤子，右脚伸在他右脚后面，用我右脚的膝盖用力压住他的小腿，双手就势一推，他就仰天摔了下去，这摔跤动作名叫"搭子"。

他慢慢爬起来，拍拍我的肩膀，算认输了。

摔跤比赛后，我在工地上的名声大振，许多人都知道上海人摔跤厉害，也不太有人敢轻易欺负我们了。那大力士也成了我的好朋友，他为朋友两肋插刀的义气，使我得到了他的不少帮助。

263

"肯尼迪"的故事

那年冬天，我们几个知青被大队派到外面修电站，知青们无家无小无牵无挂的，常常被派到外面应差，我们有时也愿意出去，到一个新的场合过集体生活，也可以结识很多新朋友。

我们大队带队的是民兵连长，矮矮的个子，厚厚的嘴唇包不住他的大板牙，头上因得过疴头（即瘌痢头）一块块斑斑驳驳的，田里的农活没有一样能的，更别说打靶投弹了。因为他的哥哥是大队书记，他就理所当然地当上了大队民兵连长。

到了工地上以后，一切都按部队的编制，他仍然是我们的连长。出工、干活、收工，他都盯在我们后面，生怕我们偷懒，常常对我们吹胡子瞪眼的，还不时地向团部告我们的状。我们这些知青个个恼怒万分，又不能与他公开闹将起来，因为得罪了他也就是得罪了大队书记，以后的前途就难说了，但我们总咽不下这口气。我们常在一起商量怎么对付这家伙，后来终于想出了一个既整了他、又让他抓不住把柄的主意。

当时的工地上机械甚少，大多是以血肉之躯去战天斗地。电站工地上，开山放炮挖土方抬石头，常常要民工之间相互配合。男劳力们常常干的是抬石头的活儿，小的石头两个人用一根抬杠一前一后地抬，大一点的四个人抬，再大一点的八个人抬，最多时要二十四个人抬一块巨石。干这种活儿，互相之间的配合尤其显得重要，要同时起身，同时抬脚，同时放下，稍有些前后不一致，重量的分布前后左右不均匀，不仅会影响石头的抬动，甚至会酿成事故。

那天，山崖上被炸落的一块巨石拦在路中，须马上抬走，连里就组织了二十四人抬这块巨石。有经验的老手将一根长长的主抬杠绑在巨石上方，再绑上两根副抬杠，然后再将二十四人一对对地分布好。二十四人都弯下腰来，将抬杠放上肩，等抬杠头儿发令"一、二、三"，二十四人一起起肩。谁知发令后，那民兵连长却突然倒地，抬杠压在他的肩头，将他的头压向泥地上，他的嘴狠狠地向泥地上啃去，一块巨石的重量几乎都压在他的肩头，我们纷纷放下抬杠，将他搀扶起来，关心地问："怎么啦？怎么啦？"他许久未喘过气来，摇了摇头，被人搀扶着去了医务所，还好仅仅肩上擦破了点儿皮，骨头没有断一根。

望着他那付狼狈相，我们几个知青心里暗暗好笑，当着他的面我们都一本正经，装出一副十分关心同情他的样子。等他一走我们都忍俊不禁开怀大笑起来，一个个笑得蹲在地上捂着肚子，有的眼泪也笑了出来。原来，我们几个合计好了，抬杠起肩抬杠头儿发令时，我们大家在喊到"二"的时候就一起起身，他肯定会等到"三"的时候再起身，那石头的重量都压在他杠子的一头，他一定会给压趴下的。这连长平时仗势欺人，大多数民工们都恼他。我们与抬杠的民工们说定了，我们都在喊到"二"时起身，就将这位大连长压到泥地上了，他的心里大概也清楚我们故意整他，但是他又是有苦说不出，找不到肇事者，哑巴吃黄连有苦说不出，打落门牙往肚里咽。

自此以后，他似乎对我们客气了许多，不再吹胡子瞪眼的了，也不再去团部汇报我们的不是了。我们心里暗暗得意，背后给他起了个绰号"肯尼迪"，即啃泥地也。

傻大哥的故事

　　我们插队的村里有一个从省城下放的知青，细长的个子，瘦长的脸庞，一口牙子往外凸，两片嘴唇包不住凸出的牙齿，有一个门牙是镶了银子的，亮晃晃的。他比我们这些知青都年长，他比我们早来，田里的活计也比我们行。他能干，砍柴挑担都不比老农差。他能吃，一餐常常能吃下三大碗米饭，是我们饭量的一倍强，因此，他的口粮常常不够吃，月底月初，他常常要四处借粮。人们都知道他是有借无还的，但还是常常借给他，因为他为人热诚，当你有什么难处时，只要他帮得上的，他会二话不说，撸起衣袖就干的。

　　傻大哥是单身汉，下放前是孤儿，他不会计划着过日子，常常是有吃的时候，就放开肚皮狠很地饱餐一顿，甚至多次撑得连脚步也挪不开了，一个劲儿地揉着他的肚子"哎哟哎哟"地叫唤。到月底了，他不好意思再去问别人借粮断炊时，他就接连几天躺在床上一动也不动。单身汉的傻大哥衣服只能自己洗，破了也只好自己粗针大脚地缝上一气。他做事舍己，肯出力，衣服也就常常破。在夏天农忙时节，在他踩着打谷机两手迅速移动一把稻谷时，常常有喜欢开玩笑的妇女往他短裤后面的窟窿里塞稻穗，那些妇女们嘻嘻哈哈地大笑，弄得傻大哥反倒不好意思起来。我们喜欢与傻大哥一起劳动，他能干，也好说好唱，与他在一起常常不会感到寂寞。

傻大哥有许多发明，他会用毛竹筒做成十分精美的饭盒。以较粗的毛竹，在靠近根部截下一截竹筒，然后将其削成六角形，还在四周雕上一些花，再做上一个竹筒的盖子，系上一根带子，可携可背，就成为十分美观又适用的饭盒了。我们几个知青后来都有傻大哥做的饭盒。傻大哥也有一些令人发噱的事情。他将他躺的竹床板用四根粗铁丝穿住四个角，然后挂在房梁上，人躺在床上晃晃悠悠地，如坐在船上一样十分惬意。但是，一天他躺上床，在晃晃悠悠中，挂久了的铁丝断了，睡梦中的他被猛地掀倒在地上，头上起了个很大的包。傻大哥的门口曾经种上了许多红干绿叶一米高的植物，他说是野人参。后来他将这些野人参煎煮了吃，却吃得他浑身上下都浮肿了。

最有意思的是村里的大刘给傻大哥介绍对象的事儿，大刘是湖南人，曾经当过兵，满脸落腮胡子，卷得一手很好的喇叭烟，常常在犁田插秧的间隙中，以一小片纸，撮一小撮黄烟，灵巧地一卷，再以口水一舔，就成了一根喇叭烟，得意地喷云吐雾起来。大刘一次与傻大哥开玩笑说，要给傻大哥介绍个对象，并且煞有其事地说女方是他的故乡人，也想到这里来落户，要找个对象。傻大哥信以为真，支楞着耳朵每一言每一语都听了进去。此后，傻大哥就有事没事地往大刘家串门，意思想进一步询问有关对象的事，大刘倒将这事儿忘得一干二净了。直到傻大哥支支唔唔地提起，大刘才猛拍一下脑门故作惊讶地说，噢，忘了，忘了！大刘就保证一定去办。傻大哥吃了颗定心丸，乐呵呵地走了。

此后，傻大哥仍然隔三差五地到大刘家来。他也不问什么事，看到大刘家有什么重活、累活他就帮着干，似乎就像他自己的事一样。大刘倒也乐意，家里多了个可以不付工钱的长工，他把傻大哥支使得团团转，甚至故意将一些脏活、累活留下来，等傻大哥来时让他干。当然，大刘也就故意提起那个无中生有的对象，编造着她的长相，她的家庭，她的性格。几个月过去了，大刘描绘的对象已经深深印在傻大哥心里了，但她却始终没有出现，甚至大刘还从傻大哥处要了几百元路费，说寄去给那对象，让她先来相亲。村里的人们都知道这大刘是在作弄傻大哥，有好事的就让大刘适可而止。我们几个知青同情傻大哥，告诉他大刘是在骗他，让他别轻信大刘，傻大哥却仍然傻傻地哈哈一笑。

那天，村里大刘家的门口传来一阵阵吵闹声，我们几个知青赶去一看，是傻大哥在与大刘吵架。显然这傻子知道受骗了，他脸涨得通红，一手又腰，一手对着大刘指指点点，嘴里唾沫飞溅，数落着大刘的骗局。我们几个走上前去，也说大刘的不是，大刘嗫嚅地强词夺理。傻大哥在数落他为大刘家做的一件件义务活，大刘却争辩说，是你自己要帮我做的，我又没去拉你来给我做。傻大哥还提到被大刘要去的几百元路费。我们几个知青也看不过去，为傻大哥打抱不平，要大刘先将那几百元路费还了，还应该给傻大哥一些工钱。大刘本来就理亏，又见我们都为傻大哥抱不平，就进屋掏出了几百元钱还给了傻大哥。拿到了这几百元

269

钱，傻大哥似乎也就得理了，他也不再问那工钱的事儿，转身就走，拉着我们几个知青的手说，走，我请你们喝酒去！

傻大哥后来离开了这个山村，依然是单身一人，他去了公社的农场，当了名鸭倌，每天挥舞着一根细竹竿，早晨、傍晚赶着群鸭子去河沟港汊，依然是瘦瘦的。

山旮里的风流事

那年我跟随老刘去山里撑排，排工队伍中有一位湖北人，大概是小时候出天花脸上留下了一脸大大小小的麻子，我们大家就叫他麻大哥。人称"天上九头鸟，地下湖北佬"，大概说的是湖北人的精明刁钻，但这说得过于绝对了，把湖北人一棍子打倒。麻大哥撑排的技艺不高，却有一个嗜好，对女人十分感兴趣。他和我们在一起时总是说他在我们这个年纪多么风流，玩过多少漂亮的女人，甚至还津津有味地把他过去一些玩女人的细节说给我们听。有的年轻的排工还常常怂恿他讲他过去那些风流韵事，支楞着两耳听得聚精会神。

那年冬天，我们在一个深山旮里砍毛竹，住在山民家里。房东是一个胖胖的四十多岁的大嫂，我们排工雇她为我们做饭。山里人见的世面少，大嫂好说话，常常找我们聊天，问一些有关城市里的事情。大嫂结婚早，有一个二十多岁的儿子，宽宽的肩膀，不太作声，是把好劳力。大嫂的丈夫却容貌委琐，瘦筋筋的，还常喘得凶，大概是得了气管炎。麻大哥每天晚上一吃完饭，就用水将头发梳得光溜溜的，衣服穿得整整齐齐的，找房东大嫂拉呱去了。在房东的客堂里，他们总谈得很投机。大嫂常常是聊天做事两不误，嘴里说着，手里也做着，大多是扎鞋底、缝衣服什么的。麻大哥也常常在边上帮大嫂做些事儿，诸如拆线头、搓鞋绳什么的。他们俩常常谈得热火朝天，有时要谈到深夜。麻大哥还常常买些妇女头上戴的小玩意儿送给大嫂。过了不多久，麻大哥就在我们年轻的排工里得意地说，他与大嫂的事已经得手了。我们劝他适可而止，别弄出什么事来，到时候不好收拾。他却诡谲地笑笑说："你们这些乳臭未干的小子，懂什么！什么时候让大哥我教你们几招。"

麻大哥仍然天天晚上梳妆打扮一番与大嫂聊天，白天上工却无精打采，甚至还常常装病不出工，排工头老刘也拿他没有办法。那天，我们下工回来，还没走到门口就听见房东的屋子那儿有争争吵吵的声音。走近一看，屋子门口围了许多人，大多是村里的男女老少。屋子里传出打人的声音，有人被打得嗷嗷直叫。走进门一看，堂屋里麻大哥一丝不挂，房东大嫂的儿子正用树枝条使劲儿地抽打着，大嫂瘦弱的丈夫在一边破口骂着，一付君子动口不动手的样子，房间里传出大嫂嘤嘤的哭泣声。见我们进来，房东的儿子住了手，又冻又疼的麻大哥一骨碌爬起身，赤身裸体一拐一瘸地走回了自己的房间。大嫂的丈夫似乎仍不解气，气咻咻地对我们说："这麻子，欺负到老子头上来了！不上工，躲在屋子里，他们两个弄了起来。这两个骚货，真他娘的不要脸！我早就看出这麻子不是什么好东西了，让他滚！"他似乎还不解气，抱起了麻子的棉衣、球裤等衣服，全塞进了炉灶里，一把火烧了。

没有棉衣、球裤，麻大哥只好蜷缩在被窝里。老刘对着他

272

无可奈何地摇了摇头，说："你呀！你呀！"麻大哥的脸当天晚上就肿了，肿得像个猪八戒，脸上的麻点也几乎被涨平了。有个年轻的排工打趣说："麻大哥哎，你是小头快活，大头吃苦，何苦呢？"麻大哥无言以答，只有苦笑。天寒地冻的，麻大哥没有厚衣服起不了床，我们几个将厚衣服匀了几件给他。老刘催促大家赶紧把山上的事早些做完，我们就收拾起行李匆匆下山了。麻大哥脸上的肿虽然还没有褪尽，但风流事引起的尴尬似乎已过去了，他穿着我们几个匀给他的衣裤，还有些恋恋不舍似的频频回头，看我们借住的那栋屋舍。我想大概他还想着与房东大嫂告别吧。愿以后麻大哥会收敛一些，别再这般惹是生非了。但狗改不了吃屎，麻大哥还会去寻找新的风流韵事，这大概也是他人生的主要乐趣了。

深夜惊魂

那年秋天，我与老刘在深山里河滩边扎排。我们用斧头将毛竹砍成两米左右一段段的，在河滩边的空地上搭起了一间小竹屋。以从中间剖开的一截截毛竹，打去节，一正一反地搭成小竹屋的屋顶，下雨也不怕了。再用竹子搭床、桌子、凳子等。我配合着老刘做这做那，小竹屋搭成了，置身于小竹屋中，真像置身于一个童话的世界。

每天清晨，在晨鸟清脆悦耳的叫声里，老刘就起身了。河上升腾起淡淡的雾霭，蒙蒙胧胧的，模模糊糊的。老刘就在河滩上剖麻，他嘴角叼着一支烟，用排工斧头灵巧地剖着。所谓剖麻就是将毛竹撕成六七分宽的竹条，并以斧把插进竹条中间，剖去篾黄，留下那两分厚有篾青的竹条，以备扎排之用。这薄薄的篾片十分坚实，任何绳索都抵不上。剖麻是一种技术活，需先将一根毛竹一剖为二，打去竹节，然后在竹子的一头用斧头砍开，再用手以巧劲将毛竹撕开，左右手用劲的大小都有关系。在老刘剖篾时，我就支起鼎锅煮早饭，用昨日捡好的干柴。等饭熟了，老刘已经剖了一大堆竹篾了。我们就着带来的干菜、咸鱼等下饭。早饭后，我下毛竹，老刘扎排。午饭、晚饭照旧。晚饭后，照例老刘要给我说书，或者说《三国》，或者说《水浒》。他说他曾经有一次在路上失了窃，连带着的行李也被人偷得一干二净。他就到附近的村庄上给人说书，来听书的人每人交一颗鸡蛋，接连说了三天，他将鸡蛋卖了换成了路费。那天晚上，他给我说关羽败走麦城。说完后，我们就都睡了。

半夜里，忽然有人使劲推我："小杨，你醒醒！你醒醒！"我睁开眼，天漆黑一片，伸手不见五指。河水的哗哗声格外清晰，山林里夜风的呼啸声此起彼伏。

是我脚后跟的老刘推我。我问："什么事？"

"我看见一个头很大的人扑在我身上！"老刘惊恐地说。

"是什么人？"我瞪大了眼睛问，也不禁有些胆战心惊。

"一个很高个头的，大脑壳的，瞪着双铜铃般的牛眼。压在我的身上，使得我透不过气来。"老刘依然十分恍惚。

"噢，原来是梦呓！"我透了一口气。

老刘却十分固执地说，在这个山里，当年日本鬼子进山，杀死过不少人，大概是那些冤魂在这刮风的夜里出来散步，撞到了我们的小竹屋吧。也许是因为我们侵占了他们的领地吧。

我却说："大概是关云长半夜里前来寻找他的头了，你没有听到他在大叫'还我头来'吗？"

老刘笑了。在这深山里的深夜里，在这小竹屋里，我们俩似乎都没有了倦意。老刘给我说起了他在抗美援朝战场上当侦察连长的趣事：他们怎样捉弄不准他们狂开吉普车的交通管制员。他们将吹胡子瞪眼的交通管制员弄上车，开出很远，然后将他抛下车，几十里路他只好走回去。以后见到他们这些侦察连的他就眼开眼闭不敢管他们了。他们怎样瞒着首长，弄了条狗烹狗肉吃，甚至骗过不吃狗肉的战士，也让他吃下了一块狗肉。

我们俩聊了大半夜，凌晨时分我们先后睡着了。翌日，老刘和我都起晚了，当天的活儿就没有前两天干得多。至今，我都忘不了深山里我们自己搭的那座小竹屋，忘不了半夜里老刘那惊恐的神色，忘不了老刘半夜里讲的故事。

剃头师傅之死

山里的路七拐八弯，上山下山十分危险，没在山里开过车的司机是不大敢开的，山外的来客坐进山的车也往往会胆战心惊，甚至不敢往山崖下看。如果司机开车时与人闲聊，那山外来客会大声地责难，要求司机全神贯注地开车，别与人聊天，因为司机的手里捏着一车人的性命。山里的人倒习惯了，司机聊天、开玩笑，他们都习以为常了。

从我们公社驻地往南走是我插队的地方，往西走是更加陡峭的盘公山路，那条路在天下雨时汽车常常爬不上去。那天我们几个知青搭车往西走，去那里的一个知青集体户去玩。

山路越来越陡峭，一圈一圈地爬上山顶，又一圈一圈地爬下山坡。一边是陡壁悬崖，一边是万丈深渊。特别是遇到两车相会时，过一个弯子，猛然见到劈面开来的车，再老练的司机常常也会惊出一身汗来。我们几个知青也在山里坐惯了车，看一路风光，一路闲聊着。

前面又是盘山公路了，汽车又缓缓地往上爬。汽车来到一个拐弯处，突然见前面的公路上有一辆大卡车侧身翻倒在公路上，车上装载的木料散了一地，有一个姑娘坐在路边哭泣。我们跳下车，只见司机蹲在路边闷头抽着烟。翻倒的卡车下压着一个人，是个男子，一双大大的脚露出在外，身体都被压在侧倒的卡车下。

我们问起司机车祸发生的情况。司机摇了摇头，说："我的车下山，本来只搭剃头师傅一人的。但临开车时，这女子也要去县城，这女子是这被压死的剃头师傅的徒弟，他们都在县城那家理发店工作。那师傅见徒弟也要乘车，就为她说情，并且让这女子坐在车头里，他自己则爬上了车斗里的木料上。车开到这里，坡度很陡。这女子的腿伸得太开，我想换挡时被她的腿挡住了。心急慌忙中，我踩刹车，却踩错了油门。这车一蹿就从上面的公路上蹿了下来，车上的剃头师傅就被从车上甩了下来，被压死在车底下了。"

听着这司机的诉说，看着被压死在车下的剃头师傅，望着在马路边哭泣的姑娘，我不禁想，这事儿真是太巧了，要是这姑娘不搭这辆车，这师傅坐在车头里，这车祸大概也就不会发生了。要是这剃头师傅摆一点师傅的架子，自己坐进车头里，让他的徒弟坐在车斗里，那么，他的命也不会丢的。偏偏这徒弟又来搭车，偏偏他又将车头的位子让给了他的徒弟，偏偏又翻了车。简直是鬼使神差呀！

后来，我们几个知青去县里时，还特地去县理发店看那个姑娘，见别的理发师跟前都有顾客排队，她的位置上顾客却稀少，她满脸都是冷冷的。后来知道人们很少到她的位置上理发，都说她是克妇，说是她将她的师傅克死的，只有非本县的人不知道内情的，才到她那儿理发。以后，又到县理发店，已不见了她的身影，也不知她去了哪里。

小梅的故事

　　在我们知青集体户，小梅是年纪最大的了。矮矮的个子，敦实的体魄，小小的眼睛，大大的鼻子。刚到农村，他是集体户户长。

　　大概因为年纪长一些的关系，小梅对于男女方面的事显然比我们有经验，我们几个也常常喜欢听他吹关于这方面的事儿。我们也就是从他那儿了解了关于女人身体方面的、男女交媾方面的知识：月经啦，安全期啦，避孕啦等等，我们几个年轻一些的知青听得津津有味。

　　大队部有个小卖部，卖香烟、火柴、糖果、煤油、蚊香等杂物。小卖部只有一个营业员，是个姑娘，圆圆的脸庞，一对大大的眼睛，背后拖着两根粗粗的大辫子。小梅常常往那儿跑，去买烟，当时有种烟两毛两分钱一包。小梅就常常去买这种烟，女营业员就用当地的土语说价格："撩革撩。"后来，小梅背后就给这营业员起来个绰号"撩革撩"。小梅常常借买烟之际与女营业员聊天。

　　女营业员常常住在小卖部里，小学里有位年纪大一点的女老师常常陪她一起住。小梅常去买烟，与这女老师也熟了。一天晚上，小梅心血来潮，近十二点了，他去敲小卖部的门买烟，那晚女营业员独自睡在里面，吓得她屏住呼吸不敢作声，任外面敲门敲得乒乓响，她也不开。

女营业员的对象在部队服役，小梅与她之间到底没有发生什么事儿。

后来，小梅去了一家林场工作，成为了正式的林场工人，他是我们集体户第一个离开农田的。

小梅成了林场职工后，没有回生产队来过。我们也不知道他生活得如何。后来，有人去了他那里，说他每天上山伐木，十分辛苦。又有人说他已经结婚了，女的是一个当地人家的女儿。

我离开山村去上大学的时候，偶然在县城的大街上与他邂逅了。他似乎老了些，额头上已经有抬头纹了，脸上满脸的倦容。

他问我："你去哪里？"

我告诉他："去大学读书。"

他颇有些羡慕地说："还是你好。"

我问他："你怎么在县城的？"

他回答说："我的孩子在县城里住医院。"

我就随便买了些水果，随他去医院探望他的孩子。县城医院的条件也不好，破破烂烂的。小梅已经有了两个孩子，这住院的是小的。

小梅给我介绍了他的妻子、岳母，她们俩在孩子的病床边坐着。见我进来，她们就向我笑了笑。小梅的妻子显然是当地人，梳两个短辫在脑后，脸上黑黝黝的，一笑露出一些粉红的牙床。小梅的岳母已经头发花白了，穿一件士林蓝布的对襟衫，见到生人露出怯怯的表情。

我将带来的水果放下后，就出去了。小梅送我出去，他显得有些激动，连连说："还是你好！还是你好！你看我现在一点没有办法了！"

我只能劝劝他，说："你也不错。现在孩子病了，看这情况不会有什么事的。你自己要注意身体。"

小梅紧紧地握住了我的手，眼眶里似乎已溢出泪来。我告别了小梅，踏上了上大学的路。回头，见小梅还站在路口，目送着我离开。

此后，我们之间再也没有联系，也不知道他后来的情况怎样了，他是否还在大山里伐木，我就不得而知了。我深深地祝福他平安、顺心。

趔口事端

那年秋天，我们在深山里砍毛竹。在同一座山的另一边山坡上，本地生产队也同时在砍竹子。毛竹砍下后，打掉枝叶，就扛到一个趔口边，将毛竹一根根从这趔口放下山去，然后再运去林场，等林场的检尺员检尺验收。趔口是在陡峭的山壁上砍去树丛荒草显露的一条沟壑，它似滑梯般地从山顶笔直通到山底。将毛竹从此处放下，毛竹会一滑到底，省去了许多扛毛竹下山的体力和时间。

趔口两边的山坡上已经堆满了一堆堆的毛竹，准备等砍得差不多了一齐往趔口里放下山。由于两队人马在同一座山上砍毛竹，用同一个趔口，这就引起了矛盾与争执，甚至差一点儿动起武来。后来，双方经过磋商，决定两边轮流放，一队先放一百根毛竹，等下面的人拖走，然后由另一队再从趔口放一百根。协商定了，避免了一场血斗。一声忽哨一百根毛竹从趔口里"咣咣咣"地放下了山，等山脚下的人们拖走后。另一队的一百根毛竹又从趔口里"咣咣咣"地放下了山。两队人相安无事，甚至互相攀谈敬烟交起了朋友来。山上的人们一根一根地放，山下的人们一根一根地数，等数满了一百根，山下的人就一涌而上，迅速地将这一百根毛竹拖走，让另一队的一百根毛竹再放下趔口。那

282

天，一切都十分顺利。山上的毛竹渐渐少了，山下的毛竹渐渐多了。正在轮流作业的时候，忽然从山下传来惊呼声，一定发生了什么事，山上放毛竹的立刻停止了工作，派人下山了解情况。

山下出了事故，生产队在山下拖毛竹的一个人被山上放下的毛竹刺进了大腿。原来山下的那个拖毛竹的数数时，多数了一根，山上放下了九十九根，他却数到了一百。他便匆匆前去拖毛竹，哪料到山上放下的第一百根毛竹如一枝飞箭般地飞下山来，那山下拖毛竹躲避不及，毛竹的杪子被斧头砍过了的，如利刃一般扎进了他的大腿。边上的其他人惊呆了，一时不知如何才好。等回过神来，才慌忙向山上打招呼。那被毛竹刺伤腿的人已经被吓昏过去了，人们想将他从毛竹中解救出来，却束手无策。有人找来了一把锯子，将毛竹从挨近大腿处锯下了，边锯大腿处边流血，锯锯的人手在颤抖着。毛竹终于被锯断了，人们用竹子做了个担架，将那受伤的人与那节毛竹一起抬去了医院，那腿上的血一路走一路流。后来，医生动手术将那截毛竹取了出来，那人却成了残废，走路一瘸一拐的。

无赖与谅解

那年端午节，大水将我们住的况家祠堂淹了，我们的口粮来不及带出，虽然衣物、被子等东西未受损失，但住的、吃的都成了问题。生产队、大队都没有给我们作任何安排，我们几个知青都有走投无路之感。

我们去找大队书记，书记说，队里不少人都受了灾，暂时还没有考虑，过几天再说吧，没有地方住可以先到生产队队部暂时住住。生产队的队部是一间小小的屋子，根本没有床，怎么住呢？我们在情急中，一起把被子搬到了大队书记家里，在他家楼上那间空着的屋子里栖身。大队书记看着我们，一时无话可说。

我们在这里扎下了，我拿出一管短笛吹了起来，知青们则伴着笛声咿咿呀呀地唱了起来，五音不全的四眼唱得像哭丧，令人起鸡皮疙瘩。等到书记家开饭的时候，我们就一起涌到他家的厨房里。别看书记是一脸麻子，书记夫人倒是一位眉清目秀的贤惠妇人，见我们来到，她就十分客气地让座，请我们吃饭。我们几个都假意地谦让了几句，接着就一个个端起碗来吃了。那时的我们都是二十多岁的小伙子，个个能吃，一会儿桌上的菜风卷残云般地见了底。不一会儿锅里的饭也吃光了。我们几个还没有吃饱，手里端着的碗还有些舍不得放下。

吃完了饭，我们又回到楼上，吹的吹，唱的唱，不亦乐乎。那天，我们一直闹到深夜。第二天一早，生产队长来了，他对我们说，队里已经给我们找了房子，就在马路边，两间住的，另有一间作厨房。生产队还补助知青每人二十斤口粮，可以马上到仓库去称。我们几个都欢天喜地，乐得"噢荷"一声叫了起来，纷纷叠被收拾，乔迁到了新居。新居虽然是干打垒的房子，歪歪斜斜的，但总算有个安身之处。去生产队的谷仓称了谷子，便去机了米，又开始了新的生活。后来，我们几个知青说起这段生活还都忍俊不禁，都说要不是我们采取这种无赖的方法，还不知到哪天才给我们解决呢。

二十年后，我又回到了山村。见到我来，已退下来的大队书记十分高兴，拉住我的手不放，说什么也要请我在他家吃顿饭。他一边给我敬烟，一边要他夫人去田埂上抓只鸡来杀。鸡抓来后，书记夫人将那只欢蹦乱跳的鸡给我过目后再杀。清炖鸡、辣椒炒肉片、红烧大肉、鸡蛋汤等，桌上摆满了菜。酒酣耳热之时，我们谈起过去的岁月。当我谈起那次水灾后我们那种无赖式的做法时，我问书记当时他是不是十分恼火。书记哈哈一笑，说当时你们年轻，远离父母，又遭了灾，也是没有办法，我谅解你们，请你们吃顿饭也是应该的。

在无赖与谅解之间，我看到了一种纯朴真诚的人情。

跋　徜徉在文学的天地中

也许人生有许多难以猜测和把握的命运，有什么样的爱好，从事什么样的职业，都好像是冥冥之中有谁指定的。我从事文学研究和文学创作，大概也是这样一种境况。

十八岁离开上海去江西山区插队务农，带去了自己手抄的唐诗宋词，为枯燥而又骚动的插队务农生涯增加了某些文学意味，在百无聊赖无所事事的时候，就读读唐诗宋词，这就成为我的文学启蒙之一。

大约由于自己在农村里勤恳劳动，与当地的农民们打成一片，1975年我还在山区的完全小学担任民办教师时，被推荐到江西师范学院中文系学习。经过大学的学习后，由于在学业上出类拔萃，被留校担任写作课程教师，也就注定了我与文学的关联，注定了我以文学为生了。

大学以学术为主，文学创作是几乎不被认可，是不登大雅之堂的，因此往往只能悄悄地、偷偷地进行文学创作，先是写诗歌，再是写散文，发表了几首诗，发表了几篇散文，可以快活一两天。散文是一种写起来相对快捷的文体，因此常常就有不少散文写就，到一个地方旅游，就写一篇游记，有时是一种反刍，是一种温习，甚至是一种补课，将在网络上搜集来的关于该地的景点介绍与历史渊源，再加上对于游程的回顾，往往就写成了一篇游记，当然此中需要在游览过程中的细致观察和细心留意，这对于游记的创作有很大的帮助。我曾经以自己插队山区的经历为素材，创作了长篇小说《金牛河》，得到了文学界的好评。后来再有创作长篇小说的冲动，还没有落笔就觉得超不过《金牛河》，就放下了。陆陆续续就创作发表了十余篇短中篇小说，仍然还没有完全放下长篇小说创作的构想。

创作散文就如同记载自己的生活和足迹，相对就比较娴熟，虽然早期的散文创作受到杨朔诗化散文的影响，有些刻意追求诗意，常常便有些雕琢。后来觉得应该摆脱这种牵强附会的诗化，散文就写得平实了、朴实了。

徜徉在文学的天地中，有快乐，也有辛苦；有享受，也有烦恼。文学让人丰富、让人充实，可以在阅读中感受别样的生活，可以在创作中表达自己的所思所想，让读者了解自己、认识自己，何乐而不为呢！

2022 年 3 月 20 日夜
于瞻雨斋

图书在版编目（CIP）数据

足迹与感悟 / 杨剑龙著 . -- 上海：上海文化出版社，2024.7

ISBN 978-7-5535-2976-9

Ⅰ. ①足… Ⅱ. ①杨… Ⅲ. ①散文集－中国－当代 Ⅳ. ① I267

中国国家版本馆 CIP 数据核字（2024）第 085595 号

出 版 人	姜逸青
责任编辑	赵光敏
封面摄影	许 青
装帧设计	叶 珺
内文排版	方 明

书　　名	足迹与感悟
作　　者	杨剑龙
出　　版	上海世纪出版集团 上海文化出版社
地　　址	上海市闵行区号景路 159 弄 A 座 3 楼　邮编：201101
发　　行	上海文艺出版社发行中心
	上海市闵行区号景路 159 弄 A 座 2 楼 206 室　邮编：201101
印　　刷	苏州市越洋印刷有限公司
开　　本	889 × 1194　1/32
印　　张	9.25
版　　次	2024 年 7 月第一版　2024 年 7 月第一次印刷
书　　号	ISBN 978-7-5535-2976-9/I.1150
定　　价	68.00 元

告 读 者　如发现本书有质量问题，请与印刷厂质量科联系

电　　话　0512-68180628